西窗草语

代廷晴 著

四川文艺出版社

图书在版编目（CIP）数据

西窗草语 / 代廷晴著 . -- 成都 : 四川文艺出版社，
2025. 5. -- ISBN 978-7-5411-7190-1

Ⅰ . I267

中国国家版本馆 CIP 数据核字第 2025YB1231 号

XICHUANG CAOYU

西窗草语

代廷晴　著

出 品 人	冯　静
责任编辑	苟婉莹
特约编辑	李佳玲
装帧设计	悟阅文化
责任校对	文　雯

出版发行　四川文艺出版社（成都市锦江区三色路238号）

网　　址　www.scwys.com

电　　话　028-86361802（发行部）　028-86361781（编辑部）

排　　版　悟阅文化

印　　刷　成都市兴雅致印务有限责任公司

成品尺寸　145mm×210mm　　开　本　32开

印　　张　9.75　　　　　　　字　数　250千

版　　次　2025年5月第一版　　印　次　2025年5月第一次印刷

书　　号　ISBN 978-7-5411-7190-1

定　　价　75.00元

序

有识花君和形色等识别工具后，认识植物似乎容易多了。但是，大多数人并未因此掌握更多植物学知识。这不完全是因为记性差，而是认识植物必须像认识人一样，要有长时间的相处和交流，甚至要看着它生长，看着它开花结果，看它们在阳光和雨露、虫灾与风灾中的表现。你年轻时不了解它们，到了一定年纪再去了解，有点像小时候没好好读书，年长再参加自学考试和进修什么的，拿个文凭不是问题，但知识的系统性与全日制绝对不是一码事。读代廷晴的《西窗草语》，你会发现，她不但小时候就喜欢植物，至今仍然喜欢它们，在生活中反复打量，在诗文里寻找它们的踪影，然后通过简洁准确的文字把似是而非、犹如在幕后的植物清晰地拉到眼前来，让人耳目一新。

多年前的一天，代廷晴打电话给我，说她一个人开车回到老家潘家山，看着无人居住的老房子、小时候就熟悉的树木、蓬草遮蔽的小路、亲人的坟头，还有熟悉的鸟鸣、巍峨的远山，突然放声大哭，没有来由，也不怕人听见。打电话时她已离开老家回到县城，电话里她的声音已经平静，说觉得自己的举动有点好笑。其实并不好笑，悲欣交集的况味任何一个小时候生活在农村的人都能在大脑里补充完整。

她的笔下并无悲伤，有的是明亮和惊心动魄：《构树》中对小构树的"活剧"，《楠木及其他》中"斧头向树要斧柄，树也只能给它"，"我看到森林里最后一棵大枫树被砍掉的时候，它一直

1

颤抖，颤抖得像一个人"，《乌桕》中"农妇们背上柴刀，爬上树去，尽斫其枝，那些星星点点的白，那些才及一岁的稚枝，很快都躺在焦黄的草地上"。还有无处不在的幽默："我的老干娘桂树，就是无名的乡村老妇，但她老而弥健，数百年来也不知有几多干儿干女了。"这是《桂树》中的句子。

因为读书多，对作家、诗人的句子信手拈来，嵌入文中，天衣无缝。这让我想起第一次见到代廷晴时的情境。当时去余庆县职业中学办事，校长是中学同学，他特地把本县喜欢文学的人叫来。代廷晴无意中说起博尔赫斯、卡夫卡、昆德拉等作家。在其他地方，任何人说起他们都不稀奇。但在她居住的县城，绝大多数人不知道她说的是谁，为什么要说他们。周边的人挂在嘴边的话题大多来自抖音、视频号，来自街谈巷议。对于读书，特别是读国外书，几无兴趣，强调立场而忽视是非。当时只知道她是中学语文老师，不知道她写作，直到她的第一部散文集《树上的姑娘》出版并获奖。

代廷晴的写作完全是出于对写作本身和写作对象的热爱，因此每一篇的完成度都非常高。不像有些命题作文（他人命题或自己命题）干巴无味，空洞无物。

写作素材中的物，无不是常见之物。要让它们在文字中生动，要把有趣的东西挖出来，这是一种能力，所谓天分才情。正如詹姆斯·A.沃克在《项狄传》的序里所说："一个作家确实很像一个画家，各自都必须知道他的素材的哪些部分应当投到暗处，哪些部分应当放在明处，各自都不得不在两害之间做出选择，认定'违真情有可原，反美则难以宽恕'。"

和苍白无力的写作不同，代廷晴对她的写作对象有一种训练有素的欣赏能力。在《蝉声》里，她写道："小时候听到的蝉声，或者引起我注意的蝉声，都是舒徐悠远的，听起来不急不慌，头头是道，像打了腹稿且攒足了劲的样子。夏日的高树上，'昂昂昂昂’地叫着。偶尔会见到一只蝉伏在树干上，极专注忘情地叫着，透明的肚皮一点一点地应节而舞。在潘家山，这种蝉有一个名字，叫‘千里昂昂’。”文中还有对"软脚瘟"的描写，真是妙趣横生。

她的文字充满了慈悲和怜悯，这不是女性的专利，但她的确比一般人更喜欢小花小草和小动物，并且发自内心地想要保护它们。《鸟儿们和我》《和一些鸟的相遇》《蜻蜓和豆娘》都充盈着这种可敬的情感。观音菩萨来到中国后化身女性也是因为慈悲。对于代廷晴，她的慈悲除了天性，还和文学艺术对她的滋养有关。音乐家谭盾说，如果每个人都喜欢艺术，这个国家会充满关爱，会对山水、天空、大地充满感情。

因为出生在饥饿年代，她对吃的记忆刻骨铭心。《南瓜》一开始就说："我们总习惯叫南瓜为荒瓜，不知和饥荒有没有关系。"《苞谷》里说："潘家山人那时勤于饭后刷牙漱口，被外人赞为'讲究'，却也往往不是因为讲卫生，而是怕被人看出吃过苞谷面。吃苞谷面满口钻啊，牙缝里黄黄的，一不小心就会暴露食物的本来面目。"《母亲的柔肠》中提到为了让猪长得快，母亲一天喂它们三顿，人反而只吃两顿。"有时晚上我们兄妹饿得扛不过去，会加一餐。我妈语气柔和但态度坚决地说：'晚上又吃，对身体不好。'她自己当然是不吃的，一口也不吃。我心想：我们还不如你那些猪么，它们都是一日三餐。"这辛酸的追问已成往事，但想起来时，仍然有一股苦味。

代廷晴对世道人心有着深刻的洞察和理解，写起来又似乎全不着力。《自言自语的人》中对"潘老者"自说自话的描写，表面看起来轻松诙谐，细读却是对人生孤独处境的深入思考与表达。《老家的一个女人》写一件似乎微不足道的小事，呈现的却是当下的经济状况和女性的婚姻困境。

代廷晴对人性中的瑕疵是同情和谅解的，比如《海茄》中对

"偶尔顺走邻居瓜果"的"二嫂",《穿衣》中对稍嫌虚荣的女人。她对他们虽有暗讽,但都是温和的,没有苛责。

　　除了喜欢代廷晴有趣的讲述,我还喜欢她的语言。语言的直觉和自觉与后天锤炼分不开,如果没有天分,锤炼只能是个锤子。轻盈、准确才是真正的朴素,及物、简洁才是真正的诗意。最后想说的是,希望她多向杂志投稿,也希望杂志的编辑能够关注她,把她介绍给更多读者,她的写作对喜欢文学的人定有启示。

目 录

CONTENTS

构　树

　　多年以后，我会偶然想起那些被我剐了皮的构树，想起它们站着或躺下时的"累累白骨"。尤其在今天，当我一个人驱车闲走，在路边看到一株构树巨掌一样的明黄色叶子，有几片在风中飘落，我再一次感到深深的歉疚。

　　我是在多年之后，一个无意的时候，知道构树也叫楮树，知道它的果实叫楮实。那时我正怏怏地生着病，在敖溪镇河滨大道的一个中药铺里抓药。那个年轻的中医告诉我，楮实是可以健脾强身、补虚明目的。楮实，即是构树的果实。

　　潘家山的构树，之前它们都是自由自在地活着的。直到有一年，人们突然听说它的皮能够卖钱。人们纷纷进山寻找构树，剐下构皮卖与收购站。构树们的灾难开始了。我也是那时进山的人之一。

　　在潘家山的大梁子上，野生的构树们大都长得细弱苗条，无法争得过那些高大的枫树、栎树、柏树、松树，还有刺杉。它们作为乔木，当然不甘于在众木中做小伏低，总要努力向上长。它们把自己的身子变得窄窄瘦瘦的，往上往上，在拥挤的森林中，去争取属于自己的阳光。

　　我们找到了它们，沉默的它们。我们急不可待地挥刀，将它们齐脚砍断，从断口上撕开皮，像屠夫杀猪时在猪脚上砍个口子一样。我们沿着那带点白浆的口子，使劲撕扯构树的皮子。它们的皮柔韧、绵长，带着淡淡的木香。撕掉皮后的木质，颜色黄白，肌理细腻，裸露在乍暖还寒的风中。

剐构皮时是春天。它们的皮肤"上了水"，不再紧贴着里面的木质，更是方便我们撕扯。我们看到那些将展未展的小小的蓓蕾和嫩叶儿，有的被我们扯落了，有的悬挂在一块块树皮子上，像一只只小兽的爪子——被杀害的沉默的小兽。

一棵构树被剐了皮，被弃置一边。我们继续寻找下一棵，对一棵树的白骨，不会多看一眼。多年以后我想到此，真为我的冷漠而惊心。

我们中的有些人，剐构皮的时候图简单省事，连树都不用砍断，只在树脚将皮砍个口子，往上一扯，同样把树皮剐了下来，是谓"活剐"。没有了皮的树，白花花的身体站在冰冷的树林里，是树中的另类。它们往往还要活一段，甚至还能在顶枝上开几串小小的穗状的红花。它们站立的骨架很难腐朽，即便春雨下得那么多，也不过是把它们的身子淋上一些麻点子。老死的树容易腐朽，被杀的树会站立很久，绝望地看着别的树们生长。

构皮剐了后，回来晒干，背到收购站去卖，八分钱一斤。对于那时的人们来讲，这价格应该算是不错的——简直让人欢欣。

有一次上学时我背了一背篼干构皮到收购站卖了。因为太高兴自己拥有了两块多钱的巨款，我竟把背篼忘在了学校的后山。放学后割完草再去学校寻背篼，一个人走八里山路回来，月亮正明晃晃地照着石板路。

如果一棵构树有前世，按照我们人类的观点，它是不是也因为犯了不可赦的错误，才招致这样的灾难——凌迟啊。

我们不光是把构皮剐来卖，如果在春天，我们要打陀螺，也会剐下它的皮，当作鞭子。啪，啪，它濡湿的皮子打在旋转的陀螺上，最外层的褐色皮膜渐渐剥落，露出里面的鲜绿的颜色。那是残留的一点春意。

门前有一棵构树，是不剥皮的，它另有用处。

构树的皮和叶都有浆汁。嫩枝掐开，牛奶一样的白浆便涌出来。据说有的地方会专门采集构树浆，以作药用。它没法摆脱被杀戮的命运。

我们对家门前的这棵构树，不剥皮不采浆，只是捋它的叶子来做猪的饲料，所以它便有幸存活得久一些。它甚至可以到秋天的时候，在枝头展示自己晶莹剔透的红色果实。它的果实像杨梅，比杨梅更鲜艳，带着一些软软的毛须。果实是甜的，只是毛须有点扎人的舌头。

被我们年年采集叶子的构树，后来终于还是死掉了。大哥把干树枝砍掉，当了柴火。树桩上后来还长了大朵大朵的褐色木耳。这是它的第二次生命。木耳吃起来咔嚓有声，我们都说味道是不错的。

长了木耳之后，这棵树算是真正腐朽了，把自己彻底还给了泥土和空气。

楠木及其他

我曾经多次写到一株楠木树。

我写它在有月亮的晚上，如何在寨子的路口，轻轻洒下一地摇曳的光斑。那些明灭的树影子，像人和人之间的缘分一样，总是聚合不定。我还写它在烈日之下，叶子的南面怎样发散着太阳的光芒，怎样细心地呵护着树下或驻足或疾行的路人。我甚至还写道，那棵树在阴沉沉的雨天，因为想到农人收不进家门的庄稼，站在路边怎样簌簌地掉泪。

好像我跟这棵树熟到不能再熟，亲到不能再亲。

朋友看了我的文字，特地去了我的小寨子，寻找我文字中的楠木树，并拍了几张照片发给我。他问："这就是你的那棵树吗？"

我却疑惑起来。我在照片上看了又看，那巨大的树冠，茂密的枝叶，好像确实是我说的那棵树，但巨大的树冠，茂密的枝叶，几乎是所有大树，至少是所有大楠木树的特征。我真的不能确认这是不是我对之抒写热烈感情的那棵树了。那么，我长久以来心心念念的那棵树，它跟我的亲近，难道是我自作多情想出来的么？也许这棵树也和一些人一样，在梦中我们彼此是相识相知的，醒来后看着彼此的眼睛，从里面发现的却是陌生的自己。

我不无悲哀地想，就算我们曾经熟稔，它也一定不认得我了。那个从树下走过的背着书包的小姑娘，她已经变成了一个中年妇人，脸色疲惫，神态漠然。我也不知道，它曾经注视过的树下走过的小姑娘，是不是最终都会变成一个大姑娘，一个少妇，一个中年妇人，一个白发老妪，然后，她就再不出现了，永远不出现了。

而它，还一直站在那里。它又不能走动。虽然它的子孙，我相信是到过别的地方的。它会拜托常常停在它身上的一只鸟，说，你把我的孩子带走，远些，再远些。

这只鸟也许是一只讲义气的鸟。它吃下树的种子，想着要完成嘱托飞到远方。它当然不能扶摇直上九万里，但仍奋力翻飞着翅膀。我不知道，它有没有告知那棵楠木树，告诉它它的种子被带到了哪里，生根了没有，发芽了没有。我想如果鸟能通知它，也最多是到这里为止了。好不容易找到生存之地的那颗种子，终于长成了一棵小树苗，要是还没成年就被人砍了当柴烧了，或者拴牛的时候被牛把皮给擦伤而死了，鸟就不会把这些伤心的消息告诉树。再说鸟生有限，所知也有限，鸟也等不到弄清楚多年以后的事情。

所以很多事情，树只能沉默着自己想想。

我突然想起我为什么记不清朋友拍的是不是这棵树，是因为我心里其实有很多棵树，许多的楠木、杉木、柏木。很多树都死了。现在能活下来的，大多是一些扭曲的树。树和人一样，你太耿直了，或者你太有用和太无用了，能活得久吗？

我看到朋友发给我的照片中，那棵楠木树下放了一架长长的木梯子，我总觉得是人的某种阴谋。我不知道树知不知道。斧头向树要斧柄，树也只能给它。

和人的相处一样，那些我曾经以为我们关系很密切的树，我时时想起来的树，也许我们很陌生。人总不免因有文艺性而多情，而在现实里往往只能做好龙的叶公。有些跟我们肌肤相亲的树，被我忘记了，像从来没有出现过一样。

当我面对这株巨大的楠木树的照片，我恍惚记起来的，是那些再也不能出现的我的树。

枫树是永远越不过的记忆。它的巨大的身坯，它让你无法抗拒的撩人的红叶，使它无法不抢眼、不成为你瞩目的中心。它是阳性的，刚强正直绝无媚态。不，它有一种不谄媚的妩媚，鲁智深一样的妩媚。它的火红照亮整个暮气沉沉的秋天。

后来，那些枫树不见了，永远不见了。我看到森林里最后一棵大枫树被砍掉的时候，它一直颤抖，颤抖得像一个人。也许它那时正在期望着下一年能长出更好的叶子。一棵活得认真的树，每年都在筹备，长出更好的枝条和叶子。

像大楠木那样的活得长的树是少数。庄子说古有大椿，以五百岁为春，五百岁为秋。谁知道真假呢，庄子寂寞了就尽吹牛皮。反正一棵树要高寿，很难。你要长得好，长得耿直，你就被人相中了。人要你成材，做房梁，做柱子，做檩子，做椽子。最先倒下的，都是一棵棵耿直的树。

有的树就把自己弄得扭曲憋屈地活着。但是它们可能面临更悲惨的命运，它会被修剪，被砍斫，被绑缚。活是活下来了，但活得不像一棵树。一棵正常的树是要尽可能自由地呼吸，尽可能自由地伸展枝条，长叶子，开花。春天有蜜蜂来，有蝴蝶来，彼此嬉闹陪伴一段，秋天时有一只长尾巴的鸟来看它，那就是树生的幸福了。

人来看一棵被"打造"过的树，说它有造型，有气韵，有个性。它也有一点点虚荣心的满足，但是深夜里，只有它自己知道，它胸疼，手疼，脚疼。人是听不见的，他们就算醒着也听不见，就算听见了也假装听不见。树在人住的房间里、院子里，被男人女人的各种气息包围。它连一只鸟都见不到，甚至连风的气味都闻不着。树的一生，就这样了，还不如当初耿直一点，死了就死了，这样还痛快。

　　如果能想得开，死得痛快也是树的一种幸福，有时树和人一样，寿则多辱。我在镇上许多年，很多次看到一棵巨大的银杏。据说它是宋朝庆历年间某个和尚种下的，饱经沧桑、德高望重。它在炎热的夏天里，每一年都要被一条条的红布带捆着，被一堆堆劣质的香火熏着，最终死去。

　　我想，在它死去之前，它一定被折磨得头昏脑涨，胸闷气喘，它的身子和脚一定被烙到痛得要命。

蝉 声

叶灵凤在一篇文章中写过一种广东的小蝉，说是全身青绿色，栖息在荔枝树上吱吱地叫着。作者因此谓之"荔枝蝉"，听来竟是极有诗意的好名儿。

青绿色的蝉，我没有亲见过，想来是有的。蝉这种小物，往往领略了"居高身自远"的道理，总愿意占据高地的，不易见着，更不易细窥，只闻其声，不见其形。我没有见过的品种，应该还多得很。

叶灵凤又说这种小蝉其实是古代所说的"螓"，也就是《诗经·卫风》中写庄姜"螓首蛾眉"的"螓"。今天觉得这种形容是让人想不通的：小小蝉虫，怎么用来描述美人之美，何况这美人还是"硕人"。当然，注解《诗经》的说，"螓首"是用来形容女人额角天庭广阔的。说古代妇人所梳的双鬓，在额角左右高高地隆起两只圆角，像蝉头上突出的一对眼睛。

我觉得这些解释都牵强得很——照这样说，为何不叫"蜜蜂首"或"蜻蜓首"呢，反正它们都有一对鼓突的圆圆眼睛！

小蝉叫"螓"我以前不知，但蝉分大小是晓得的，而且因大小不同，叫声也是各异的。

小时候听到的蝉声，或者引起我注意的蝉声，都是舒徐悠远的，听起来不急不慌，头头是道，像打了腹稿且攒足了劲的样子。夏日的高树上，"昂昂昂昂"地叫着。偶尔会见到一只蝉伏在树干上，极专注忘情地叫着，透明的肚皮一点一点地应节而舞。在潘家山，这种蝉有一个名字，叫"千里昂昂"。这里"昂"要念第一声。我觉得这个名字很形象："千里"言其声远，"昂昂"摹其音高。

这种蝉有时夜里也叫，而且似乎声调高低也有变化。据说蝉叫是为了求偶，只有雄蝉才叫，雌蝉都是哑巴。雄蝉有一个永不开口的妻子，据说这一特点很让男士们羡慕呢。不过某些雄蝉，不知是外貌不够英俊还是声音不够优美，总之找了一天还没找着伴侣，夜里只能继续唱歌，唱得声音都沙哑了。

柳永词里写"寒蝉凄切"，渲染了一种离别的悲伤氛围。想着蝉孜孜于求偶，到了秋天却还是孤身一蝉，终老未婚，那是真的"凄切"。

记得以前有读者对朱自清《荷塘月色》质疑，说作者写夜里有蝉声大约是不对的。我虽然不喜欢朱自清的文章，但我倒是愿意做证：蝉是可以在夜里叫的，而且常叫。求偶不容易，谁说它们一定能在白天就找着伴侣啊。

"千里昂昂"因身量长大、声音洪亮，在蝉界气宇轩昂，感觉不是畏葸之辈，直到有一天我在一只猫的嘴里发现一只哀鸣的蝉。

夜里一只长身的蝉冒冒失失地撞进屋来，明亮的灯光使它无地可遁。猫突然一跃而起，蝉不幸落在了猫嘴里。猫对于猎物是喜欢玩弄的，它捉捉放放，且并不重咬。蝉一时半会儿不会丧命，但叫声大变，呜呜咽咽，惊恐万端，完全不是高树上的"千里昂昂"。

后来我无意中发现有一种蝉的叫声不一样，且似乎栖身的高度也不一样。这种蝉个头小一点，颜色较"千里昂昂"黑，看起来没那么大气的样子，潘家山叫它"软脚瘟"。为什么叫"软脚瘟"呢？是因为这种蝉喜欢在最热的天，而且是正午的时候叫，叫得绵扯扯的"吱哟吱哟吱哟"，听多了可能心里烦躁，加之又热，会觉得双脚虚软，走不动路，于是索性怪罪于蝉，谓之"软脚瘟"了。它们才不管你叫它什么"瘟"，夏天总是扯声卖气，不管不顾地叫着。若它们是求偶的话，这攻势也太猛了，如喋喋不休的情话轰炸。

在潘家山我只注意到这两种蝉，以为再没有别的品种。直到有一年去浙江。

先是一个人去了绍兴的东湖。倒不是因为秦始皇曾经东巡到过那里才去的。我对他们没什么兴趣，只是因为一个偶然的机会罢了。

我一个人走在东湖边上，寥寥几无游人。我看着湖里那些红身的或者乌篷的船，觉得蝉声特别细密，跟我在老家是不一样的感觉。这种蝉声，既不是"千里昂昂"的悠远，也不是"软脚瘟"的绵长，感觉它们叫得特别尖狭而细碎，又信口而鸣，曲不成调。

第二天到杭州九溪，把脚泡在凉凉的溪水里，又听到了头日在东湖听到的蝉声。我心里想着，也许是江浙之蝉和西南之蝉是很不一样的罢了。直到后来我傍晚时在余庆石羊湖边散步，听到一模一样的蝉鸣，才知自己真的少见多怪了。那时是夏天，石羊湖边上开着叫人惊艳的雪白溲疏花。

现在是寒冬，天气那么冷，路上相逢，人的话也少。想来大家都噤若寒蝉吧。

和路边草木说说话

在你们全不经意的时候，草木们悄悄地绿，悄悄地开花。

银边的沿阶草、墨绿的矮麦冬草，它们永远绿着，连颜色的深浅变化都没有，像一个人一直笑，笑到腮帮子都酸了，多累呵。

你喜欢可以枯可以荣、可以青可以黄的草。它们像一个人有了喜怒哀乐，像一个人的命运有了跌宕起伏，也像一个人有了生老病死。当然，草们第一年死了，第二年又活了，人是不能的，人死了就死了，人不如草。

你不想一直微笑着，但你其实也想笑的。如果在一个冷冰冰的冬天，在你很孤单的时候，有人对你说一个很好笑的笑话，你就会笑了，但没有。所以这个冬天你特别安静。人太吵闹了不行，太安静了也不行，你得说话。找不到人说的时候，你就找草们说。

那时春天，风说了一个笑话，草们绿了，风又说了一个笑话，花也开了。它们笑起来，才是真的花枝乱颤。人，很少有那样笑的。人们的笑没那样舒展。不过你看见它们笑的时候，你也是笑的。你不出声音地笑。不出声音地笑，往往笑得比较长，也比较真。

那时你对一株刚开放不久的月见草说："嗨，你好，我喜欢你，你可以喜欢我一下下吗？"它不说话，但它点了一下头。你觉得它是真诚的，你在它的身边蹲下来。你不知道如果你摸它，它是不是愿意，但你还是摸了它。面对人的自以为是，草木们真是没办法。只要你不太过分，它们都会原谅你。它们知道，你是大自然的另一个孩子，不大懂事。

你摸它的花瓣。它的质地如此柔滑娇嫩。浅粉色的皮肤里，深红的经络历历可见。它们在你日渐老去的掌心里时，一定在善意地揶揄你，提醒你不要把什么都抓在手里，这样手会老得很快，粗糙得也很快，一个人的心也是。它说，一定要打开，一定要舒展，至于活多久，那交给天吧。

浅蓝的飞蓬草的花开在月见草的旁边，它看着你和月见草。月见草它是熟悉的，你呢，它说不上熟悉，也说不上不认识，你每天都在散步。在春天里在冬天里，总是独自散步的女人，也不是很多啊，它应该认识你吧。

人很少提到飞蓬草，也不说它们的花。人用来陪衬那些大花、那些艳丽的花的时候，他们就用满天星。飞蓬草和满天星长得很相像，就像一对孪生姐妹，一个在城里长，一个在乡里长，一个待在室内，一个满世界疯跑。它们有着不同的体质，也有着不同的风情。

小飞蓬比月见草高，见的世面更多一点，你不知道它觉得你的假麂皮外套是不是好看。人没有办法，人总要拿一些别的东西来穿着，来遮羞，草们不用。它们哪里都美，毫无瑕疵。它们不用害羞。

人们把路边长得高的海棠砍了，原因只是它们长得太高。人连自己的事都管不好，还要管草木们的事。他们自以为是，其实什么也不懂。他们自己排排站，排排坐，不敢特立独行，生怕自己的想法与众不同。他们以为植物也应该这样，不能有自己的个性。没办法，什么也不懂的人，往往指导着许多事情，决定着许多事情。他们有一棵树对于泥土的深入了解么？没有。他们停留在事物的表面，在俗事里忙得心慌慌。他们有一棵树、一株草站得稳当么？也没有。他们的脚步都是飘的啊，都没在这块土地上站稳过。他们也不像一棵树一棵草一样，安静一下，问一下自己的内心。

他们把那些有自己想法、想看看更高的天空的海棠拦腰砍了，一排排弄得整整齐齐，弄得像他们自己那样呆板无趣、丧眉耷眼。

忍冬是忍耐的。它们在最冷的季节，会把花和叶都扔掉，留一根似有若无的藤，丝毫不引人注目。它们韬光养晦，很清楚什么时候才能散发自己的香。人却不太清楚自己什么时候可以说话，什么时候可以做事。

紫薇花也是忍耐的，比忍冬还忍耐。紫薇花的忍，是忍着不谢，它非要跟自己赌气，开啊开啊，逼得牙根都酸楚了。你觉得它不是为了人开的，人哪里值得它这样做。它只是自己跟自己较劲。当然，也有可能是和旁边一棵红枫在打赌。谁知道呢。你们自以为了解一棵树、一株草，你们知道它叫什么名字？什么时候落叶什么时候开花？其实它的内心你未必看得见，它展示给你只是它的外表。它的心对你是关闭的。它是对的。为什么要对你说出它最深的秘密呢？它只和最相信的人才说的。你又不能把自己栽在路边，和它一起听懂风的笑话。

刺 梨

戴明贤先生文与画集《留得枯荷》中，有一图为《擎刺梨的小女孩》。画中的小女孩宽衣大袖，手里擎了一簇带叶的刺梨，模样娇憨可爱。

与北方的朋友分享此图，对方却问我刺梨为何物，方想起刺梨并不长在北方。但在贵州，刺梨却是太常见了。

几年前，三两朋友在微信群里各自说到家乡好物，四川大凉山彭果说起刺梨。他说刺梨是最具道家清气的野果，食之令人忘俗。我听了不过暗笑：这山间小野果，哪有如此神奇。但是杭州的朋友王希却听得挂念起来，忍不住在淘宝下了单，并日日期待这神奇的小果早些抵杭，得以一晤。数日后她收到刺梨，发现一个个无精打采干瘪丑陋，全无彭果描述的模样。王希啼笑皆非，说再也不相信我们的吹嘘了。我和彭果忍笑安慰，说你要吃刺梨，最好还是亲到贵州或四川，不能网购。其在网上售卖时，定已离枝多日，运送途中又舟车劳顿一路颠簸，早就神形俱失，当然不是我们说的刺梨了。

如今这几位朋友风流云散不复当时，我却偶尔还想着，王希要是能到贵州，亲摘一下刺梨多好呢。

刺梨虽好，也确实没有彭果说的那样好吃到玄妙，但是刺梨花是真好看的花。

我所见到的刺梨花，颜色多为粉红，花瓣为五瓣，中间是嫩黄的蕊，有点像袖珍的牡丹。刺梨花要说有什么特别的呢，好像也没有。但因它羽状的叶子有风致，再加上天然清秀纤细的枝，我认为是非常能入画的。它虽然是山间的，却兼具素朴和清雅，像天生灵秀却美而不自知的少女。

我对刺梨花感情深厚还有一个理由：它是可簪的花，且启发了我对于"美"最早的向往。刺梨花的花托有短而细密的刺，很方便插进头发里。加上它大小合宜，颜色娇俏，乡间很多姑娘，都会顺手摘一朵插在发间，粉红花朵与青春健康的面庞交相辉映，人比花娇。在仲春的阳光和微风里，真是一道赏心悦目的美景。

我以为刺梨花、刺梨枝和刺梨果，都是宜于入画的，尤其是中国画，可是画家们好像并没有如何钟爱，他们似乎更愿意去画荷花、菊花、牡丹和石榴。当然这也很可能是我无知，见的画作有限。我想，到西南乡间写生的画家们，总不可能对这么美的刺梨视若无睹吧。

用刺梨做盆景应该挺好，为什么也没有见到呢？人们用金弹子、黄馨梅、小金橘甚至火棘做盆景，就是没看见刺梨做的。想想这样也好，免得它们从山间被强行拔起，枝干被绑缚、矮化、扭曲，身不由己地被人要求着长成人们需要的样子。其实，我还真不该提这一嘴，万一有人喜欢，对刺梨就不是一件好事了。赶紧打住。

万物都只有在自由的状态里最美。有一次在贵定见到地里人工密植的刺梨，枝条散不开，只能直戳戳地向上长，光泽全无，灵气尽失。

刺梨的果也很美。它们未熟时颜色青绿，渐变为黄绿，再变为金黄。它形状像小石榴的样子，故有的地方也称之为刺石榴。

刺梨有清朗之气，吃起来不像许多果子那样柔软。它再怎么成熟，果肉都是脆而硬的，入口也无甜媚之感，但是吃完口里有一股特别的清香。这一点让我想到百香果。有人说百香果适合接吻前吃，我倒是觉得刺梨适合读书前吃、诵经前吃。

植物之名

　　我觉得吧，人们给植物们起的名字，有时候实在太敷衍了。

　　若你在田间地头、灌木林中，发现一种开黄花的植物，你定会眼前一亮，大感惊奇：这可不是一株普通的开花植物！它们的花朵，从上到下，由小到大，犹如一串小小的黄莺儿排列于花茎之上。"鸟儿"们的喙插进茎干中，似在吮吸，翅膀的尖端带着一星星的红色条纹，有的翩然欲飞，有的展翅翱翔。

　　你是不是特别想知道它的名字呢？噢，你听我说了可别失望：它叫"猪屎豆"。对，你没听错。谁给它们起了这样难听的名字呢，不要说它们不知道，我们也不知道啊，反正就这样叫下来了。它们的体形、颜色、气味、作用，都跟猪屎没有任何联系，叫"猪屎豆"似乎很是辱没了它。

　　人们可以毫无美感地用"屎"来给植物命名，比如有一种常绿灌木，叫"羊屎条"。

　　"羊屎条"长在瘦瘠的山坡上。它的叶面、叶柄和花序都有一层白色的细绒毛，一摸，便沾在了手上，粗颗粒的面粉似的。

　　它春天开白色的花，是很香的，闻着那种娇怯怯的甜香，都不好意思说人家叫"羊屎条"。初夏的时候，它们结红色果实，像火棘的样子。这果实长到初秋变成黑色，是甜美可食的。放学路上的孩子，常常摘来当零食。吃的时候也会有一点不好意思，因为这果实叫"羊屎豆"，实在是太不雅了。

去年清明将近之时，我想要自己做清明粑，一个苗族朋友多次向我推荐一种叫甜藤的植物，说这种植物的藤和叶有一种特别甜香的味道，甜藤粑比只用清明菜做的清明粑好吃得多。

我不知道什么是甜藤，也没去深究，清明一过，便把这事也忘了。一天无意中看到一广西小伙在视频中讲到甜藤粑，是作为广西特色美食来介绍的。看视频中的小伙子，采摘的明明就是我们叫"鸡屎藤"的植物嘛。

后查资料，发现"鸡屎藤"果然也叫甜藤，也有稍雅气一点，写作"鸡矢藤"的，这不同一个意思么！作为一种食物的佐料，"鸡屎藤"听起来不是那么舒服，我还是赞成把它叫作甜藤。它的味道强烈特殊，很有辨识度，但和鸡屎确乎没啥关联。

我们还把野生的瓜蒌叫"狗屎瓜"。咳，大约是这瓜掰开之后有些黑乎乎的黏液吧，和狗屎扯得上点关系。"狗屎瓜"是一种攀缘植物，叶子像枫叶，花是白色的，五瓣，瓜有点像小南瓜，初时绿色，成熟为橙红色，光滑圆润挺好看的啦。

人们对自己种植的植物是不这么起名的，像对自己的孩子，再怎么也上心些。对野生的就随性了，想不起叫什么时加个野字就行了。比如野花生、野豌豆、野绿豆、野樱桃、野李子、野花椒。我这样说也许不对，我们种植的粮食菜蔬，应该是从野生的驯化而来。可是像野豌豆和豌豆之间，实在也看不出什么亲缘关系来。野豌豆本来有一个好听的名字叫"薇"，"采薇采薇，薇亦柔止"的薇。野莴苣和莴苣也难攀亲戚，前面加个"野"字，听起来有几分不正经的味道，比如"野玫瑰""野花"，总叫人想起一些什么人来。

加"野"字以区别朝堂江湖就罢了，更可气的是加一个"假"字，弄得人家像是故意要冒充的，比如好好的令箭荷花，好多人都叫它"假昙花"。

豨莶这种植物，我们称之为肥猪苗。"豨"字太难写了，不如叫肥猪苗合适。其实"豨"是大猪的意思。有许多植物，人们是用动物来给它们命名的：猪笼草、羊蹄草、马鞭草、鸭儿花、虎耳草、狗尾草……实在是可以开出一个长长的名单来。

我一边觉得给植物起名太敷衍，一边又觉得，太精致了也没啥好，比如多肉植物，我们以前只用一个简单的名字"落地生"呼之——多肉生命力强，叶子掉落即可再生。后来多肉种类渐多，又加之深得文艺青年们的喜爱，于是名称日益雅致了起来：静夜、秋丽、冬美人、姬星美人、乙女心……雅到让人羞于启口。

有些植物，不管情愿不情愿，也只能承担起一些蛊惑人心的使命。我们总向往金钱，就有了"发财树""铜钱草""富贵竹"这些名儿。连文人们酷爱的水仙，都难免被呼以"金盏银台"。我们都向往幸福，又不能主宰命运，或许，我们种一株"幸福树""合欢花"便会好起来。

因为特殊原因，石羊湖边的黔地水乡酒店用作隔离酒店，石羊湖边也不能散步了，我特别想念湖边的溲疏花。据说这种花是有利尿作用的，"溲疏"二字，本也是利尿之意，不过听起来终归是要文雅一点。它还有一个名字叫"空木"，我觉得极美。要是叫作"通尿花"或"利尿花"，那肯定还是很影响意境的啦，会不会影响我对它的想念呢？

菖　蒲

　　昨日端午，有个毕业多年的学生从家里带了粽子来送我，说让我"应个景"。

　　我对于所谓节日，素来没有太重的仪式感。加之久惯独处，只与自己周旋，不喜在节日特意纪念。何况现在所有的节日，几乎都沦落为吃的节日：吃饺子、吃元宵、吃粽子、吃月饼……我也无须在这一天以节日之名来满足口腹之欲。

　　我请他去吃余庆剔骨鸭。天色向晚，我们从御湖苑走到他山路安置大道，在几处小巷里发现有不少卖剩下的菖蒲和艾草。它们有的寂寞地躺在一辆辆红色三轮车里，有的已经被倾倒在路边的水泥地上。作为商品的它们，已经没有价值了，只能被遗弃。艾草有点蔫了，菖蒲依旧盎然地绿着。它们被扎成整齐的一小束一小束，原是准备卖给人家挂在门上的。

　　白天很快就要结束了，我们没有见几家人像往年一样在门上悬挂菖蒲艾草。增添节日气氛或是驱魔除邪，都变得可有可无，大概是因为今年流行一个词叫"静默"。从那些艾草和菖蒲前走过，我也只是"静默"地看看它们。

　　今日在贵阳也闲书局的微信公众号上看到端午节文化主题活动的预告，主题是"菖蒲文化"。我想起昨天看到的菖蒲，也想起过去看到的菖蒲来。

　　我最先认识菖蒲是在敖溪中学上学的时候。从敖溪中学的旧大门出来，有一条通往龙家镇的马路，马路西边便是鹅水村的鹅水大坝。那时鹅水大坝冬日种满灰绿或青绿的油菜，春夏长着碧绿的稻秧，秋天全是金黄的稻谷。大坝中间有一条小路穿过，之后经过一段长长的田坎，才到去柏林村的马路。田坎的右边有一条小溪，小溪边全是绿绿的菖蒲。

菖蒲的名字，还是我一个同学告诉我的。后来知道，那种菖蒲应该是石菖蒲，它们有亮绿的细长叶子，一年四季好像从来不枯黄不衰老。它们粗壮的虬根伏在溪边的石头上，暗绿中有一点点发红的颜色，加上繁密的须根，看起来像一条条蜈蚣。说根像"蜈蚣"似乎有点吓人，其实这并不影响它们的美丽。菖蒲们的根、茎、叶总被流动溪水冲得干干净净，在太阳下泛着光。

菖蒲是长在水边的，潘家山没有河没有溪，我从来没见过，所以一见是颇有新奇感的。每次经过那条小溪，听到哗哗的水声，看那些油亮的叶子，我总是愿意多待一会儿。

要说跟这菖蒲很相似的叶子，那时我只见过三萘。但是掐下叶子来闻，它们是不一样的：三萘香味显然浓郁许多，石菖蒲只有一种很淡的香味，似有若无。

有一次周末回家，我故意绕开了大马路，沿着敖溪河的下游暗洞河边走。河流越来越细瘦，河中冒出的石头越多，菖蒲就越发多而茂盛起来，白石绿蒲，相得益彰。

后来并不怎么想起这种植物，直到我认识了一个很文艺的女人。她喜欢一些新奇的事物，比如那时盛行养多肉，她就种许多多肉。多肉余风尚存，又有许多城市小文青玩儿空气凤梨，她就在房间挂满了许多空气凤梨。有一天她问我玩不玩菖蒲，我说菖蒲怎么玩儿？她说你居然不知道，现在玩儿菖蒲的可多了。她得意地拍照，向我展示她的"案头清供"，并言如何珍贵不易得到。我一看这菖蒲细弱黄瘦，想起那些小溪边的壮硕健美者，心中暗笑，你那叫啥菖蒲啊。

　　我猜她也会在心中暗笑我的土气。江南久有供菖蒲的习俗，特别是文人雅士们，搭配奇石，置之案头，很有"大隐隐于市"的自我感觉。不过现在既然是"玩儿"，显然已是狎昵，菖蒲之雅性也无存了。

　　玩儿菖蒲的风气，前几年甚至蔓延到了余庆小城。我朋友蓝绿买了一盆，连盆带草花了六百元，虽不算斥巨资，我看来也是颇不便宜。

　　这一盆菖蒲，蓝绿也没"玩儿"多久。它们渐渐显出一副病恹恹的姿态，黄瘦萎靡。蓝绿救之心切，岂知一把肥料放进去，它们竟然全部香消玉殒了，剩下一个尴尬的空盆。她慨叹说早知这样，实在应该早些送我。她并不知道我对于这类"螺蛳壳中做道场"的物儿，其实并不热爱。我只是心疼它们原来可以在溪边河岸自由自在地长。

　　《群芳谱》云："凡石上菖蒲，不可时刻缺水，尤宜洗根……"菖蒲喜欢水，但它喜欢的是流动的水，不是一潭死水。而菖蒲之清雅灵动，也全在那点自由的活泼与野气，一旦沦为玩物，则性灵尽失。我喜欢一切自然的人和物，皆因他们有自由的灵魂。

　　又想起前两日去河滨所见黄菖蒲，亭亭净植，迎风轻摇，水映花影，生机盎然。

那些狗

在村子里长大的孩子，很少有不被狗追咬过的。我说的是过去的村子。

多年后我有一次和朋友讨论：狗们不咬衣冠楚楚的人是怎么回事呢？狗能分辨贫富，能看出权势地位上的悬殊吗？能知道某个衣履光鲜的人是不好惹的吗？它们是如何把这一切联系起来的，我们不得而知。

那时，我们还讨论过，到底一条狗对另一条狗来说，有没有外貌美丑的区别，如果没有，那么它们对于人的美丑贫富为什么会有区别。

但它们真的能区别。村子里的狗们，一看到那些穿锃亮皮鞋的脚（也许它们只看脚就可以）几乎都是噤声的、小心翼翼的。偶尔有一两只不识趣，随便汪汪两声，见它的同伴们不予响应，也就疑惑地停止，或者不甘心地在喉咙里咕哝两声。

狗群中一般情况下总有一只比较有威望的，就是那种块头大、声音大、出口又准又狠的、心机又深又稳的狗。这只位高权重的狗，一般不用出声。它要是煞有介事吠两声，不是对那个衣冠楚楚的人吠，而是对它那愚蠢的同类。那口气，也许相当于说："你这狗，你也不看看你咬的是谁，敢这样胆大？"狗们对自己的同类，也会威吓。于是那只见识浅陋的狗，即便没有真正领会上级的意图，也会服从地停止吠叫。

有时候那只有威望的狗，在劝那条不知死活的狗时，会亲切一些。它们也许同样懂得怀柔的政策。

它们走过去，对那只狗的耳朵或嘴巴轻轻碰一下，这就是我们说的"低语""耳语"。人没办法懂得它们的交谈，只能猜。就像我刚才说那句当然也是靠猜的，也许狗们不会把这句话当作骂狗的话呢。

但是它们无一例外地都追过小孩子，不管是由于玩闹还是攻击。它们大概知道，小孩子是不具备太多的威胁性的。不过它们也许不会想到，小孩子恶起来，其实不在大人之下。

有一年，好像是初秋的某一天，我穿了一条墨绿色的新裤子去上学。这条裤子是我剐构树皮去卖，攒了很久的钱才买的。在不常穿新裤子的年代，穿上新裤子的那天，你会觉得全世界的眼睛都在看你，尤其是那条新裤子不是常见的灰色黑色蓝色，而是好看的墨绿色！

我穿着那条新裤子，并没有招摇过街。当然，不是街，是寨子。我从寨子中间过的时候，平时我自以为跟我很熟悉的那只灰黄的狗，正趴在自家的阶沿上。它突然一下向我冲过来，根本没有任何的犹豫，像突然发现一个危险分子。它一口就咬住了我的裤腿，那么准确无误。它衔住膝盖那个地方使劲往下拉，"刺啦"一声，我的裤缝生生地裂开了，露出了一大块因常年不见天日而显得特别白的腿肉。

它并没有继续要咬我的意思，对我腿上的白肉似乎不感兴趣。它撕裂我的裤腿便跑开了，连叫声都没有，假装自己什么也不曾做过。好多狗也没有多大杀伤力，它们只是坏，又坏又无聊，还要表现自己，比如去咬一下小姑娘的新裤子。会咬人的狗不叫，闷墩儿往往一肚子坏水。

我只能重回家里，换了一条屁股上有补丁的裤子再去上学。去学校已迟到，我穿着那条补丁裤子站在教室门口时，心中无限恼恨。

以后我碰到那条狗的时候，尽量离得远一点。我也不知道因咬了我的裤子，它在同伴之中有没有增加威望，倒是有几次看到它的主人对它不耐烦地呵斥。

虽然尽量远离，但还是差不多每天都要碰到它。我觉得它看我的目光还是不怎么有好意，而我每天必须经过这个地方，没有别的地方可绕。我必须跟它处好关系。我把特意带在身上的一块泡粑扔给了它。它也没觉得接住一个自己曾经咬过她裤腿的孩子扔过来的食物有什么不好意思。它叼起那块泡粑就跑，形状狼狈，毫无吃相。

虽然当时它吃食的样子实在不好看，但幸好狗的记性是好的。用那一块泡粑，换来的是它再也没有咬过我。当我再次换上那条墨绿色的裤子经过门口时，它似乎还摇了摇尾巴，表示了一点淡漠有限的热情。给它泡粑这办法是我父亲教给我的。他说，没有一条狗不会被贿赂，给它扔吃的这种方法百试不爽。

我父亲有类似的经历。那时他承包了村里的小煤窑，其实是有那么一点钱的。但常年在地里劳作不修边幅的习惯，使父亲依然是一个穷人模样，总穿胶鞋而不穿亮煞煞的皮鞋。所以那条黑狗每每在我父亲经过家门时，对他穷追猛吠，以此显示自己的敬业。我父亲有一次实在抓不到什么东西来威胁它，情急无计之下扔了一个冷馒头打过去。黑狗准确咬住了那被啃了半截的冷馒头，完全忘了它咬人的作态，任由我父亲大摇大摆从主人家门口经过，甚至我父亲去主人地里摘了一根黄瓜它也假装没看见。

狗仗人势这种事也是真的。那些富裕人家养的狗，就会有气势一些，声音大而洪亮，很是气派。贫穷人家养的狗，声势就会小许多。好在它们虽如此，却真的从不背叛。也许它们也并不是想忠心耿耿，只是出于一种习惯，习惯服从，习惯懒惰。大家把这个习惯和懒惰当成了一种美德。这么些年我都不知道，这种习惯是应该赞美还是应该唾弃。

据我所知，没有一种动物像狗一样，失去了主人就没有狗样。猪、牛、羊，甚至是猫，没有主人的豢养，也许会过得差一点，但它还是它自己，只是可能和人的关系更为紧张一点。这很正常，毕竟人这种动物是最难处的。他们什么都吃，还心机重重。

一只被主人抛弃的狗，它的狗生也就彻底完了。人看不起它，它的同类看不起它，它也看不起自己。它们鬼鬼祟祟，东躲西藏，尾巴夹得紧紧的，再也不会翘起来。它们看人的眼光，警惕又卑微，仇恨又谄媚。它们是一根根浮毛，只能依附在人这张皮上。

杰克·伦敦写过一条叫巴克的狗，终其一生都在与自己的狗生抗争，直到后来认识了一只狼，在后者身上嗅到了不同寻常又似曾相识的气息，才找到自己的去向。他（杰克·伦敦一直用的是"he"）最终的归宿是远离人类，也远离狗类。他走向了森林。

也许卑微的狗脑里，在某个时候也曾驻扎过巴克的灵魂吧。

同一个屋檐下

　　和我在同一个屋檐下生活的，可不止我们一家人哪。让我慢慢和你说吧。

　　首先说一下各种野蜂。

　　青瓦盖顶的木房，房梁上、椽子上、檩子上、柱子上，都可能挂有一个个圆乎乎的蜂包，那是野蜂们的家。也许它们会觉得，这些树木，原本是长在林子里的，是它们的栖身之地，人类把树木据为己有，是占了它们的。所以它们寄居在因人类加工而稍微陌生的树上，也住得理所当然。

　　其实大多数的野蜂，没有我们想象的可怕。人不惹它，它也不惹人，彼此相安无事，甚至比人和人自己还处得和谐。

　　有一种野蜂，颜色焦黄，身材纤瘦，细脚伶仃。我们叫它们"长脚佬"。人叫什么"佬"的时候，到底是有一点不尊重的，比如"乡巴佬""阔佬""赤佬"。野蜂幸好不懂这个意味。还有一种短小一些，身体黑乎乎，飞得很快，急脾气的样子，我们叫它"狗屎蜂"——这名字也难听。这两种野蜂都很多，但因为觉得没有什么伤害性，所以共处一个屋檐下，我们觉得一点都不奇怪。有时他们一点一点衔东西来筑它们的房子——也就是蜂包，我们就在旁边很认真地看，监工似的。后来父母说，它们做蜂包的材料是干牛屎。那又有什么，牛尽是吃草，又不像人哪样都吃，干牛屎有啥脏的！

有一次我特意数了数，堂屋、厨房、卧室、杂物间，大约有二十多个蜂包。真是热闹。要说在家里被野蜂蛰，还真是没有的事。

这些小野蜂，对人没什么危害，蜜蜂也一样。但毛蜂、牛角蜂就不同了。

毛蜂这种野蜂，倒是不喜欢和我们一起住在屋檐下，据说它们喜欢住在树洞里，也酿蜜。它们的块头比起长脚佬啊狗屎蜂啊，可大得多了。

它们有的时候会结伴到蜜蜂桶边逡巡。那些工蜂辛苦干了一天活儿回来，见家门口一些不怀好意的大家伙，吓得乱飞乱撞。毛蜂可能有点觊觎蜜蜂的住房，想鸠占鹊巢。我姐说也有可能是想偷蜂蜜吃。有时候我们见着了，会拿着竹枝帮着赶一阵子，可小蜜蜂并不领情，有时我们还会被它们蛰，蛰到眼皮上，眼睛会眯大半天。有一次我被蛰到了上嘴皮，肿起来变得长长的，看起来颇像猪嘴，逗得一家人哈哈笑。

还有一种叫"牛角蜂"的凶猛的野蜂，又长又大，是蜜蜂最忌惮的侵略者。如果人不加以制止的话，它们会抢夺蜜蜂的房子，杀死蜂王。工蜂们力不能敌，四处逃散，一桶蜜蜂就衰败了。

都说到蜜蜂了，索性接着说。

有一次邻居潘家的一桶蜜蜂，不知怎么分了家，有一小部分聚集在我们屋前的一棵棕树的宽叶子下，嘤嘤嗡嗡半日。那天我爹正无事在家，他忽然起意，找了一个竹编的甑子盖，在顶心涂了点白糖水，然后用长竹竿挑着甑子盖在棕树边耐心等待。那些小东西离家半日，想来也是饿了，禁不住甜味引诱，慢慢就集中到我爹的甑子盖中来了。我爹窃喜，待它们密密匝匝地不再分开，他就把它们用高粱扫帚一扫扫入蜂桶中。

我们满心欢喜等着吃蜂蜜，谁承想等来等去都没有。我爹说大概它们才分家出来，家底太薄，数量又少，于是反到潘家买一些蜂蜜来喂食。焉知它们一旦享受饭来张口的日子久了，越发懒惰起来。春天来时四处是花香，连我都想采点花蜜，却见不到几只工蜂劳动。我爹失望得很，总说不是工蜂懒的问题，是蜂王不得力。"兵熊熊一个，将熊熊一窝。"他说。可是蜂王不得力，他也想不出什么办法让它勤政或者树立权威。说起来都替它们不好意思：这一桶蜜蜂，就这样靠人养着，竟然也有滋有味地活了许多年。

后来我爹故去了，大哥当家。他是村里的干部，大约是知道些垂拱而治的道理，说人也罢，蜂也罢，大约都会绝地自救，置之死地而后生。大哥从来不买蜂蜜喂它们，它们却日渐兴盛起来，后来大力繁衍，竟然一而二，二而三，到后来竟有十来桶蜜蜂。屋檐下终日热闹，虽然有的时候仍然免不了眼皮上或嘴唇上被蜇一下，但是可喜蜂蜜已吃不完了。

要说喜欢，我还是喜欢年年来访的燕子。也许是因为它们不是长年累月都住在这个屋檐下。再亲密的关系，也还是有距离才让人想念的。

永远快快乐乐的轻捷美丽的小鸟，总是带来温暖和喜悦。它们在堂屋的檩子下筑巢，夫妻恩爱，生儿育女，永远一副模范家庭的样子。燕子虽然和我们住在一个屋檐下，可是并不喜欢人对它的家事干预过多。

有一次，我看到一只小燕子掉在地上，羽翼未丰，翕张的嘴角和细瘦的脚杆都是嫩黄色，想是试飞失败了。我喊来我爹，让他把小燕子放回巢里。我爹找来长长的木梯架在堂屋门口，小心翼翼捧着小燕子，把它放回巢里。我很高兴，觉得是做了一件好事，觉得我爹也会这样想。但不久却见那只小燕子再次掉在地上，伶仃细脚长长伸着，再摸，身上已经变硬了。我黯然好几天，觉得是自己好心办了坏事。我希望是小燕子死于再次的试飞失败，而不是双亲的谋杀——据说有好多动物，人一旦接触它们的幼崽，它们就杀而弃之。

其实，屋檐之下，飞的，爬的，什么没有呢？

阶沿未用水泥修好之时，是石砌的，由于做工粗糙，石头之间留有很大的缝隙，这样就有一些蛇进进出出。

诚心说，蛇除了让人觉得冷冰冰、恐怖外，它们很多的颜色是极艳丽甚至是魅惑的。

菜花蛇有远比菜花美丽得多的色彩，它们的身上奇异的构图，是人类难以企及的。"青竹标"的那种鲜绿，我想高明的画家也调配不出。不好看的有乌梢蛇，黑乎乎的，吓人。

我爹有一次去揭腌菜坛子的盖，一条蛇安静地盘住坛子口。他一点也不慌张，拿一根棍子把它挑起来，说："你走吧走吧，去别的地方，在这里会闹到你。"后来他却忽然想起来，说我死去多年的祖母是不是想回来看一下她曾经营过的腌菜坛子。

我去喂猪食的时候，遇见一只美丽的菜花蛇。我们对看了很久，它还伸出长长的信子，打招呼似的。我转背去喂猪，它就游进了一垄茂密的风雨兰里，不见了。

我常常一个人玩。热天的时候，会用竹棍去戳一种叫"地牯牛"的小虫子的背。戳它的时候，它停一会儿，又不紧不慢地走了。有时候我觉得它们好像认识我似的。

同一个屋檐下，还住过一条白狗。它总是被我二哥抱来抱去，一副低眉顺眼的样子；又住过一只圆圆脸的狸花猫，梅花朵一样可爱的四只小脚常常在我的书桌上跳上跳下。后来它们却都没有善终。我看过它们临终前抽搐不止的腹部，现在想起来还是心疼。

水 牛

水牛实在是一种善良又妩媚的动物，尤其是母牛。

不知道你有没有仔细看过一头水母牛的眼睛，那样黑亮单纯，那样忧郁、水汪汪。它有粗长的眼睫毛，黑亮，微微地翘着。它喝水的时候，吃草的时候，眼睫那样谦卑地低垂下来。

作为一种体形巨大的动物，牛是很少有攻击性的。它们有一对牛角，与其说是武器，不如说更像是一对好看的饰品，装点着憨厚的头颅。尤其是母牛的角，通常是很好看的圆弧形，饱满，流畅，有一种圆融的生命力。

我家养过一头水母牛。在我说到牛的时候，我想到的总是那头母牛，那头一直装在我心里的牛。

我记不得它是何时到我家的。但我最初看到它的时候，它还年轻，还没生过小牛，因体形圆润健硕，我在心里叫它"小胖"。大人们只叫它"牛"。牛本来是没有名字的。

通常情况下，动物们都以毛发浓密为美，但牛应该除外。对了，还有马，我虽不熟悉马的习性，但知道"马瘦毛长，人穷志短"这句话，想来马的毛长了也不是好的——毛长的牛，毛脏的牛，看起来就是过得不好的样子，像人过得窘困了，哪还有心思去打理头发。

我家的小胖毛量就很少，只在尾巴末端有一大坨，甩来甩去扫蚊子。它肥胖，整个身子基本光滑无毛，脊背上裸露着青灰的皮，肚子上又有一点粉白色，看上去滑稽可爱。

小胖性情温和，走路拉犁慢吞吞，和一切慢条斯理的、好脾气的人没有区别。小胖的角也是秀气而圆钝的，看起来没有一点危险。这恐怕也是父母放心地把我一个小女孩和一头牛放在一起的原因。若单论个头和力气的话，它真的可以一脚踩死我。可它还是听从我的管束，让我牵着它走。

多少年后我想起这一幕，还是觉得牛什么都明白，牵着它的不过是个小姑娘，能让就让着她点呗。

后来小胖就一边干活一边生孩子。我记得它硕大的肚皮拖在泥水里，从田里起来的时候，乳头上的泥巴好几天都不掉。同样，在它的孩子吃奶的时候，有时候也会很尴尬地碰上乳头上还稀的或干的泥巴。小家伙不高兴，脑壳甩几下，跑开，不过一会儿，又跑过来，有时候我看不下去，会帮着抠掉那些泥巴。小胖看我的眼神温和、信任。它和我长久相处，似乎完全理解我的行为。

我想我最初感受到的"哺育"这个词的含义，就是在春天的田坎上，小牛的头一拱一拱地吃奶，吃得嘴巴边上全是奶泡泡的情景。

"短笛无腔信口吹"是没有的，但我骑在光溜溜的牛背上，唱着东一句西一句的山歌，看过山里最美的夕阳。那是我此生能看到的夕阳落下的最温柔的光晕。

牛是真的博爱，与诸物相处皆善。宽厚温柔的小胖，甚至前腿半屈着等我爬上它的背脊。它的背上背过八哥，背过水鸦雀，背过一个唱着歌的八岁小姑娘，对于它来讲，有什么区别呢，都是小小的，让它疼爱的孩子！

牛记忆好，当然是认得路的，到山梁子的路，它从来没有走错过。只是有一次它好奇，或者是有点馋嘴那里的嫩草，它把自己困在了一个石旮旯里出不来。天黑了它还是想不出办法，只能大声呼救。父亲和哥哥救出它来，它似乎很感激，后来干活更加卖力了。

牛不卑躬屈膝，但它知恩图报，你从来没有听说过一头牛是忘恩负义的。如果一头牛都发起性来攻击主人，我相信，那一定是因为极深极深的苦难和仇恨。牛有牛脾气，人不能太欺负牛。

多少年后，有一次和我哥哥爬上屋后的山梁，在枯败腐烂的树叶下依稀发现一些重重叠叠的牛脚印。我们都没有说话，我想我们都想起了那头牛。它竟然留下了那么深重的脚印。

鸟儿们和我

第一次体会到把一只鸟儿握在手里的质感，是很多年前。那时我大哥用霰弹猎枪打了一只蓝色的小鸟。他极有可能是误伤了它——这只鸟实在太小了，根本不值得他浪费一颗子弹。大哥对它没有多看一眼，继续寻找新的猎物目标。

一缕鲜艳的红色血迹，丝线一样绕在小鸟嫩黄色的嘴角。小鸟还没有完全死掉，身体还带着一点温热，甚至柔软的胸腹还在微微起伏。它深蓝色的羽毛发出幽幽的冷光，细细的脖子向一边耷拉着。它在我的手里慢慢阖上眼睛，纤细冰冷的腿在我的手里，似乎越伸越长。

我第一次触摸到一只鸟，它便在我手上死掉。我恨着大哥，恨着一切打鸟的人。我把小小的蓝鸟埋进了厚厚的栎树腐叶里。

秋天的一个早晨，我挪开了堂屋里许久不用的晒席，要用它来晾晒新打的稻谷。晒席在不用的时候，我们把它们滚成圆筒状，立起来放在屋里，挨着板壁。一只黑褐色的大鸟，伏在两张晒席中间的空隙里，像一块形状奇特的巨石。堂屋是关闭的，不知道它怎么飞了进来。我猜它也许是想躲进这个圆筒里，寻求暂时的安全。也许因为它身体虚弱，飞不了那么高。就算能飞，那个晒席筒口也太小，容不下它硕大的身躯。我还从来没有看到过这么大的鸟。

我把晒席搬到一边，这只巨鸟完全暴露在清晨刚照进屋来的金黄的阳光里。它有着圆圆的脑袋和圆圆的黄绿色眼睛。它看着我，不动，一副生死由命的神情。我慢慢靠近它，它还是不动，而我呼吸急促起来：我摸到了一只活的鸟呵，活鸟呵，还这么大！我试着用两只手托起它来，它闭上眼睛，身体沉重。我把它放在装过稻谷的空箩筐里，它的羽毛铺满整个箩筐。

我不知道拿它怎么办。我不敢也不愿意向任何人求救，让他们知道我做了什么。我观察它的腿有没有伤。没有，它的黑色的腿脚真是粗壮啊。

我拿来谷粒喂它。它小小的黑色的尖喙不张开，它也不躲避，只安安静静和我对峙着。那时我已经看过一篇文章，说有的鸟性情刚烈，若是被人捉住，会绝食而死，绝不苟活。我忽然很害怕它就这样死掉。也许它该回到森林里去才对吧。我把箩筐提起来，一步一挪，走过田坎。有的水田里稻子还没有收割，成熟的稻穗打在我的腿上。终于到了房屋对面树林边，我在小草坪上轻轻（也许很重）放下箩筐。我还来不及喘口气，它突然噗地飞起来，莽撞、迅速，吓了我一大跳。它飞得并不高，但巨大的身体很快便隐入林中了。看着空空的箩筐，我怅然许久，觉得刚刚发生的一切犹如梦境。也许，我本可以留下它的，我可以把它藏在某个地方，只有我和它知道。我就这样让它飞走了，甚至都没有好好再抚摸抚摸它。

初冬，漆树的叶子开始变红，后来就一张张地落了下来，留下空荡荡的灰褐色树干。这次我又切近看到了一只鸟。它站在漆树枝上，在夕阳微红的光芒中和我对看了好久。它有着圆圆的脑袋和黄绿色的圆眼睛……我心里有点激动起来，虽然明知道这只颜色浅得多，体形也要小许多。它和上次那只鸟，它们之间会有一些关系吗？如果它们认识，会叙述或讨论一些关于人类的事吗？它远远地看着我。暮色越来越浓，它从漆树上往上一纵，张开宽大的翅膀，向着深浓的远山飞去了。

很长的时间，虽然我生活在各种鸟类的啁啾声中，但并没有与其中的任何一只发生真正的联系。它们在林间飞来飞去，在小路边，在田地里跳来跳去，在高高低低的树上或欢叫或哀鸣。但人要真正走近它们还是很难的，我多想和一只鸟建立一种联系啊，这种联系就是，我和它之间，有一点能跨越物种的信息交流，能对彼此有一些了解、信任和留恋。

两只红嘴蓝鹊在一棵高大的棕树上做了窝，它们飞进飞出，形影不离，灰蓝带白点的尾巴和修长的橘红色的长脚一次次在低空掠过。我常常在棕树下干活，割草或摘菜。我们保持距离，和平相处。我自以为对它们俩充满了友好，它们也似乎并不逃避我。两只鸟红色的长喙互相替对方梳理羽毛的画面，总是出现在我的视野。有一天我认为可以更近一步了，于是靠近棕树。它们一改平时态度，朝我厉声嘶鸣，甚至不顾一切地朝我身上撞击。这个时候我终于明白过来，我所认为的靠近，在它那一方看来是充满了危险的图谋，我以为和它们逐渐地熟悉，也可能是它们对我一再的防范和提醒。

也许我不会再奢求和一只鸟亲近了。

去看望朋友，我来到"都市第三地"。低矮的浅粉色小房子静默着，有一种恍惚感。走到楼下时，听到什么重重地掉在地上的声音。我眼睛近视，只能走近了看，原来是一只麻雀。房子只有二楼的高度，一只鸟即便失了足，踩了空，也不至于掉到地上便起不来。它低伏的身子不动，翅膀向两边尽力展开，却不是起飞前的振羽。我又一次（这其实是我人生的第三次）触碰一只鸟的身体。我很轻地抚摸它头上黄灰的毛，它没有反抗。我让它站在我的手心里，它的腿脚也没有什么问题。它没有伤，只是一动不动，任由我在它的头上和背上抚摸。这只鸟，这么快就和我建立一种亲密的联系了吗？我突然非常感激，感激朋友的电话，感激因为他的到来让我遇到了一只鸟。我甚至很快想到了家里的猫，想到以后它们能不能和睦相处。很快我就发现不对劲：这只鸟不叫也不动，嘴巴却一直张着，像在无声地呐喊。它的喙为什么闭不上了呢，它又没有鸣叫。

朋友出来迎我，我问他这是不是一只刚学飞的鸟。他说，你看这毛，这腿，这肯定不是嫩鸟啊。可它为什么不动呢？朋友用手指轻点小小的鸟头，它不看他，也不躲避。也许，它的生命走到尽头了。它不是太嫩，而是已经太老了。你放它在树枝上吧，或者放在草地里，该怎么样，是它自己的事了，朋友说。

我把它放进草坪，那里长满了深绿色的柔软的麦冬。它还是那样站着，头昂着，嘴张着，不声不响。我们在旁边的石凳坐下，我心不在焉地听他说话，时不时瞟向鸟儿。朋友说，我们离开一会儿，也许它能自处。我想也是。也许我自己也是想逃开的，我不再想看到一只鸟死去，我刚刚抚摸到的一只鸟。

我们移步到另外一张石凳坐下。我们聊了大约一个小时关于石门坎的话题。在聊天中我几乎忘了那只麻雀。当我们再次回到原先小鸟站立的草坪时，发现它已不在了。我正要庆幸，忽然发现它在更深的草丛里。像你想的那样，它已经僵硬地倒下了，一张鸢尾的叶子盖住了它小小的身体，只有两只细长的爪子露在外面。

雁不栖树

本来在床上躺着读汪曾祺的书，当读到《雁不栖树》一文时，因甚感惊奇，披衣从床上坐了起来。我从来不知，大雁因为脚趾不能弯曲，原是不能栖在树上的，同鹅、鸭一样。同时还有别的一些鸟，脚趾也是不能弯曲的，不能栖树。比如轻捷的百灵鸟，不飞时就不能待在"栖棍"上，只能在砂地上跳来跳去。

汪曾祺从苏轼《卜算子》写起。他引了《苕溪渔隐丛话》里对苏词的评价说："'拣尽寒枝不肯栖'之句，或云：鸿雁未尝栖宿树枝，惟在田野苇丛间，此亦语病也。"

然而汪曾祺认为苏轼原是知道"雁不落在树上，只在田野苇丛"中这个常识的。作者既知此常识，却写孤鸿"拣尽寒枝不肯栖"，应是别有寄寓。如此，一首看似本来很好懂的词，弄得成了谜语。

苏轼"拣尽寒枝不肯栖，寂寞沙洲冷"之句，本是被广为诵读引用的名句。我想可能大多数读者和我一样，读到此词时，想到的都是大雁在寒枝上飞来飞去，孤独寂寞，犹豫徘徊，怕是没有想过雁能不能栖在树上这个问题的吧。

为什么不去想这个问题呢？大概是我们想当然地认为雁是可以栖在树上的。为什么会想当然呢？是因为很多人其实是没见过雁的。

在小学时，我们背过课本上这样的句子："秋天来了，一群大雁往南飞，一会儿排成一个'人'字，一会儿排成一个'一'字。"可那时只背课文去了，我们从来没有想过大雁是一种什么样的鸟，它往南飞，是飞到南方的哪些地方去呢？我们不知道，也没有想过。

更多的时候，大雁对于我来说只是古诗词中的一个意象，表达诗人的思乡之情。元好问词句"天南地北双飞客，老翅几回寒暑"，总让我觉得它们飞得特别辛苦。"雁尽书难寄，愁多梦不成。""鸿雁何时到，江湖秋水多。"凡写到大雁，总有凄凄乡情愁情。

合上书，忍不住去查百度，想知道大雁迁徙的路径。百度上说大雁南飞，多是飞到广东、福建一带，也有少数飞到云南。我以为贵州见不到大雁，但后来听说威宁草海是有的。

和策策说起，他说你不知道大雁飞到衡阳即是尽头了呀。我听此一说，脑子里立即想到范仲淹的句子"塞下秋来风景异，衡阳雁去无留意"。可是我也没有想想，范仲淹写这首《渔家傲》时，他本是在西北前线承担边疆防卫重任，如何想起"衡阳雁去无留意来"，应该是有典故的。若仅是诗典，那王勃在《滕王阁序》中便有"雁阵惊寒，声断衡阳之浦"的佳句；杜甫曾居衡阳，也留下了"万里衡阳雁，今年又北归"的诗句。是不是大雁到了衡阳，真的不往南飞了呢？若如是，是气候原因还是高山阻隔呢？这便不得而知了。

听说衡阳有"回雁峰"，我没有去过，但总有点怀疑不过是因从前诗文而造的景。

庄子给我们讲了一则"竖子杀雁"的寓言故事。可以杀之以待客的"雁"，当然应该不是今日所说之大雁了。后世译文，皆译成"鹅"，有可能雁很早就被驯化和杂交，成了人类饲养的鹅。这些饮食丰足体格肥硕的变成了鹅的雁，连飞行能力也失去，当然更不能栖在树上了。

辣　椒

　　以前我们潘家山都叫辣椒为海椒，现在也还有许多人这样叫。和西红柿被叫成海茄一样，海椒这个称谓大致表明，它原本为海外传入之物。人们大多称其为辣椒，想是重其习性而略其来源了。潘家山后来人口大量流动，人们从家乡出去又从各地回来时，也习惯于叫"辣椒"而不是海椒了。

　　据说辣椒是在明朝传入中国的，最先落户在南方沿海地区。和西红柿一样，它最初也只是被作为一种观赏植物。国人在吃上向来敢于尝试，辣椒最终成了一种重要的食材。真要感谢第一个吃辣椒的人，为它成为人们口中之食做出了巨大贡献。想那人第一次惴惴地张口咬食辣椒时，辛辣而新鲜的感觉会何其强烈。

　　有资料记载说，辣椒传入贵州是在清朝初年。乾隆年间，贵州已经开始大量食用辣椒，在清末的《清稗类钞》中记载："滇、黔、蜀人嗜辛辣品"，"无椒芥不下箸也"。

　　今日他地不嗜辣椒者，说起辣椒，动辄说湖南、四川、湖北，说得像贵州人不怎么食辣似的。我倒是觉得，贵州人才是辣椒最热情的拥护者。这可能和贵州多雨的气候有关——据说吃辣椒是能祛湿的。

　　就我吃辣的经历而言，嗜辣总是贵州为甚。四川、重庆、湖南等地，炒菜和火锅皆多用辣椒，看起来红艳至极，其实辣味并不很重，如人衣饰夸张而性情温良。江西也吃得辣。在菜里看不到几块辣椒，还正愁不辣，开口食之，却辣在舌尖和喉头，有种不声不响不依不饶的狠劲。我谓之"阴辣"。

汪曾祺写过川北和云南都有一种叫"涮涮辣"的辣椒，说这种辣椒本身是不能吃的，用一根线吊在灶上，汤做好了，把辣椒在汤里涮涮，就辣得不得了。不过他讲这个事例，也只说明有这样一种厉害的辣椒，并不说明川北和云南人特别嗜辣。

贵州的乡下人家，就算别的什么菜也不种，也起码种有一畦辣椒，红红绿绿，随手可撷。如果他们后来迁居到城里，也往往会在楼顶或者阳台，种上几株辣椒。虽然吃的时候仍然是要去菜市场买，但栽种辣椒的习惯，对于他们来说简直深入骨髓。楼顶、阳台的迷你栽种，聊慰相思似的。在街市铺面，往往也会看到，门口巨大的花盆里，堂而皇之地种着一棵棵被极尽宠爱的辣椒。它们枝繁叶茂，肥硕油亮，在微风中微微颔首。

大约春天四月，辣椒便开出一朵朵娇娇俏俏的白色小花来，清秀美丽。花谢之后，辣椒便探出小小的脑袋，一天天悄悄长大。到夏末初秋之时，辣椒积聚浑身之力，由绿色转为酱红色，再变为艳丽的鲜红。艳阳之下，水泥院坝、晒席、簸箕，铺满了鲜红的辣椒，热烈如火，甚至感觉到空气都是火辣的。

我出生在农历四月，正值辣椒长势葱茏之际。我妈一边坐月子，一边担心辣椒地里的杂草长高了没有薅。满月第一天，她就把我背在背上，顶着太阳到辣椒地里薅草。她说我的一边脸老朝上晒着，致使后来好久都还黑黢黢的。

除了把辣椒晒干贮存，用以切段炒菜，或是舂"糍粑辣"、刨糊辣椒、做鲊辣椒之外，贵州几乎每家必备糟辣椒。如果哪家竟然连糟辣椒都没有一罐，那这家女主人也差不多可以算不理事了，至少于饭食上可能不怎么样——糟辣鱼、糟辣排骨、回锅肉、蛋炒饭，甚至拌凉皮、拌萝卜、拌海带丝，总之一切可炒可煮可拌的菜，都可以用上糟辣椒。它一方面味道特立独行，一方面却和一切蔬菜与肉类都可结成良朋好友。实在没什么菜的时候，直接拍两瓣大蒜，砰砰砰切碎了炒糟辣椒，也是完全可以下饭的。

糟辣椒的制作并不麻烦，套用《舌尖上的中国》一句话："高端的食材，往往只需要最朴素的烹饪方式。"选用肉质厚实、色泽均匀的新鲜红辣椒，洗净、去蒂，晾干水分，加上新鲜生姜和去皮大蒜，放入木桶中细细宰碎，加上适量的盐，用大肚坛子装起来，上面再浇上适量白酒，密封存放就可以。

夏末初秋，制作糟辣椒的时候，从人家的门口经过，往往都会闻到一股辣香随风而来，闻之令人醒脑。

别地也有糟辣椒，湖北、广西都有，看来嗜辣之人有增多的趋势，酸辣鲜食，当然能刺激味蕾。有用红绿双色辣椒制作的，谓之曰"绝代双椒"。还有用黄色小米辣制作的，那更是辣得过瘾了。

一次在海南，吃了几餐全无辣椒的菜后，人人都不习惯，甚至于有恹恹之状。去餐馆时先问人家："你家有辣椒吗？"听者大多摇头。后来找到一家说有，吃饭时服务员给了一小碟辣椒酱，看得我同事着急起来："你这点辣椒，眼屎恁点，够哪个吃？"服务员忍笑，把碟子拿去加满。看我们三两下吃光，禁不住伸伸舌头，又去盛了一大碟来。

我在绍兴一家书院的夏令营活动中打过一段工。绍兴人嗜咸，却不食辣。顿顿见不着辣椒，越吃越少，本来圆胖的我竟然瘦了起来。后朋友寄了一大罐遵义虾子炒制的干辣椒，吃后简直觉得精神倍增，幸福至极。当地的老师和孩子们先是表示不吃辣，何况还大夏天的，更觉应该饮食清淡。后来略尝一尝，纷纷点头称好，大快朵颐起来。一大罐辣椒很快吃完，只得麻烦朋友再寄。在等寄快递的过程中，有的孩子一再问辣椒何时寄到，简直比我还等不及。可见，人的胃口是容易改变的。也可见，辣椒这东西，确实自有魅力。

后游学去临海县，大家因为之前吃遵义辣椒的缘故，便特意找了一家麻辣烫馆，湖北人开的。我要了一份"变态辣"的小火锅，几无辣味，还变什么态啊。

《红楼梦》里的凤姐泼辣厉害，被称为"凤辣子"。这是很形象的比喻——辣椒辣起来，真的很烈，火辣辣，凶狠狠，但是人们又总是爱，离不得。淡而寡味的东西，总还是叫人厌倦的。

人们又把打扮时尚、身材性感的年轻女性叫"辣妹"，这个词也用得好。网络上又有"辣眼睛"一词，指看到了不该看或不好看的东西，有不忍直视，惨不忍睹之意。这是把味觉移之于视觉了，可谓之"通感"。

南　瓜

我们总习惯叫南瓜为荒瓜，不知和饥荒有没有关系。也不知别处有没有这样叫法的，我没有听说过。

早先读《红楼梦》的时候，记得里面写到刘姥姥在大观园的宴席上，有两句逗得贾府诸人哈哈大笑的话：一句是"大火烧了毛毛虫"，一句是"花儿落了结个大倭瓜"。

倭瓜是什么瓜呢，就是南瓜。可能彼时之人以为南瓜来自日本，于是叫它倭瓜。

后来知道南瓜是明末清初时由南美传入中国的，是以名"南瓜"。也有人说由南美先传入日本，不知是哪一次外交事件让南瓜来到了中国。民以食为天，外交能使百姓吃上更好的东西，就是好事。像郑和下了一次西洋，给我们带来了玉米、红薯等，也许比别的所谓政治意义更有意义呢。

南瓜易种易活，对生长条件基本没太多的要求，但因为叶子宽大且有蜇人的毛刺，加之枝蔓横牵，所以一般是在田边土坎栽种，给它更大的自由空间。讲究点的，可以给它搭个瓜架，还偶尔把南瓜翻面，以使日光均匀——不过那是对体积比较小的南瓜。我在别处有见，一排排小金瓜吊垂于瓜架之下，煞是可爱。在潘家山，好像也没有哪家这样讲究。我们种的南瓜，块头太大了，不搭瓜架，怕承重不够掉下来砸到人。

有的南瓜，一辈子长在深草丛里不见天口，直到秋天，草都枯萎了才被发现，摘出来一样饱满鲜活色泽匀净。草萎而瓜出，好像在一堆谎言下面，有一天终于显露了真相。

南瓜开美丽的黄花。不过稍微细心一点，观察的时间久一点，你就会发现它们开出的花是不同的：一种花托上面带个圆圆小瓜，那是雌花；一种就是直接一朵单独的花，不能结瓜，只负责授粉，这是雄花。潘家山的人把不结瓜的雄花叫"谎花"。其实雌雄分工不同，各做各的事，谁也没有说谎。植物们总是很诚实。

我们小的时候，要是发现哪一朵雌花下面的小瓜瓜长得黄黄的不太精神，便会做一件帮助它成长的好事：把雌花的花冠周遭掐掉一部分，再摘一朵雄花，把里面的花粉对准雌花的花丝，再小心地把雄花的花冠覆上去。更保险一点的做法，是把棕叶撕成细条，轻轻绑缚两朵花，使之固定，并保护它们相亲相爱的隐私。我觉得这个行为有点像为他人做媒。

过不了几天，雌花剩下的那一部分花冠也全蔫了，雄花还覆在上面不离不弃，底下的瓜很快肥肥地大了起来。

我每次这样牵线拉媒，从未失手过，心里蛮骄傲的。

南瓜花（主要是雄花），有些人喜欢以之裹了面粉加上切细的茴香或小葱，下油炸了吃，谓之"拖鱼"。南瓜花金黄，尾部散开，确实有点像金鱼。我在家乡时，对此似乎无甚趣味，不过哄一下筷子，也算吃个新鲜。现在见清晨的菜市上有菜农一把把捆扎着卖的南瓜花，绿棕叶或黄稻草缚了它细长的茎，硕大鲜艳的花朵饱绽开来，还带了露珠。我觉得它们真是美，同时又想起我帮助花朵授粉的事来，多少年再也没做过了。

南瓜要么食嫩，要么吃老，不嫩不老时，最无意趣。这有点类于人，幼时童真可爱，老来返璞归真，中间一段甚是熬煎。

嫩南瓜不外水煮或者清炒。在家乡时，总是把饭蒸上之后，再去地里摘瓜。细颈样的瓜蒂"呲"一下断开，还带着一滴滴透明瓜油。切瓜的时候，嫩瓜的油脂还常常紧紧地咬着菜刀。小小南瓜两三日变大，则鲜味已失，不复再食，只等变成老瓜了。

潘家山以前鸡枞菌甚多。我在家里吃过鸡枞菌丝和南瓜丝同炒，或者煮菌汤时上面漂几片南瓜的薄片。这种吃法以后再没有过。后来鸡枞菌身价倍增，而南瓜依然为"贱物"，似乎两者也门不当户不对了。

见有人把老南瓜切片炒，吃过，觉得不甚好。老瓜还是素煮的好，朴实无华，淡中滋味长。老南瓜蒸熟，压成泥状，和上糯米粉，做成南瓜饼、南瓜汤圆，皆是不错的。我试着用模具做过南瓜饼。模具图案整饬精美，且印上"花好月圆"等祝福之语，但我嫌不好操作而弃用。我女儿用牙签在金黄的粉团上轻压成条纹，又成了一个个小小的可爱南瓜。

苦 瓜

　　记得小时候，苦瓜没有现在这么大只的。它们修长光润，莹绿可爱，并不是一身疙疙瘩瘩癞格宝似的，看起来蠢相。苦瓜藤长着单瘦的身子，牵着细瘦的胳膊，沉默地捧出一只只苦瓜，悬挂在院坝边竹枝做成的瓜架上。

　　我也不明白我妈为何要种好几垄苦瓜。家里人除了她和三姐之外，谁都不爱吃。

　　那时家里苦瓜的做法也很单一，通常只是切成薄片，佐以糊辣椒面和大蒜蓉凉拌。三姐在放佐料之前会用盐腌渍片刻，再以清水淘洗，挤干——是为去苦。母亲做时，往往没有盐渍挤干这一道工序，说本来就为了吃苦，这一去味，感觉没什么吃头了。我挟过一筷子尝尝，刚触到舌尖便觉苦不堪言。自此多年不吃。

　　饭桌上备受冷遇的苦瓜，当然有许多摘不完。那些失宠者也是幸存者，兀自挂在瓜叶渐萎的架上，似乎大家都忘了它们。像一切要让自己成熟的瓜果一样，它们慢慢由青绿而青黄，表皮上经络绽出，根根分明，似乎正在积蓄力气。

　　有一天，我发现有几个苦瓜前端豁开，分成均匀的四个瓣。这四个瓜瓣往外翻卷，露出里面明亮的橘红色。看起来，略略有点像野生的萱草花，竟也是很美丽的。除了饭桌上夹过的那一筷子凉拌苦瓜，我算是第一次细看它们。

　　我走近了细看，发现它裂开的瓜瓣里面有红色的瓤，红瓤里还包着一颗颗扁圆的籽。我不自禁伸舌一舔，咦，居然是甜的。再用牙轻咬，发现籽上面是有一层厚膜，那层膜全是甜的，于是它们被我一一吃掉了。在缺少糖果的童年，我们总在各处寻找甜蜜。

后来我无意得知，我们炒菜用的"未成年"苦瓜为什么会那么苦，它其实是一种生存策略：动物们以苦涩味觉来识别一些有毒物质，未成熟的苦瓜为了保护自己不被吃掉，它就冒充了毒物的味道。就像辣椒之辣味，本也是为了吓退吃它的动物，可正是这种辣味，反而刺激人的味蕾，让人爽到不可方物。果然，植物们这点小小计谋，可以瞒过别的物种，却瞒不过人类。何况有一类人是嗜苦若甘或者无辣不欢的。

我学会吃苦瓜上的瓤籽，再学会吃比较老的苦瓜——因为那时它们的苦味已经很淡了，只是肉质变得绵软，再后来完全不觉得苦瓜之苦——可以像吃黄瓜一样，把一根苦瓜咔嚓咔嚓吃掉。那个时候，大约已经吃过生活许多苦了，所以才不觉得。有人把那种生活处处不如意的人，喻为"苦瓜"，把那种艰辛愁苦的脸相，叫作"苦瓜脸"。

汪曾祺曾写过一个朋友请他吃饭的事：因他说自己什么都能吃，那位朋友便故意开玩笑整他，吃饭时桌上尽是苦瓜：炒苦瓜、拌苦瓜、苦瓜汤。见他毫不在意甚至大快朵颐，朋友很是惊奇。汪曾祺那时已是经历了许多苦难的老人，能把别人打落自己牙齿的事情，也写得轻轻松松。

现在菜市上，常见那种癞格宝似的大苦瓜，比过的小苦瓜味寡。我也已经有点嫌弃它们不够苦了。

和一些鸟的相遇

不管在城市或乡村，你都会碰上一些鸟，你们之间都有可能发生一点故事。

小镇自建房的阳台，向南，而且很宽大。开始的时候，空空的阳台虽然明亮，但并没有鸟来，后来那里的植物越来越多，越长越高，就有一些眼尖的鸟看到了。也许它们从植物长得茂盛的样子可以猜到，这家的主人不是一个坏人，不会伤害它们。鸟们试探地走近看看，没什么危险，它们放心地来了。小镇也有它们可去的很多地方，它们也许想更大地扩展疆域，增长见识。它们能在天上飞，又能在地上走，比人的行动更少受限，它们当然可以多走走。多走走，就会有更多的故事发生。在并不漫长的鸟生，多见点世面总是好的。

人站在临河的阳台上，听一听河水的声音，也听对岸人说话的声音。走在路上的人，却很少去观察一个阳台上站着的人，除非那人是和自己有特殊感情的。但一只鸟却有可能会很细心地观察，似乎带着一种了解的渴望。

那是一只小小的鸟。对于植物，很多我都可以说出它们的名字，但是对于鸟，我只能用非常笨拙的词语去分别它们：大鸟，小鸟，白鸟，黑鸟，黄鸟，红胸脯的鸟，蓝尾巴的鸟。人自以为很聪明，他们发明文字，发明许许多多东西，但很多人其实叫不出一朵花或一只鸟的名字，不能准确地描述它们的样子，也不能分辨它们的鸣叫，是求偶还是寻子，是忧伤还是喜悦。

那只灰色的小鸟落在阳台上。我不知道它是对我好奇还是对一株玉树好奇，或者，它只是想出来散散步，消消食。也许平时它是和它的妻子，或者丈夫一起来——不好意思，我不光是叫不出它的名字，连它的性别也不知道。

这只灰鸟步态从容优雅，不疾不徐地在阳台边缘走来走去。它饶有兴味地看我，歪着头。它对我并不叽叽喳喳询问，这真好，不像人的行为。好多人就是话多，必须用语言来塞满空间，一见面就要东家长西家短地说，无话找话地说。我觉得我跟它很有默契，我也不去问它，从哪里来的，要到哪里去。为什么要问它呢，我又不想介入它的命运。

它就在我的阳台边缘走过来，走过去；走过去，走过来。它似乎很欣赏我家窗帘的花纹。那是一些大大小小的太阳花，上面还贴着两只仿真的塑料蜻蜓，一只金黄，一只橘红。我不知道它认出两只蜻蜓是假的没有。

我第一次这么近距离地看一只鸟，我甚至看清楚了它的黑眼珠和清澈的眼白。其实一只鸟的眼神，跟一个人的眼神差别并不是很大。它的尾巴是那种亮闪闪的纯黑，一点杂质也没有。它的后背灰色的构成是因为黑白的搭配，是非常讲究的渐变色。我相信人没法做出这种颜色来。

我并不想说话，但觉得我跟它应该有更进一步接触。我伸开手。它看了好一会儿我的手掌，认真的样子使我相信它都已经数过那一条条掌纹，但还是没有像我想的那样靠近我。虽然我前面说，它看到植物们长得好，会觉得这家的主人也许不坏，不过，谁知道呢，还是细心一点好。人的世界，总是有点复杂的。

它看了好久，终于走得更近，它甚至伸出喙来，在我的掌心飞快地啄了一下，只一下，像冷不丁开一个玩笑，然后它又跳到阳台上去了。它当然要和我保持距离。

后来它就飞走了，它飞的样子真迷人。我看着它扇子一样张开的尾羽，在落日的余晖里闪耀着金色的光。

第二天我在卧室醒来，推开窗。我听到从对面树林间传来一声特别的鸟叫，我觉得它是特意为我叫的。

我觉得我和这只鸟早先的时候应该就有一些渊源的，要不它何以如此信任地飞到我的阳台，甚至用嘴和我的手掌接触？我想了好久，终于想起来，也许我们真不止昨天才认识。也许我某一次站在一棵梧桐树下，听过它唱歌，也许它很多次地看着我匆忙或者懒散地去上班。我们不知道我们相识，就算知道了我们也健忘。我是说，我们，人。

自习课沉闷，人们难免要望向教室外。一只鸟在那里轻轻地啄岗位牌的柱子。不锈钢的方形柱子像镜子一样亮闪闪，那只灰色的小鸟，它看着镜中的自己，它跟自己玩着游戏，乐此不疲。它啄一下，又一下，一双灵巧的娇俏的黄色小脚轻捷地跳着。镜子里的那只鸟，对它有一种魔法般的吸引力。

我走过去看，打扰了它，败了它的兴，它飞走了。人总想着做什么要有目的，但它们没有，它们是开心就多玩一会儿，不开心就走开。

鸟时不时要在阳光下铺开翅膀晒一晒，使自己更舒服，也使自己变得更好看。它们也要照镜子，在水边，或者人类的岗位牌柱子上，很认真地照镜子。它们保持一种好奇，人也要对自己保持好奇，但不能太爱自己，像冯小怜那样爱自己，像水仙王子那样爱自己。那种爱法最终会迷失了自己。

旧时学校食堂不叫餐厅，也不叫膳食中心，只单纯地叫食堂。里面没有座位，学生一排排在外面或蹲或站吃饭。鸟们飞来，与人混食。这没有什么不好，人弃之，彼取之，各得其所。

学生们偶尔挥臂呵斥，鸟们泰然自若。它们知道，那些吃饭的人，还是一些孩子，他们还没有变坏。它们愿意和他们分享，是看得起他们。

人和鸟有的时候还是会生怨。

我去打柴的时候，掀翻过树上的鸟窝。淡绿色漂亮花纹的鸟蛋滚出来，摔烂了，橙黄的蛋黄和透明的蛋清，弄湿了一堆杂草。两只黄绿色的鸟飞来，朝我身上猛撞，叫声凄厉。它们太小了，面对世界的恶无能为力却又以卵击石，以死相拼。我终生不再捣鸟窝。

有时它们会误会我的善意。人要保持善意，而且还是在遭受误会的时候，那也是不容易的。我割草时离一棵棕树太近，两只红嘴蓝鸥以为我要靠近它们的窝，伤害它们的孩子。它们不惮以鸟身撞击，以利爪撕扯我这样的庞然大物，最终取得胜利。它们不知道，在风雨交加的夜晚，也许我和它们一样，生生地害怕鸟窝从树上摔下来。

水横枝和燕子

读戴明贤先生《适斋杂写》，里面有一篇小文名为《水横枝》。

题目让我觉得有意思。虽然之后想起这"有意思"，也是因为读了些诗歌的毛病，文艺性多情，向声而背实，喜欢古诗词中那点在现代文明中消失了的东西，或正是因为消失而刻意强化了的东西——水横枝，实在是个美丽的名字。

我读完全文，才看到所谓"水横枝"即是栀子。

作者也说他大失所望，"就是栀子。竟然是栀子。不过是栀子。"他觉得"直耸"的栀子"没有样子，毫无趣味"，而且栀子的花香，也过于浓烈，简直"袭人"。这是不为清雅之人所喜的形貌与气味。

老先生一开始为什么对"水横枝"有兴趣，而且非要寻根究底呢？也还是出于一种文艺的想象罢了。林和靖"疏影横斜水清浅，暗香浮动月黄昏"那样的情致，是一个安静于文学和艺术的人所钟情的。

想起很早以前看过一位台湾作家的文字。这位作家的名字我记不得了，但其所写的有一件事这会儿想起来。他写他的家门口一直有一种小鸟，在电线上停驻，在蓝天下飞翔，在小树上啁啾。他一直把它们当燕子，在心里一遍遍地以燕子之名呼唤它们，亲切温暖。

他以前只看到过文字中的燕子：小巧的身形，黑色的羽毛，剪刀一样的尾巴。这些都符合他看到的"燕子"形象。他喜欢着他的燕子，歌唱着他的燕子，心里满是喜悦。

有一天，他喜滋滋地对他的朋友说起他的燕子。他的朋友看了半晌，以一种专业的口吻肯定地说："这不是燕子，是一种叫乌秋的鸟。"他还不信，又去查看资料。这种小鸟果然是乌秋，不是燕子。

作者也说他非常失望，就像这么多年小心翼翼护着的宝贝，然后鉴宝专家告诉你它是个赝品。

为什么会着迷于燕子这个名，而对乌秋这个实非常失望？并不是乌秋的样子不如燕子好看，而是乌秋这个名破坏了作者对燕子的想象。我想这还是同戴老先生对"水横枝"的感情一样，还是对于"名"的执着。当然这个"名"不仅是"名声"的"名"。而是这个物作为一个"意象"出现，它身上实在是饱含了人太多的主观情感了。我们去探根究底，往往会失望的，真相会破坏艺术的美感。

以前我不知道夜寒苏的名字，只是每每路过那一丛类似洋荷又有点像姜的植物旁边时，总是不自觉地被吸引，摘一朵来放在包内，花萎了，甚至干了，但包里还是香的。这样一种美丽的植物，不知道名姓感觉对不起它，后来从同事口中知道它叫"夜寒苏"。我有点被这名字惊艳到，觉得有一种冷冽高傲的美感，于是更加喜欢这种花。

后来特意买得夜寒苏的块根，忙忙地要带到老家去栽。我妈看了看，不以为然地说："你栽那个枪壳做哪样？"枪壳？我疑惑地看着我妈，这也太破坏感觉了。后来一查，果然，夜寒苏也叫枪壳。

不管它叫夜寒苏还是枪壳，并没影响我对它的喜爱，我依然认真地把它种在地里，就像我也不嫌弃栀子的俗气。悄悄地说，我喜欢栀子花的香味。我觉得那是一种很年轻的、单纯强烈的、没有任何心机的香味。我在想春天来了的时候，我也会去弄一枝来放水里试一下，看能不能长出一段碧绿来。

苞　谷

　　我写了潘家山的好多种植物。它们包括粮食、瓜果、菜蔬、树木和杂草，但我一直没有写苞谷。其实它对我来说才是最重要的植物。在我的生命最需要营养的时候，是它默默地喂养了我。

　　潘家山地势高，山多土少，田更少。那些土往往还是东一块西一块的坡土，它们面积窄小到可能放一挑粪桶都放不下，坡度大到淋粪时粪桶在土里站立不稳，总会歪倒。潘家山又极缺水，种水稻是没有保障的，全靠老天爷赏脸下点毛毛雨。老天爷又总是那么不靠谱，多年种植水稻都天旱无收。苞谷耐旱易种，成了潘家山人的主粮。

　　我们那里曾经盛传过一首民谣，说"有女不要嫁高山，天晴落雨把门关，端的是碗苞谷面，脚杆烤起火斑斑"。苞谷面是"高山"人的主食，它却让高山人深感自卑。潘家山人那时勤于饭后刷牙漱口，被外人赞为"讲究"，却也往往不是因为讲卫生，而是怕被人看出吃过苞谷面。吃苞谷面满口钻啊，牙缝里黄黄的，一不小心就会暴露食物的本来面目。

　　其实要说起来，苞谷面真的是又有营养又好吃的粮食，吃它有啥自卑的呢。

　　潘家山那时家家都有一副大石磨，笨拙、沉重。那是用于磨苞谷面的。现在它们不知道去了哪里。有一次在一条小路上见着半副石磨盘，因过路人的践踏，那錾子凿过的纹路已渐渐磨得平滑了，隐隐闪着一种类似"包浆"的蓝蓝的幽光。

石磨既然是家家有，我家当然也是有的。我家的磨子好像格外大，因为要磨的苞谷面比较多。我们家人口多，养的猪也多。人和猪都要吃，一点点苞谷当然不够了。

大哥彼时在敖溪镇上读高中。他周末放学步行三十里路回到潘家山，往往天都黑了，但吃完饭还是要磨好大一箩筐苞谷面。他从无抱怨，觉得那是理所当然的责任。我能帮忙的时候，也帮着推拉两把。昏黄的电灯下，兄妹俩看似默契地配合着，其实我的力气有限得很，都是他在使力。有时我用劲用得不对，反帮了倒忙。

我妈做的苞谷面饭蛮好吃的。当然啦，我这样说是一种非常主观的感受，是不是天下所有的孩子都认为母亲做的吃食是最好的呢？回忆母亲，总会和某些食物联系在一起。

苞谷面要磨得粗细合宜。若颗粒太大，口感粗糙，吃起来不好下咽；磨得太细，蒸的时候会结团成一个个硬疙瘩，且中间"夹生"，腻答答地难以下口。做苞谷饭，最好两次上甑子蒸。第一次蒸到甑子盖滴下蒸汽，从锅中取出，倒进筲箕，摊开，略微泼洒些凉水，再搅拌均匀重新上甑子蒸透。蒸汽再次往甑盖上冒，清露从盖沿滴下，则甑中黄饭刚熟，香味四溢。

蒸一次也并非不能吃，只是色泽形状口感香味都要差一些。我妈勤快，都是分两次蒸熟。

后来用了磨面机，磨子便退了休，灰扑扑地缩在屋角。苞谷面也不是人的主食了，上新时尝一顿两顿，喉咙吞得懒懒的。苞谷还是被大量种着，几乎都只做猪饲料了。我侄女小时，有一次回潘家山，看到奶奶煮了一锅黄黄的粥，不知道是猪食，还一迭声嚷着说看起来那么好吃的样子，一定要吃。

嫩的苞谷，也还常吃着：或蒸或煮又或柴火烧了吃。不过那都是糯苞谷。它们大多是白色，颗颗晶莹圆润如玉。具体品种我不大分得清，不过有的甜糯一些，有的味寡一点，但都有一种清气。我还吃过紫色的糯苞谷，深紫浅紫都有，很漂亮，也分外香甜软糯。但这种苞谷不怎么种，大概是产量不高的原因。

糯苞谷又可以制作糕饼。我妈做时，往往是用芭蕉叶裹了糯苞谷浆，放蒸笼里蒸，每每看到一滴滴蒸汽凝成水滴，从竹蒸笼上掉下来，就晓得苞谷粑快熟了。

现在季节上时，也有人蒸了苞谷粑卖，往往用苞谷的壳包着，白衣黄里，包得也漂亮，且颇有意趣，有点"母抱子"的意思。还有人用箬叶包了，扎得四方整齐，看起来也讲究。有的苞谷粑虽甜糯，是加了糖，同时也加了糯米粉的。有的吃起来会略微带有酸味，想是磨的浆放的时间稍长了。这东西是最不可久放的，掰下来的嫩苞谷，马上磨浆，马上上锅蒸，熟了马上吃，讲的是一个新鲜。人们都晓得"猪吃叫，鱼吃跳"，从不说苞谷粑要吃什么样的，好像它太贱了，不值一说。

在抖音上看到一个广西男孩的视频里，将还未长粒的苞谷嫩芯子，清炒了吃，想来味道应该不错，但觉得尚在童年就扼杀了它成长，也太浪费了。

老了的糯苞谷，一般都做了爆米花。冬时村里往往有人背了一只黑黢黢的机器，四处走动。孩子就很欢呼，但是不敢自作主张，总要跟家长汇报了，然后就装两升苞谷去，一边还带了好些苞谷核。为什么要带苞谷核呢，要烧火加热呢。苞谷核烧起来，橘黄色的火苗舔着黑黑的爆米机，想想里面的苞谷被炒得头痛欲裂的样子吧，简直是"煮豆燃豆萁，豆在釜中泣"的写照呢。几分钟过后，那陌生而熟悉的外乡人，把机子的前端打开，"嘭"的一声响，小孩子们笑嘻嘻地捂了耳朵，苞谷的香味便飘开了。这是乡间难得的快乐。

直到现在，我也还是觉得那种爆米花的香味，比电影院里的奶油爆米花，香得实在许多。有一种长得很小粒尖尖的"阴苞谷"爆米花倒是不错的。开小火，平底锅刷一点油，苞谷粒倒进去，盖上锅盖，噼噼啪啪一阵爆，感觉很愉快。

我后来在镇上教书时，总见着一个打爆米花的男人，红色的三轮车上带了一个小孩子。小孩不闹不笑，木杵杵的不像个小孩子。男人一直忙一直忙，也是沉默寡言。小孩子饿了也不哭，只抓起爆米花往嘴里塞，一会儿又在硬硬的车厢里睡着了。做父亲的想起来，抓起一张小毛毯给盖上。小毛毯是红色的底，有几片牡丹花的绿叶。叶子总翻在显眼的一面，下面是蜷曲的小小身体。那时我已是做母亲的人了，看着这一幕，总是鼻酸得很。

今天为什么想起写苞谷呢，是因为收到北京的朋友寄来两袋"玉米糁"。它们就是我熟悉的苞谷沙，只是比当初吃的颗粒要大一点。我还特意去查了"糁"字的读音，原来此处要读"shēn"，不读"sǎn"。

香　草

　　不知道是哪户人家，置了一盆茂盛的香茅草在楼下的花坛里，且在旁边又放了一盆三萘。两个花盆同样大小同样款式，想来是同一家的。御湖苑一栋的人家都是新入住的，这家人真有意思，搬新家弄了一盆香茅草跟着来！花坛里原是植了高大的桂树，正午的阳光略被挡了些，疏疏地漏些光下来，洒在修长青碧的香茅和三萘上，摇曳斑驳，甚是雅致。

　　我第一次识得香茅草是几年前在大乌江红渡村。看到一大笼马儿秆似的植物长在一户人家的院坝边，我觉得有点奇怪，因为马儿秆这东西，一般不会有意种植，尤其是在家门口。马儿秆的叶子有锯齿，不小心碰到了手，会割出口子来，要流血的。

　　我说出我的疑惑，朋友却笑着让我走近了再看。近看，这细长的叶没有马儿秆叶的锯齿，伸手摸，也似乎较马儿秆光滑柔软。朋友笑说你再闻闻。掐了一段细叶嗅一下，发现竟有一种类于柠檬的香味，立时就很是喜欢，记住了这种植物，还老是记挂着哪天要自己种一株。可惜当时不便，后又没有合适的机会再去红渡那户人家，在别处又没有见得。

　　后来知道，其实早就多次见着香茅草的，只不过那是已经死去的枯草。

　　余庆人卖熟花生，不像江北那边用水煮，都是用甑子蒸来。蒸花生干湿适中，不像煮的那样湿漉漉的水汽重。卖者又加上剪成小段的香茅草加盐同蒸，味道当然要比清水寡煮的好得多。烤鱼、煮鱼、卤鸡鸭等等，常都是加上香茅草调味的。我由此方知香茅草是一种再不能寻常的香料植物，真是少见多怪了。

读过苞茅之贡的故事，才知苞茅即为香茅草，在古时曾被当作灵茅，作为祭祀之用。楚人把香茅草郑重置于匣中，当作贡品上缴周天子，是谓"苞茅之贡"。香茅草居然有这么悠久的历史，我实是失敬了。

鲁迅先生写在三味书屋读书时，一群孩童放开喉咙读书，有念"笑人齿缺曰狗窦大开"的，有念"上九潜龙勿用"的，有念"厥土下上上错厥贡苞茅橘柚"的。那时读"厥土下上上错厥贡苞茅橘柚"总是念不清楚，很多年之后才知道这原是《尚书》中的一段文字，意思大概是说"天下土地，下上是下等里最上的一级，好坏交错；那进贡的物品里有香茅、橘柚等物品"。

现在它们就种在楼下，我在阳台上就可以看到郁郁葱葱，真是开心。我喜欢有香味的植物。

三荽也是我喜欢的。它的学名应该是叫香菖蒲，跟水菖蒲和唐菖蒲的叶子相类。我与这种植物，接触的时间就够长了。乡下的人家，房前屋后总会种一些，用以炒牛肉或煮鱼肉时去腥除臊，使其味鲜。

香菖蒲喜阴，若太阳直照过多，叶片会变得黄而老。给它阴凉湿润的环境，则碧绿修长，形如幽兰，很是可作观赏之用的。

余庆的农贸市场一年四季都有三荽卖。农民往往将之连根拔起，洗净后装在桶里，以清水养着。碧绿的长叶子蔓在红色塑料桶边沿，有一种憨实可爱的生气。买回来若是一时用不尽，也可以以清水养着，多日不萎。

人对香味的喜好多为共嗜，但也是有差别的。野生的鸡矢藤，有的地方叫甜藤、五香藤。贵州某些地区三月清明之时，以之加上鼠曲草，捣烂枝叶，取其绿汁，浸泡糯米，做成甜藤粑粑，却是别有风味。我想"香花毒草"之谓，可能也会此一时彼一时。

《离骚》里多香草之名。江离、白芷、蕙、薜荔等遍布各章节，读来似见苍翠之色，闻馥郁之味。屈原这个爱洁爱美的绝望男人，总以香草自我比附，以示忠贞和决绝，也让我们见到，远溯至战国，人们已如此喜爱芳香植物了。

乡里人家，多种紫苏、藿香、薄荷、茴香、荆芥等香草于房前屋后，远近行人看到，便觉得这家人有生机。若是种了夜寒苏，开起花来，香味更是醉人。农人何懂兴寄，只是自然而然地和植物亲近。这是一种天然的爱好，也是天然的智慧。

据说叔本华常常对着路边花草说话，又说贝多芬曾经抱着花草树木哭泣，还说："你们都是我的兄弟姐妹。"孤独的人，总要借草木来慰藉灵魂罢。

很多城市种有香樟，每每初夏时节，发出清甘的香味来，偶尔一阵风过，精神为之一振。不过这已不是香草了，是香树。

一棵树的名字

　　一位写小说的朋友在鲁院学习了两个月，后来他写了一篇文章，纪念他在那儿的学习和生活。这篇文章很有感情地写了鲁院的一棵树。作者说他看到那棵树怎样从葱郁的初秋时节到黄叶飘飞的深秋，再到初冬时掉光了树叶，光秃秃的枝杈上覆盖着北京的初雪。他说他很多次地抚摸过那棵树苍老的树皮，像握住一位老朋友的手。

　　我当然相信，作者对这棵树是充满真诚的感情的。看到篇末，却依然没看到这棵树的名字，我忍不住问作者："这棵树到底叫什么名字呢？"他对我的问题似乎感觉有点奇怪，说："不过就是一棵树啊，你为什么一定要知道它叫什么名字呢？"我说："你和人家相处了这么久，文字这么深情款款，就算是从此相忘于江湖，难道连名字也不过问的么？"

　　那棵树有着明黄色椭圆形的树叶，它是一株槲树吗？或者是黄金槐、白蜡？到现在我依然不知道。

　　有时候，对于我们不认识的植物，要请教其芳名也确实不大方便。虽说现在有各种识别软件，但是有时候所谓专家，他们讲的也并不是对的。而且图片和实物之间，也难以真正吻合，常常误会，甚至谬以千里。

　　今天早上在余庆乌江北路的小粉馆吃早餐，不经意抬头，看到路边树叶子变黄了，才又想起前面和朋友讨论过路边行道树到底是什么树的问题来。

四季常青的樟树是西南常见的行道树，余庆也多植，我就一直理所当然地以为乌江北路的行道树是樟树。有一天朋友告诉我说不是，自诩和它们相熟至极的我还不信，坚称自己没有弄错。朋友说你摘下叶子来闻闻就知道了。我对香樟的那种清甘味道是熟悉的，一闻，这个味道果然不同——树和人一样，有的外貌很相似，却有不同体味，有很微妙的嗅觉上的差别。这到底是什么树呢？

我拍了照在网上查找对比，见它和天竺桂的相似度是94%，再看天竺桂的图片，却发现它是开黄色小花的。资料上又说天竺桂结红色小果子，我觉得和路边的树似乎不像：路边的树上也结果，但它们是小小的，黑黑的。后来和朋友说到别的，一时就把这个放下了。

我每天散步，每天都见着它们。我有时在树下的大理石台子上独自坐坐，凉风从石羊湖边吹过来，我感觉到生活的宁静和温情。有时会有一些老年人坐在树下打扑克，绿树映照着他们的白发。有天一个瘦瘦的男人躺在树下的两个台子中间，轻轻摇晃着两条瘦腿，一副逍遥自得浑然忘机的模样。一片树叶飘下来，落到他放在一边的褐色凉鞋上。我想树也许见过比我知道的更为丰富的生活，却没再想起过问它们的名字。

今天又想起再查一查，再拍了一张照片，百度上查找，却显示说是阴香树。我仔细看阴香树的图片，和这个确实很相似。百度百科说阴香又名月桂。我看到月桂这个名字有点激动。月桂，那不是希腊神话里的月桂女神吗？众神女爱慕的太阳神阿波罗，只狂热爱恋月桂女神，但因为他是太阳神，自身太过炽热，月桂女神难以忍受，只能逃跑，直到变成一棵树。

这真是美丽又悲伤的故事。爱情果然是不能太过热情的。

我再查找有关月桂树的资料，却似乎和阴香又不一样。再对比，原来阴香虽然被叫作月桂，但并不是那个传说中的月桂。我一时竟莫名其妙有点失望似的。

到现在也还是没能弄明白乌江路上的这些树，到底是阴香，是天竺桂，还是月桂。这像一个天天和我安静温柔地打招呼的人，我却不知道他的名字似的。我觉得有点对不起这些树。

母亲的柔肠

我妈那时一年要养两三头猪，她养得非常细心。

首先是喂食的时间总是准点：早上九点到九点半，下午两点半到三点，晚上六点半到七点。她近乎严苛地遵守着喂猪食的时间，猪们的一日三餐，不仅准时，而且保质保量。

她自己和她的孩子呢，一天只吃两顿饭。早上十点一顿，下午四点一顿。有时晚上我们兄妹饿得扛不过去，会加一餐。我妈语气柔和但态度坚决地说："晚上又吃，对身体不好。"她自己当然是不吃的，一口也不吃。

我心想：我们还不如你那些猪么，它们都是一日三餐。

除了时间准，她喂猪也舍得粮食。玉米面、细糠、白菜、南瓜、洋芋、红苕，切成细丁，煮得稀烂。看着从大锅里一瓢瓢舀起来，色香俱全，味道也应该不差。我女儿小时候去外婆家看到桶里的猪食，说她都想吃。

其实要吃也没什么不可以的，我妈弄得可干净了。她甚至连白菜的老叶子黄叶子也不要的。

添加饲料是哪样？她从来不用。她说："又没看到人家是用哪样做的，吃了还让猪长那么快，能是什么好东西？人能吃那样的猪肉么？"

好多人都说猪是又脏又懒的动物。当然啦，他们看到的猪，大概身上总是沾着丁一块稀一块的猪屎。要是看到我妈养的猪，他可能不会这样说了。我家的猪们，永远都是干净白花的，猪毛看起来油光锃亮。这真是得益于我妈教猪有方。

猪也像人一样，要养成什么习惯，最好是从小教起。

一头猪只要买来，我妈要做的第一件事就是教会它拉屎的准确地点。在猪圈的一角，楼板用锯子锯了一个圆形的小孔。猪把屁股抵过去，猪屎就从那小孔掉下去，落在下面的茅厕里。当然，如果猪们大小便同时进行，那在小孔的前面还留有一条缝隙，这样最多是淋湿一点点猪圈板。遇到聪明有经验的猪，一年到头，猪圈板都不会弄脏的。

我今天在写到这里的时候，突然想到倪云林如厕的方法，只是猪圈下面是坑，白鹅毛还是算了，太过奢侈。

当然，这个过程写起来简单，要让猪学会，其实是很需要耐心的。

我妈极有耐心。她总是一次次教，直到猪们学会为止。她晓之以理，动之以情："你们做猪嘛，也要干干净净的噻。不是为我好，是为你们各人好噻。睡在圈里也舒服，吃起来也舒服。一定要学会哈。"

不过有时她恩威并施，甚至棍棒交加："你们硬是听不进去是吗？讲了恁个多回就是记不住，今天是要打了！"她用竹丫枝打猪屁股，故意少喂它们吃食，让它们长记性。猪们稍有进步，她还会犒劳它们，给它们吃得更好。

在她的坚持下，我们家所有的猪都不会乱拉乱喝，它们饮食有序，坐卧有相，行止有节。

但是猪再怎么听话、聪明、讲究，最终都要被宰杀。

年底了，看着圈里的猪长得膘肥体壮。我妈的表现就开始矛盾起来。她喂猪食的时候，会站在旁边，满怀歉疚和慈爱地看着它们。有时，猪槽里还有没吃到的猪食，她会拿起个长柄木勺子帮它们弄一下。看了一会儿，也不多说什么，叹口气，离开了。

有时就感叹一声："唉，命啊。"

前面我不是说过我妈喂猪早上是在九点到九点半之间吗？但是杀猪那天，屠夫会来得比其他人早一点，大约会是在这个时候来。我妈呢，不等天亮就起来了，生火，煮猪食，比平时弄得更细心。

我问过她："不是马上要杀了吗？你还喂！"

她对我连这个都不明白似乎有点不耐烦："人家活一辈子，要死也总要吃饱了死嘛。"后来我就不问了。

杀猪匠到家的时候，那只即将受死的猪大约才进食半小时左右。

杀猪的过程她是从不看的，她尽可能借故躲远。但是杀完了之后，邻里要来帮忙，大家要吃刨汤肉，她作为女主人当然要切肉煮肉炒肉，那是没法躲掉的。人家来了，她也要拿出女主人的热情来。

吃饭的时候，她却总不怎么吃肉，尽吃酸菜拌折耳根，理由是炒菜时油烟大，呛到了，不想吃。

我们大家吃得开开心心的，谁会认真想她怎么不大吃饭呢。她忙来忙去地干活，身体看不出什么问题嘛，谁会去关心一个主妇内心的感受呢？

我妈除了养猪，还养了好几只鸡。鸡蛋她是吃的，但是从来不吃鸡肉，理由是鸡肉尽是骨头。

有一次，我们家杀了一只母鸡，因为它好久都不长个儿。剖开来发现鸡胃里有一根大针，那根大针把鸡胃顶得变了形。谁也不知道这鸡是什么时候在哪里吃进去的，看着这根针，想着都会疼。我妈自责得很，总是怀疑是自己害的，家里人就她用大针嘛。她好久都在说可怜养畜生说不出话，不晓得是有多疼呢。以后她就处处小心，容易伤害禽畜的东西，绝不乱扔。

乡下很多中年女人初一十五是茹素的，但我妈不。她那样强度的劳作，不吃荤当然不行，炒菜时猪油也放得很多。但唯她只是吃猪肉，偶尔吃点鱼肉，别的肉她就不吃了。她倒也不说不杀生什么的，只说有猪油猪肉可以吃，为哪样非要去多害一条命呢？

前年，母亲八十三岁。腊月初二那天，阳光很好。她自己洗了头，洗了澡，换上自己喜欢的衣服，坐在她常坐的椅子上，安详平静地离开了。

母亲虽是终年劳作，但身体一直健朗，最后无疾而终，也算是上天对她一份柔肠善心的回报吧。

蜻蜓和豆娘

我们把蜻蜓叫"洋点灯儿"，把豆娘叫"小洋点灯儿"。我以为它们是一个大家族的，或者是有亲戚关系。

那时潘家山的蜻蜓真是多，特别是夏末初秋。稻秧子怀了孕，鼓突着绿色的肚子，稻秆中段边缘是隐隐的白色。有的稻穗即将喷薄而出，有的已经探出了头，它们也看到了上空飞来飞去的美丽的蜻蜓。

潘家山的红蜻蜓特别多。红蜻蜓真是红啊，除了翅膀因为太薄而显出浅浅的橙色，其余的部位都是红色。头、脸、眼睛、长长的尾巴、纤细的腿脚，通体艳红。蜻蜓的翅膀那样薄，翅脉历历可数，是一种很神奇的网状，长的短的方的圆的，菱形梯形六边形，自由结合，却是无与伦比的精巧，当它们结成队从身旁、从头顶飞过，扇动的薄翅膀发出轻微的呼呼声。

有一首很老的歌，充满了惆怅的感觉："晚霞中的红蜻蜓哟，你在哪里哟？停栖在那竹竿尖上，是那红蜻蜓……"我见到的红蜻蜓，大多是停栖在稻叶上的、扁豆架上的、彼岸花上的。它们甚至在我的头上肩膀上胳膊上停留过。

有一种黄黑相间的蜻蜓，数量少，飞得似乎更急速。在一大片的红色中，总是自信从容甚至卓尔不群的样子。它们黄色和黑色的条纹很清晰，有些像蜜蜂，但比蜜蜂更鲜明。不知道它们是不是凭着这身特殊的制服，在向外界发出某种警示呢。

还有纯蓝的蜻蜓、纯黑的蜻蜓、灰蓝的蜻蜓，它们的颜色看似简单，但若是在阳光下走近了细看，都会在上面看到一种彩虹般的繁复的色彩，而不是某种单一的颜色。造物主有着极高妙极耐心的审美创造，但他创造的美丽，很多时候是只给细心的人看的。

我的名字叫"廷晴"，这名字曾被人误称或戏称为"蜻蜓"，我不光不恼，还挺高兴。做一只晚霞中飞舞的蜻蜓，应该是不错的，只是要小心些，眼睛尖一点，不要碰到蜘蛛网，也别太靠近人类——他们是不怎么可信的。

小小的蜻蜓已经很秀气了，但豆娘这种"小洋点灯"更是娇小。若蜻蜓是《诗经》中的"硕人"，豆娘就是能在掌中轻舞的纤细美女了。

豆娘是自然界当之无愧的袖珍美女。它身材苗条，手足纤细。它栖息时四翅收拢在背上，如少女美丽的长纱裙——蜻蜓与豆娘的显著区别即在于：蜻蜓栖息时翅膀是向两旁张开的，而豆娘是并拢在背上的，这使豆娘看起来格外地文静温柔。是啊，要不怎么叫"豆娘"呢，这个起名字的人，不管是男是女，真真是锦心绣口。

豆娘的颜色很多，浅黄柔绿青碧蓝紫。若你能靠近它们，你一定会大吃一惊：它们有着多丰富的色彩和多不可思议的光泽啊，梦境一样。你还可以看到，它们轻柔的翅脉跟蜻蜓也是不一样的：豆娘的翅脉是长条状的、发散形的，这使它们看起来更纤长秀美。

豆娘是不怎么成群飞舞。它们非常安静地停栖在一片稻叶上、茅草叶上。有时候，一张叶子上，会有两只豆娘四足相抵，或是圆目相对，至于是不是有喁喁私语就不知道了——它们实在是太小。更多的时候，它们独自玩乐，在清清的水面上触一下，又飞起来，再触一下，乐此不疲。我总是怀疑，它们这是在照镜子吗？它也像水仙王子一样迷恋自己的美丽吗？

　　但是我真是迷恋啊，潘家山的下午，万物静穆，清风吹拂，我凝视一只娇小美丽的豆娘，什么也不用想。

大　山

我常常感到，那些在水边长大的人是很不一样的。我说不好他们具体有什么不一样，但就是有某一种气息，会和山里长大的孩子迥异。

我常常看到，一些已至中年的男人，在谈到他们小时去河里游泳、钓鱼、捉鱼时，本来疲惫麻木的脸上便生动起来，暗淡的眼睛便有了光。他们谈论着因为下河而挨了母亲打的情形，脸上都是幸福的光晕。同样，那些在岁月的磨砺中，已平庸得毫无魅力的女人，一旦谈及年少时在河边浣衣洗菜或游泳，眼里便有了温柔灵动的光泽，这样的光泽甚至在很大程度上抚平了她们脸上的皱纹。

我想，童年的河水、少年的河水，是一种沐浴着他们、滋养着他们、安抚着他们的神奇养分。

每至这个时候，在山里长大的我，往往只是沉默倾听。山里的童年，于我似乎是拙朴到形秽的，乐山乐水，也许在智者那里是"乐"，在我是"要"吧。

我走进深山，是为了向深山索要，索要生火用的木柴，建筑或打家具的木料，还有食用的菌子。所有这些，对于一个女人来说，它只关乎生存的需要，没有诗意的回忆。

我和山的关系，既是索取的，也是淡然的。总是取之自由，便成了理所当然，熟视至无睹。

　　我关注的是那些小草、小花，当然也是先有"致用"的意思。它们可以成为牛的、猪的甚至人的食物，比如牛筋草、马唐、狗尾草、马儿杆、车前草、马兰头、野茼蒿、鹅儿草，在一个又一个的春天里，我多次触摸过它们，刈割过它们。为此我的掌心在很早就失去细腻，变得粗糙。

　　我和它们如此肌肤相亲。它们植株的高矮，茎干的软硬，叶片的颜色、形状、肥瘠和经络，我熟悉得如同自己的身体。

　　花朵虽然很多也是可供食用——供牲畜或者人——但最重要的是，它们让我幼小的心灵感受到"美"。白色的荼蘼或者粉红的刺梨花，在一头牛和一只羊的眼里有没有区别呢？不知道。它们都是舌头一伸一卷就吃掉了。而我对于"美"的消逝，有着隐隐的无力的心疼。

　　对于大山，我从不曾细心体会。地处逼仄，也无法感受到整座森林的广袤无垠。

　　一个人对事物的感受，很大程度是来源于身体，而不是脑子，甚至也不是心灵。或者说身体在意识之前，已经开始了独特的思考和理解方式。我跟山林接触的时候，大山里是没有路的，在我，从未曾有爬山玩耍的事。大山是长柴火的地方。需要攀着路边的石头，扶住路边的小树，才能一步步爬上去的高山，我不会产生任何诗意和美感。

　　尽管，家乡的山里，我也认识不同的树：灯台树、榉树、白杨树、马尾松、刺杉……但当我走在路上的时候，抬眼，我只看到它们深褐色或青灰色的粗糙树皮。我跟它们不亲近。只有当它们死去，变成烧火的柴火，变成建房的、打家具的材料，它们才是我心中可感的东西。

　　我从来没有登山则情满于山的感受。对于我来说，只是上陡坡而已，不叫登山。登山是观赏的、怡然的。我只是想着哪儿会有自己干枯掉的树木，最好是栎树，白栎树麻栎树红栎树。栎树柴耐烧，不怎么起灰，是理想的柴火。还有一种我们称为"画稿"的柴，脆得很，手一掰就断，这种木质很轻，接火很快，只是不熬火。在我心里，没有什么树比什么树好看，只有什么树比什么树更适合做柴火。多年以后我觉得对不起大山，我是一个只知索取不知感恩的人。

我也曾以为，登上我家后山的大梁子，我便可以看得更远，但发觉结果完全不是这样。当你一步步爬到山顶，你完全不比在山脚看得更多。那些高大的树，完全挡住了你的视线。能够让人"会当凌绝顶，一览众山小"的，那只是光秃秃的山，不是山林。

对于一块地，哪怕再小，村人都会给它们命名，对于大山，他们反而不这样。我至今不知道，我对面的山叫什么，我们在说起它的时候，只会说"某某家的山林"。山没有名字，他们共用一个名字，叫"山"。一些模棱两可的名字，实在很难将它们分开：大梁子、小山堡……

也许，山里有溪，有瀑，人的心情和感受就不一样了。没有水的映照和依托的山，孤独了许多。

朋友送我《活山》一书，希望我读后能有些心得，而我也只是走马观花而已。此书的作者，英国女作家娜恩·谢泼德，是一个极度痴迷于大山的女人。她走入大山寻找的不仅是雄伟的美景，而是深刻的内在。各种隐而不现的风景似乎更令她着迷。

我也试图再次走近大山，走进大山，去感受落叶、地衣、泥土，还有岩石的突起和凹陷，我想也许在我更老的时候，我会慢慢理解大山的内涵。

当我和女儿走在铺着厚厚栎树叶的山路上，我发现这个在城市里颇为自如的姑娘，此刻却走得小心翼翼甚至张皇无措。在她一再催促下，我连幼时放牧通向山梁的那条路都没走完便回了家。

自言自语的人

潘家山的人，好多都有自言自语的习惯。潘老者是最明显的。

要是你不认识潘老者，你也没看见他，你会以为他很多时候都在和人摆龙门阵，特别是他走在山路上的时候。那时路两边都是大树深林子，看不到人。

"这棵杉树长得好尿高哦，好像前两年都没看到啦嘛，哪歇长恁高了？"

"前两年没看到？啷个没看到嘛，你眼睛又没瞎。明明都长了好多年了。"

"……"

你以为，另外的那个人是在认真思考，自己以前为什么会没有注意到这棵杉树什么时候长大的，自己为什么会没有看见。

"长得恁粗，又押展，可以做柱头了，中柱。"

"中柱？不行不行，做檩子还差不多。"

"我说做中柱。"

"我说做檩子。"

"中柱。"

"檩子。"

你会想，这两个人会不会为了这棵杉树到底做柱子还是做檩子争得打起来呀？不，你想多了，热热闹闹地争论着的，其实就是潘老者一个人。

有时，潘老者一个人的不同角色还会有不同的声音、语速，甚至比较固定的词语搭配。当然啦，你要是认识他很久，那还是完全能听出来就是他自己。他又没有故意地要扮两个人，他只是自己跟自己说话而已。

潘老者走着走着，听到栎树下厚厚的叶子上有什么东西"噗"的一声响，很重。他抬起头一看，几步之遥，一只漂亮的红腹锦鸡火焰一样，正从地面飞上树枝。潘老者忘了和自己摆龙门阵了，他停下来，一动不动。锦鸡飞上枝头，歪着机智漂亮的脑壳，想了想，破空而出一声长啼。林子里的别的鸟都噤了声。它又想想，然后连连长啼，声音高亢嘹亮。别的鸟又停了一会儿，似乎在等待某一种指令，然后开始兴奋地应和。

潘老者听了好久，直到锦鸡飞到更远的地方，别的鸟声也因群龙无首开始杂乱无章。

潘老者和自己说："崽哟，好气派，像个当官的。"又说，"这么响亮的嗓子，真适合开会讲话。"

你以为潘老者喜欢和人说话么？错了。一遇到人，他就变成了一个闷墩儿。有时候他赶场回来，遇到另一个赶场的人，远远喊他："潘老者，赶场啊？"他应一声："嗳。"再不会多接一句，一个人低着头急急地走，生怕人家跟着再和他说话。

潘老者很多年前就死了老婆，一直鳏居。听说他以前当过兵，奇怪的是，他当兵就只走到遵义，连省城贵阳都没到过就回老家了。也有说安排进厂他不去要自己回来种地的，不过他从来不提这些事。他除了种地就只会打草鞋，也许是只喜欢打草鞋。他干活儿回来就在堂屋门口坐个板凳，捡起旁边得整整齐齐的稻谷草，加上几丝苎麻线搓搓搓。偶尔赶场天他也会提几双草鞋去乡场卖，可是现在谁还需要草鞋呢？他只能把卖不了的又提回来。不晓得他家里放了多少双草鞋。潘老者最不喜欢人问他：

"你当兵就走那几步，省城都没去过，摸过枪没有哟？"他不理他们。

我还是小孩子的时候，见潘老者老是自己跟自己说话，觉得很奇怪。后来，我读了一些书，我就想，其实潘老者要是会写字，他也许适合当个作家。

现在我一个人写字的时候，我还是会这样想。写字的人，哪个不是自言自语的呢。

谷　子

伯伯第一次带我到县城的那个下午，他不是带我去逛商店和吃馆子，而是到城郊的万亩大坝去散步。

他那时因为栽种五倍子，有一些关于政策和技术上的问题需要到县农科所咨询，正逢我暑假，便顺便带我坐了班车到县城。

那正是一个晴好的秋天，水稻的叶子还绿着，但谷穗已经出来了，正沉甸甸地往下弯。红蜻蜓在稻田上空成群地飞舞，翅膀上闪着亮光。更高一点的蓝汪汪的天空，白鹤在扇动它们轻捷的翅膀。偶尔一阵风过，一片稻浪起起伏伏。

"要是我们潘家山有这么好的谷子就好啦。"伯伯一连感叹着，眼里全是神往羡慕。我们说稻子都是说"谷子"。我没有接话。我此时正想着另一件事：他去农科所办事的时候，我独自在附近逛了会儿街，本来看中了一件袖口有绣花的黄色T恤，由于钱不够，和女店主左讲右讲都没买成。

几年后我又和他一起在原来的万亩大坝散过步。那时因为县城扩建占地，所谓"万亩大坝"已经缩水了很多。那是初夏，水稻们展示着碧绿挺拔的叶子。周边有很多高楼，远远的还是有白鹤在飞，偶尔还看到一两只黑身子红嘴角的秧鸡。

"可惜这个坝子，现在都这么小了。"伯伯看看四周矗立的楼房，惋惜着，末了还是说，"要是我们潘家山有这么好的谷子就好了。"

　　我是在很多年之后，才感觉到这句话的分量——其实之前伯伯也不止一次地说过。比如我们去敖溪赶场，站在敞篷的货车厢里，双手拉着脏兮兮的篷架，一路吹着风，快要到鹅水大坝，一片稻谷映入眼帘时，他也会这么感叹着。

　　后来，伯伯不在了。就是在，他也不会发出"要是潘家山有这么好的谷子就好了"的感叹。敖溪镇鹅水大坝的稻田，余庆县城万亩大坝的稻田，都已经全被楼房占领。夜晚，外面红的绿的霓虹灯光，掩盖着很多楼房里的空空如也。潘家山的寨子，也大多人去楼空，燕子回来，四顾茫然找不到旧主。

　　稻子和稻田，在我们的生活里，曾经是多么神圣的东西呵。

　　我们潘家山大队，尤其是田家沟小组，逼仄狭小，又缺阳光又缺水，几块瘦小贫瘠的稻田，是我们一年到头的希望所在。

　　"随风潜入夜，润物细无声"的春雨，对于并不缺水的庄稼，确实是"喜"，但是对于完全靠老天吃饭的稻田，对那些久旱不愈的田中的裂口，不光是没有用，简直是气人。人生至喜中有一喜是："久旱逢甘霖"。再加"一滴"俩字，便成了一种荒谬的嘲讽。

　　我们需要大雨、暴雨，要山梁子上起"山水"，汩汩流到田里，才能把一块田渐渐淹起来，稻秧才有希望种下去。我们根本顾忌不到电闪雷鸣甚至山体滑坡带来的危险。

　　无数个熬更守夜披蓑戴笠的黑夜和白天，秧苗终于种下去，但是很有可能，火辣辣的十几天太阳，即可晒得田土龟裂，颗粒无收。潘家山的小土泥，土质疏松，不保水啊。"稻花香里说丰年，听取蛙声一片。"是所有农民心里最好的诗。如果，他们知道这句诗的话。

　　谷子常被老天收走，但是农民们还是痴心不改地劳作，种苞谷，种高粱。多少有点文化的人家，在门楣上还贴着"耕读传家久，诗书济世长"的对联。"耕"是基本生存的需要，"读"不仅是精神的需要，更是改变处境改变命运的需要。那些上高中大学的孩子，一回家，自然而然就会跟锄头、铧犁、扁担、箩筐们打上交道。

我们对谷子，对于大米，对于一切粮食，格外珍惜，这种记忆一直根植在我心里，这种习惯也几乎一直伴随我。我对大米的热爱，是带着敬畏之情的。直到不知从某个时候开始，营养学专家们告诉我们说，大米是典型的低质碳水化合物，长时间食用会加速衰老，甚至容易患上老年痴呆症。为了健康，我们要少吃主食，特别是大米。

我开始减少食用大米，却觉得是对大米的一种背叛。已经逐渐四体不勤五谷不分的我，也许早就开始了对粮食和土地的背叛。

曼陀罗

英国自然作家理查德·梅比在《杂草的故事》中写道:"有一种杂草在巫术魔法盛行的年代声名大噪,它的名字叫作风茄。"

梅比描写的风茄,有着深绿色的巨大叶子,开深紫色的花,更神奇的是它有粗具人形的根,并且具有生殖器,因此,根据交感巫术的原则,风茄被认为具备治疗不育的功效,甚至还能当作驱邪的药剂。

读到这里我很好奇:风茄到底是什么植物呢?

上网一查,原来风茄就是曼陀罗。

曼陀罗这个名字,最早见着它是在鲁迅的《失掉的好地狱》中。鲁迅写它开在颓弛的地狱,是极"细小"的花,"惨白而可怜"。

我读《失掉的好地狱》大约是上初中时,隐隐记得当时读得背后飒然生凉的感觉。大约知道鲁迅是有别的什么一层意思要说的,却不懂也不想去懂那意思是什么,只记住了"曼陀罗"这个名字。我那时当然也不知道,曼陀罗,其实就是我家院坝边的一种植物。我们叫它狗核桃。

那时一个乡下孩子,尤其是女孩子,会被要求认识很多种植物——我们总是生活在众多植物中间的,比起它们来,我们人才是少数。我当然认识狗核桃,尽管我觉得这个名字有点奇怪,觉得它和狗和核桃,都没有什么联系。

狗核桃长在院坝边、田坎上、草地上，它茎干粗壮，有绿色的宽大叶子、白色或浅紫色的硕大喇叭花、长长的筒状的花萼。在一众杂草中，狗核桃显得有点鹤立鸡群。我们并未怎样地对它另眼相看，甚至比对别的植物，比如牛筋草、马唐这种毫不起眼的植物更加忽略它。它是无用的，猪也不吃它，牛也不吃它，不知它为什么蠢蠢地长着，好像还挺骄傲。好在，当它们的花朵在春天盛开的时候，那舒展无惧的样子，还是会引得人们去多看它两眼的。

这土气的狗核桃，即是作家们笔下有着神秘气息的曼陀罗。

在一家农家乐的门口，有一株植物开着巨型的喇叭花，黄色。喇叭花这种东西，太大会让人觉得空洞无物，像一个人声音太大让你觉得他内心空洞。不过那时正好是吃饱喝足之际，在等待朋友或剔牙或告别的时间里，也不妨用"识花君"搜一下，了解一下它是什么。

百度百科告诉我，此为洋金花，而洋金花即是曼陀罗，即是前面我说的"狗核桃"。我所认识的狗核桃，它的花朵大多是朝上的，也没有眼前的这样硕大。它长大长高了，又换了衣服颜色，且因花朵太大，不堪其重，只能垂下头，我没认出来就是狗核桃。要是我当时细心一点，应该可以记得它也就是梅比写的"风茄"了。

现在也还是没想明白，鲁迅写的曼陀罗居然是极"细小"的花，是因为长在地狱边缘吗？是因为宗教的某些寓意吗？还是，他原来写的就不是同一种"曼陀罗"？

植物和人一样，名字不同，产生的联想不同，或许境遇也不一样。我想这也就是很多的艺人或者诗人，要给自己一个特别的艺名或笔名。而有时候，我们如果不那么接近实物或者真人，感觉会美好许多，就像我早年读到普希金和拜伦，他们多次描写的夜莺和常春藤，曾给我多少诗意的想象。

　　曼陀罗全株都是有毒的，以种子为甚。据说误食之后会产生幻觉或昏昏欲睡，严重者甚至会陷入昏迷，死于衰竭。

　　这样严重的事，我竟然从未知晓。有毒的曼陀罗，和我平静地相处了许多年。

蔷薇处处开

四五月之美，六分属蔷薇。

当然，我这里说的蔷薇，除了我们常见的开得热热闹闹的小蔷薇外，还指别的蔷薇科植物，玫瑰啦，月季啦，木香啦，荼蘼啦。

小时候非常喜欢一种叫"七姊妹"的花。每每见到这种秾艳的花开在路边，深红的颜色，有泼辣明亮的风情，便欲去摘来把玩。那时节，花草树木甚至清风明月也觉一应为我所有，花朵谁去摘取，都是理所当然。

我妈总不让摘，有时还呵斥着轻打我手。明面上的理由，说是怕被刺着了。后来我得知真相：我妈迷信，她不知从哪里知道，说"七姊妹"这种花，小姑娘要是摘了玩，以后嫁出去会生女儿，一生生七个！也可能是她因了这个花名，自己胡猜的。

我没听她的话，偷偷摘了玩儿。花儿颜色太鲜艳诱人了，又因为柄上有小刺，正好簪在发间。小女儿家鲜花插满头，往往要一个人得意地招摇好久。

后来果然生了女儿，哈哈。可是那年头计划生育追得那样凶，说只生一个好，我当然没得机会试试，到底是不是一生生七个女儿呢？

后为此特意在网上查找这个花名，所见图片都是簇生的花朵，粉红色，总找不到我家乡那种单头的，红到血色的。有点疑心它其实就是野玫瑰。

有蔷薇花密密攀爬的院墙，真是让我一见误终身。

以前敖溪中学的北面，有一片湿地，又有一片松林，栖息的白鹤和鹭鸶特别多。课后有时去那边马路上散步，不意发现了一个种满花草的院子。首先映入眼帘是院墙上正在开放的蔷薇。我惊讶于这么个地方，世外桃源似的，自己怎么可以不发现。又见一老者施施然在院中打理花木，气定神闲宠辱不惊，"不知有汉，无论魏晋"的样子，一时让我以为遇了仙。

那些粉红粉白蔷薇，含羞带笑的娇俏小女儿模样，实在是招人怜爱。但它们合在一起，又是那样的朝气蓬勃。

本来就总想着自己要有这么一个院子就好了，既是庇护，也是归属。这一见之后，更是心心念念。

但人间不能遂意之事，毕竟是大多数，想想也终归是想想。到现在我也没有一个院子。敖溪的那面花墙，也是偶尔想起来。再后来，我去看那里，院子没有了，人去室空，像个幻境。

蔷薇当然会在别处开放。

一般来说，一个女人，比如我，不会对汽车修理厂什么的感兴趣，除非，那里也有满院的蔷薇。余庆的新鑫汽车修理厂正是这样的一个地方。

从御湖苑地下车库出来，那一面蔷薇的墙就在我面前，每每见之眼亮，一扫疲惫和沉重。但是外环路上车来车往，又不适合驻足久观，而且我视力又不好，看不真切，只能凑得很近，生怕主人误以为我要行窃。

后来，我终于有幸能够进去院墙之内了，细细地看了，嗅了。店主还答应我，说我什么时候需要都可以剪来扦插，或者喜欢了，自己摘就是，不要客气。

观光园入口处有一家蔷薇也长得茂盛，不过因为地势偏阴，而主人施肥又过重，枝叶显得过于抢眼了些。又飞龙湖公司墙外也有一排小蔷薇，牵在黑色镂空的铁栏杆上，就是不知为何总有点显得病恹恹的。特别想和那里负责的人说一下，又怕人笑我管闲事，何况里面整日静悄悄的，大概也不好找人。

最好看的还是自由自在的野蔷薇呀。

有一回，本来是和朋友去大岭摘樱桃，可去时稍微晚了一两日，樱桃稀稀疏疏地没几颗了，主人也不好意思收钱，让我们自己随便摘。少虽少，却比市场上卖的甜许多。甜果子留在春意阑珊处。

忽见土坎上几枝月季花在风中摇曳，觉得美不胜收，心旌荡漾。朋友见我喜爱，说是凯里月季开得特别好，可以一看的。第二日特意去凯里，目之所及，街边皆是木杵杵硕大月季花，无香无态，兴味索然。

木香是花中白月光，清雅高洁。还是那句话，要是有一个院子来配它就好了。木香宜棚宜架，花开如瀑，尽态极妍。

汪曾祺曾写过昆明的木香，还写过一首诗，中有"木香花湿雨沉沉"之句，作者深得其意——好多花在日下更香，而木香是雨中的香味更浓。

一年清明，驱车回老家，给先母和大兄挂清。那天暖阳如炙，潘家山的木香繁华而沉寂。我独自在山上，哭到无法自抑。

木香和荼蘼，相近得几乎分辨不出。

我是喜欢荼蘼花的，在我不知道它叫荼蘼的时候，我叫它"白刺花"，后来读到诗句"开到荼蘼花事了"，知道那是三春过后的萧索之意，又觉得诗文之中的植物于我很遥远，直到后来，知道那田边道旁白瓣黄蕊的"白刺花"即是荼蘼，方知不光应惜眼前人，还应珍惜眼前花。

有一年到小河鱼庄吃饭，见路边山上有一大垅荼蘼花，下午，"丁达尔"之光从树缝里照射到雪白的花瓣上，熠熠生辉，美到让人心惊。忙忙拍下来，却拍不出那种光彩和震撼之感。

　　现在，照片仍在手机里，一起吃饭的人，已是三观相异而风流云散。果然是三春过后诸芳尽，各自须寻各自门了。蔷薇还是处处开。

银　杏

　　读了一篇叫《银杏树下的弦歌》的文章，忽想起问诸友人："杏坛之杏到底是银杏还是红杏？"

　　樊哲旺兄说是红杏。他是个博学且认真的人，立马找来李时珍《本草纲目》为证，说银杏"原生江南，叶似鸭掌，因名鸭脚。宋初始入贡，改呼银杏，因其形似小杏而核色白也。今名白果。"由此可知，"银杏"之名始于宋，而"杏坛"见于先秦，"杏坛"之"杏"不可能指"银杏"。

　　樊兄谓"杏坛"见于先秦，当指《庄子·杂篇·渔父》所载："孔子游乎缁帷之林，休坐乎杏坛之上。弟子读书，孔子弦歌鼓琴。奏曲未半，有渔父者，下船而来……"

　　想来曾发问过杏坛之杏是红是白的，并非仅我一人。大多数回答都以山东曲阜孔庙大成殿前环植杏树为由，说明杏坛之杏为水果之杏。

　　我觉得这一说法略显牵强。焉知后世不是为了"杏坛"之名而附会杏树呢。我心里默认的"杏坛"之杏是银杏。它们高大笔直，枝叶繁茂，树荫浓密，更适合做讲学之所吧。当然，我这样的理解也许很大程度是来源于自身经历，并无考证也不欲考证。在我印象中，几乎每一所学校都种有银杏树。

　　我在敖溪中学上初中的时候，教室后边的小山上有十余株碗口粗的银杏。山乡女子因总与草木相处而习焉不察，不大能欣赏其美，但自然的魅力总会在某些时候悄然进入一个人的内心世界。

很多人描写银杏都会写它黄叶纷飞的时候，而我对于银杏的记忆是关乎春夏秋冬的。

教室在小山脚下，我的班级刚好是最靠近银杏树的一角。半大孩子上课，注意力不会专注很久，总有许多时候人在教室心在外，向往着外面的世界。外面的世界有什么呢？不知道，只是抬头看高大的银杏树的叶子。那样小巧的扇形叶子，质地光滑润泽，不管在早晨还是下午，不管是晴天的阳光下还是雨天的水滴里，都有着那么不可忘怀的美。春天的银杏叶小巧可爱，有一种肉乎乎的质感。夏天的风吹过浓密深绿的叶子，哗哗地响着。银杏叶子的两面看似一样的颜色，吹风的时候会发现，向上的一面绿意更重一些，而另一面稍微带点灰蓝。

银杏叶子漫不经意地长着，秋天，女学生们来到银杏树下，捡起那些颜色金黄，形状美好的叶子，夹进书里，文艺多情早熟的，再题两句伤感的句子在叶上。更有手巧的女生，把叶柄剪了，用胶水粘在纸板上，再在纸上画上纤细的手臂，窄窄的腰，瘦长的腿，金黄的叶子变成了翩飞的短裙。后来，夹了叶子的书放在某个地方，忘了，画在纸板上的金黄舞裙也不知道丢到了哪里。想起来不免要生出一番感慨的。

那时只注意到它的叶子变化，却不察觉它们的树干虽然生长缓慢，但也慢慢长大了。树下后来放了些石凳子和石桌子，女孩子们坐在树下，秋风吹着，谈话声低低的。有的女孩在树下读着书，声音也小小的。风过无人时，石凳石桌上停歇着黄叶。

我又回敖溪中学任教的时候，银杏树长得更高大了，树下的石凳和石桌上，往往坐了一些妇人在打扑克。她们可能是退休的女教师，或是男教师的家属。读书声渐少，喧闹声渐高，有时甚至很俗俗，却又有一种亲切的烟火之气。

山上除了银杏树所占据的地方，还有许多地被随意分割成一小块一小块的，教师家属种了蔬菜，白菜、萝卜、辣椒，还有豇豆南瓜什么的，牵了蔓，顺便就搭在了树苗身上。那时我在学校团委工作，上山散步时看到被藤蔓纠缠的小银杏树，很担心时间久了它们会被缠死。有一天便带领一些学生把树苗们身上的豆藤瓜藤扯开，有的甚至也弄断了。树苗是长得自在了，种菜的老师可能有些不满吧，不过似乎也没闹什么太大的矛盾，毕竟，校园后山种菜，虽不算损公肥私，到底也有薅公家羊毛之嫌。

银杏雌雄异株，后山却以雌株居多，结起果实来，确实有累累之感。银杏果称白果，青绿色之时，也颇和梅、杏相似。秋天到来，果子先变黄色，继之水润的果皮逐渐起皱，然后会自行掉落。腐烂的果皮有点特殊味道，并不浓烈。

银杏树下有一排教师公寓。有一年，公寓两个女人为着各捡多少白果大吵了一架。其实白果也没啥好吃的，何苦争来！它们有点板栗的味道，没有板栗甜，果肉稍有点糯，且又不宜多食。

又一年，镇上忽然有许多中老年人相信银杏煮水喝可治高血压。于是大叔大妈们提了袋子到处寻找。镇上的两株古银杏他们嫌其太高大，爬是固然爬不上去的，用竹竿打也不好打。他们遥遥望见学校高高低低的银杏树一片葳蕤，便拥到校门口，却被门卫告知不能进入。他们对门卫无奈其何，连同对里面的银杏也颇有微词了。幸而不久又有"专家"说银杏叶有毒，他们又后悔到恨不得把之前喝过的汤都一一吐了出来。城乡接合部这种地方，人们最是从众，什么事情都总是一阵阵的。

我离开敖溪中学十一年了，秋天特意回去看了一次，大银杏树们长得更苍老道劲了。当年亲手为之除去瓜果藤蔓的小树，如今也高大挺拔，风神俊逸。真真是"树犹如此，人何以堪"。幸我现在仍在"杏坛"，他山中学也多植银杏。

海　茄

在得知它叫西红柿之前，我们一直都叫它"海茄"。

海茄曾是我的爱物。

那时的土地在农民眼中还是金贵的，种海茄不能占用整块的土地，一般是在苞谷土边，沿着田埂土坎种一圈儿。正是因为沿着土边栽种，恰好是增加了它的日照，它长得格外自由舒坦。

海茄的枝和叶都有一层黏质的腺毛，远看整个植株有点灰色，近了看其实是油亮亮的绿。它的腺毛据说可以粘住一些小小的飞虫，也就是说它有时会"食肉"。它强烈的气味对于昆虫大概也有抵御的作用，使其对它很难近身。海茄给我的印象好像从来都是很健康，我很少看到有虫眼的、病恹恹的海茄。它油亮的披毛看起来也很有喜庆的感觉。

海茄虽然能抵御一些昆虫，但它黄色的小花还是会招来蜜蜂。我想，植物们想要繁衍，总是有办法的嘛。虽然它的独特气味让人觉得不是好闻的香，但对于虫媒来讲它未必不是一种暧昧的气息和信号。

海茄不仅能授粉结果，还常常会结得比别的果更加厚实。我妈不得不砍一些树枝或竹枝撑住它们的枝条，海茄就沉沉地挂满了一树。眼看着小果由深绿变为浅绿，再变为青黄，最后变为亮黄至艳红。

夏秋之际，采摘海茄真的不能算干活儿，那是轻松快乐的游戏。

　　我家的土地，都在一个叫庙塆的地方。为什么叫庙塆又没有庙呢，不知道。不知道也没关系，我能和我妈提着竹篮高高兴兴去摘海茄就行。

　　我们提着一大一小、一圆一方两个竹篮朝庙塆走去，脚步轻快得很。那时我视力特别好，远远地看到成熟的海茄，黄黄红红明亮一片。

　　摘一个红色的，椭圆，两端微微上翘，我妈开心地说："看，马鞍！"又摘一个黄得亮晶晶的，也是这种形状，我妈说："嘿，又得一个金元宝！"我妈收获的时候总是这样快快乐乐。其实她年年种海茄，什么没见过呢，也许她是想让她的孩子感受惊喜吧，毕竟她也没有更多的宝贝哄孩子开心。

　　两个竹篮都摘得满了，那些土坎还没走完，还有很多红红黄黄的马鞍啦，元宝啦。

　　我妈说："我们给你二嫂家拿点过去。"二嫂是我大伯的儿媳。二嫂干农活儿，蛮得是蛮得，但是不精细，胡乱种植，每年的菜蔬总不怎么样，偶尔会顺走邻居家的瓜果。有一次我妈看到二嫂正在摘我家的海茄，她就装没看到，且有意等她摘好进了屋，她才走过那里。

　　我看着竹篮里美丽的海茄，有点舍不得。我和我妈又坐在土坎上，撕了皮，吃两个，专吃那种最好看最成熟的。当然啦，它们其实都好看，都完全成熟。

　　海茄的留种很简单，里面的籽那么多，取下一片棕片来，摊开，呲溜，挤在上面，等汁水差不多滴干，就挂在柱子上，第二年能要多少有多少！按我妈的话说——"少宝"。"少宝"不是少而宝贝，而是多得浪费。

　　那种马鞍或元宝的海茄种得好好的，有一天，我妈见市场有那种看起来方方正正，且肉头比较厚的海茄，她就试着买来种。这种海茄的产量其实没有以前那种高，而且虽然生吃起来不酸，但整个味道觉得寡淡了不少。

再后来我妈对种海茄之事有点索然起来。自己吃不了几个，种多了也没处送。村里的人，搬迁得都差不多了，二嫂也去重庆打工，早不再偷摘海茄。我妈择了些好的，做了几坛酸海茄，本来味道很醇正，但终归是吃不了多少，到了第二年总是倒掉。看着流溢的鲜艳的海茄汁水，我妈说："明年再不种了，糟蹋圣贤。"她当然不会用"暴殄天物"这样的词，只觉得这是"糟蹋"。至于"圣贤"两字，估计是不知不觉跟读过私塾的父亲学到的。

我妈没情没绪在屋边随意地种几棵海茄。种得既少，种了也没怎么采摘。有好多海茄便自生自灭，果实一年年变小。其实变小也很可爱，一咕噜一咕噜红色小玛瑙。

老屋当门还有好多红红的小玛瑙，深秋时还挂在院坝的石罅里。我妈不在之后它们像无人看管的流浪的宠物。我也不想去摘了。

这两年我自己种几株海茄，松土种苗，浇水施肥，倒也自得其乐。只是今年春时雨多，有些植株患了早晚疫病，茎干发黑，死掉一些，活下来的又遭夏天干旱，结出的果子也个小形丑，殊无美貌。

海茄的名字，更多地被称为西红柿，也有不少地方叫番茄或洋柿子。不管姓海姓西或姓番姓洋，都说明它在我们这儿不过是客居他乡。据说海茄的老家是在秘鲁和墨西哥，原本是安安静静享受生命轮回的一种野生浆果。现在虽然再回不了故乡，也许让它们最大限度地成为自己也是好的。

红 蓼

读《太平御览·时序部》，见汉蔡邕《章句》有云："仲秋白露节，盲风至，秦人谓蓼风为盲风。"秋寒而风疾，"盲风"即是大风。后世遂以"蓼风"为秋风之意。

其实"蓼风"这个词，我以前本应是见过的。大观园里四小姐惜春的居处，便为"蓼风轩"。读时并没深究"蓼风"何意，过后也忘了。现在知道了"蓼风"之意，方想及贾惜春住处之名有凄寒之感。读书不细致，也不多思，真是有害的。前两日看到"偃月"一词，现查才知是弯月，其实早时读《三国演义》，就应该想想关公的大刀为什么叫"青龙偃月刀"了。

后来宝玉在迎春被接出大观园后，在紫菱洲看到一片寥落残败景象，遂作《紫菱洲歌》，又有"蓼花菱叶不胜愁，重露繁霜压纤梗"之句。也许"蓼"是大观园中实景，不仅是为写诗歌而借这样一个意象。

朋友今日在微信上发了一个植物的视频给我。视频里一垄小小植物匍匐而生，红茎红叶，开圆球形粉红小花，看来甚是面熟。后想起于石罅沙地中也常见，秋风里娇怯怯的样子也惹人怜爱，只是不知其名，见过之后也忘。朋友后来告诉我它的名字叫"头发蓼"，是蓼科蓼属的一种。他这一说，让我想起潘家山田边地头的红蓼来了。

有一些朋友，特别是自小在城里长大的朋友，有些讶异于我知道较多的植物名称，甚至称赞起我有"学识"来。我也假装深沉地说："要多识草木少识人呀。"好像我对人世认识得有多深沉似的。其实我只是没有告诉人家，我认得些许植物不过是因小时候要打猪草。打猪草要是弄错了，比如不认得断肠草，把猪给"闹"了怎么办——潘家山说的"闹"，类于食物中毒的意思。

我认得红蓼，首先因为它是一种猪草。我们叫它蓼子颠。"颠"说起来只是指顶部，但我们叫惯了，把它整株都叫"颠"，反正它也任我们随意叫。

红蓼先时并不是全身都红，它有披针形的绿叶，只叶缘有一点红色，但是茎节一定是红的。到老的时候，叶子变红，整个植株都是红色而透亮的，且开了深红粉红的穗状花，在秋风里轻摇着。蓼是一年生直立草本植物，过不了冬的，秋天是它最美也是最后的季节。前面说到"蓼风"，是不是因为古人在秋天见到很多的蓼花，大风一起，纷披摇曳，遂以"蓼"命风名。这就不得而知了。

我总想说起红蓼有一种神奇的作用，但我怀疑人家也是知道的，就像昔者宋国那个田夫，不知广厦隩室，绵纩狐貉，以为"负日之暄，人莫知之"——不过也还是想说。红蓼这个作用是什么呢？就是可以用来泡柿子。

柿子长到个头饱满、颜色微微变黄，但质地还是生脆的时候，是可以摘下泡来吃的，只是先得脱涩。我说的是涩柿子，因那时潘家山好像没有甜柿。

我们把柿子摘下来，放在一个胖胖的瓮里。底下先垫一层洗净的红蓼，放上一层柿子，放完柿子之后，再塞一把红蓼堵住瓮口，盖上盖子。十来天之后揭开盖子，生涩的柿子就变得甜脆，且有一种清香。取食不完的柿子继续放在瓮里，红蓼亦不取出。柿子经久不坏，也不变软。红蓼花、叶、茎也不腐不坏，如同再生。

这是我对红蓼最深刻的印象了，虽然之前打猪草时手握它柔嫩的茎叶，它细细的绒毛接触过我的掌心。

有说红蓼的叶子有一点辣味，尝过，果然。又说红蓼可以"醉鱼"，具体之法不得而知。植物们总有人类不知道的神奇的能力。友人来家里做鱼吃，曾带来过一把蓼草，我看来也和红蓼差不多，但并不能确定，想是和幼时的植物伙伴已相离甚久的缘故罢。蓼草下锅佐鱼，好像真有些异香。

偶回老家，看到田边地头的红蓼，因为再没有人打猪草，也没有人用来泡柿子，它们比从前长得更多了。秋风里它们的花还是像过去那样温婉地红着，看起来终是有些寂寥。

姜白石词"念桥边红药，年年知为谁生？"，我总有些时候爱念成"念桥边红蓼，年年知为谁生？"。对我来说，这也许更加应景。

鸟　鸣

鸟的声音，鸟的身形，在人们的心里大多是美好的，能唤起愉悦感的，"恶鸟"毕竟极少——杜鹃这种鸟，说起来是"恶鸟"，但人们似乎并不介意它的所谓品行，它一直以来依然是诗人们饱蘸感情书写的对象。

早上如果是闹钟吵醒你，无论你设置了多么美妙的音乐，总有些被逼的无奈和恼恨。有人甚至气咻咻迁怒于手机，致使它们被扔被砸，无辜受气。

如果是被轻俏的鸟声唤醒，你的感觉会不一样，你的嗔怪像对一个小孩子：真调皮，把老子吵醒了。然后，很自然地打个哈欠，愉快地穿衣起床。"打起黄莺儿，莫教枝上啼"大约也不是真想驱赶那可爱的鸟儿，只是少妇的娇憨嗔怪——模样可爱的黄莺儿，可算得是鸟中的歌唱家啊。

不管有多少诗人写着"深山闻鹧鸪"和"微雨燕双飞"，有多少画家画着鸳鸯交颈和喜鹊登枝，说到底，总是农人和鸟类的交集更多吧。农人们不书写，不慨叹，不惊讶，把鸟们视作水和空气一样的存在。

屋后山上的红腹锦鸡，我在打柴之时，有幸得窥其貌。锦鸡羽毛华丽，昂首挺胸，姿态潇洒，是鸟中的宋玉潘安。锦鸡开口，气定神闲，声音高亢，百鸟噤声，肃然聆听。它停了，众鸟叽叽喳喳，类于群众讨论。

屋侧一棵很大的柿树，老干虬枝，花繁叶茂，一对喜鹊便在树巅上做了窝，于隐蔽中又可俯瞰世界的样子。叶老渐凋，柿子熟了，一树红灯笼高挂。高枝处我们根本摘不到，喜鹊可以靠这个充饥，不用奔波辛劳觅食。它们小日子过得甜甜美美，眼看马上要生儿育女。忽一日，硬是来了两只八哥，强行进驻。若要论个头，喜鹊和八哥也差得并不大，不知怎么却服了输，弃了房。可怜喜鹊辛苦多日，却是为他人作嫁衣。喜鹊被占了房子却并不离开柿子树，两口子在枝上以比平日高昂数倍的声音，鸣叫不止，愤怒声讨，想来是历数八哥的无耻行径。我们虽同情喜鹊，却也做不得主。这毕竟是鸟类的内部矛盾，由着它们闹，和人类成王败寇一样的道理。

喜鹊是人们偏爱的鸟，它的叽叽喳喳让人愁眉乍展笑逐颜开：咦，是有啥好事了吗？喜鹊喜欢在清晨鸣叫，其他时间其实很安静，它们喜欢跑到我们的院子里来，好奇地探头探脑，歪着小脑袋困惑地看看你，又轻快地跳开。喜鹊还喜欢一些小小的恶作剧，比如扣子、小球这类小东西神奇消失，很久之后却在某个地方出其不意寻到，很有可能是它们的功劳。

黑白两色的喜鹊为人所喜，一身黑羽的乌鸦却遭人厌弃。乌鸦有感知灾难的特殊能力，它们在黄昏时盘旋鸣叫，粗糙而又凄厉的嘎嘎叫声像一种让人惊惧的不祥预言。人们驱赶乌鸦，像驱赶自己的厄运。

人类对乌鸦的感情是复杂的，一方面讨厌它，像讨厌那些良药苦口利于病的真话，一方面又推崇乌鸦孝道的品德，说乌鸦还是唯一赡养父母的鸟，当母亲年老体衰，乌鸦会四处寻觅食物，衔回来嘴对嘴地喂给老乌鸦，一直到老乌鸦临终。李密为了避祸不愿为官，向晋武帝上表时，一句"乌鸟私情，愿乞终养"，使晋武帝也无话可说。人类对乌鸦的智力也是赞赏的：乌鸦喝水的故事，一代一代的孩子几乎都读过。

黄昏的鸦鸣，似乎不祥的预示让人不快。猫头鹰的夜号则多少让人有点恐怖了。然而这种恐怖感又增添了它们的魅力。夜里的潘家山，山影如墨，一种如咳如笑的鸟声响起来，我们便屏神静气小心翼翼。我们称夜里怪叫的猫头鹰为"鬼东哥"。白天偶尔看到"鬼东哥"，笨拙可爱，一点鬼气也没有，和夜里有一种强烈的反差。

刘向在《说苑》里写过一个"枭将东徙"的故事：猫头鹰遇见斑鸠，斑鸠问它："你将要去哪儿呢？"猫头鹰说，它要向东迁移。斑鸠问原因，猫头鹰说，村里人都讨厌它的叫声，所以才向东迁移。斑鸠说："你能改变叫声的话，这样做是可以的；你要不能改变叫声，即使你迁到东边，那里的人还是会讨厌你的叫声。"

这个故事的寓意似乎是在告诉人们要改变自己的缺点。可猫头鹰能改变自己的叫声吗？不能。人类的耳朵，当然更喜欢听和谐流畅婉转悠扬的声音，可鸟们又不是为了人类活着。

农人的生活苦多乐少，愿意从鸟声中找点快乐，于是他们发挥自己的想象能力，给鸟声附以谐音。他们把四声杜鹃的声音说成是"薅草大婆"，这是和农事相关的；把竹鸡的叫声说成是"几磕拽"，"磕拽"犹言"暴栗"，就是屈起手指关节在某人头上敲打以示惩罚，这和乡下教育小孩有关的——一个浙江的朋友说，竹鸡明明说的是"姐姐乖"，大概他小时候没有被大人"几磕拽"，才想着"姐姐乖"。爱喝酒又没钱打的，听到小杜鹃的声音当然是"有钱打酒喝喝"了。鹧鸪的叫声，我听来是"我不怕哈哈哈"，不知道为什么在文人笔下变成了"行不得也哥哥"。鸟声同人类语言一样，人总愿意听到自己想听的东西。

江边的峭崖上，常会听到一种鸟叫，声音悲凄，乡人谓之"狗窝雀"。有一个传说，道是有一孝媳，本来做肉给婆婆吃，肉却被狗偷去。婆婆与丈夫都不相信媳妇的辩解，一口咬定是她自己吃了，媳妇无处申冤，愤而进山，不归。后从林中飞出一鸟，绕屋哀鸣，终日不去：狗喔，狗喔……

传说诚不可靠，许是反映了极度贫困的生活、婆媳的天敌关系，以及男尊女卑社会，你可以有各种解读。每至黄昏，深山老林中的声声鸟鸣，总是叫人心生恓惶之感。

燕子以最直接的方式，和我们建立一种亲切的感情：它直接把巢安进我们的家里。燕子的声音，要说平仄高低，婉转动听，远远比不上画眉和黄莺，但它们细碎的唠叨，呢呢喃喃，听起来愉快、质朴而亲切。当屋檐下有它们轻捷的身影飞过，劳作的疲惫似乎总能得到一点纾解。

俗语说"燕子不进愁家门"，辛苦迁徙的燕子归来，更愿意看到旧居的祥和喜庆吧？当屋宇空空，蛛丝儿结满房梁，即便旧巢还在，到底物是人非，所以只能忍痛离去？旧时王谢堂前燕，尚可飞到寻常百姓家。百姓家的燕又飞去哪儿了呢？

岩鹰从不以声音取胜，它沉默而孤独，却是我们仰望而畏惧的鸟。它巨大的翅膀在蓝空平静地滑翔，而不是像别的鸟一样急促地翻飞。它利剑一样的目光看中猎物，便猛然收翅，急冲而下，直击目标。我亲睹岩鹰对一只半大鸭子的杀戮，后者甚至连一丝挣扎都没有，便接受了命运最后的安排。在我们的虚张声势的呐喊中，岩鹰带着它的猎物径自飞向遥远的山巅。

写到此处，我觉得自己戳破了先前自设的温柔意境，我的叙述变得没有了方向，就像人类和鸟类的关系一样混沌起来，不便作清晰的表达。

桂　树

　　我的小名叫桂香。我以前很不喜欢有人叫我这个名字，因为一听就土得掉渣。年岁渐长，长辈逐渐故去，叫我桂香的人当然是越来越少，兄嫂和姐姐不知何时起也依着侄儿侄女叫起了"孃孃""小姨"。我倒有几分怀念起"桂香"这个名字来。

　　我出生在农历四月，并不是桂花飘香的季节，何以名叫桂香呢？以前我认为是因父母"就近取譬"，抬头见对门山坳上一棵大桂树，随口就叫了"桂香"。

　　后来因说起名字起源，我妈遂说我是"抱"给了对门那棵桂花树的。"抱"即过继之意，也就是桂花树相当于我的"干娘"。说是过继，不过是在过年之时在桂花树下点香烧纸，更简单的就是路过时对着树行个礼，说一句"某干娘，某某今天抱给你了，你以后要保佑你家娃儿无灾无难长命百岁"也算数。我从未被父母告知要去桂花树下烧纸和行礼，所以不知道这缘由。大概父母也没怎么重视，不过最初的简单仪式还是应该有过的。

　　农村孩子常有过继给他人做义子义女的，若没有合适的人选，又或者做父母的并不想有那么多人情往来，过继给大山、大树、大石头、大水井都很常见。"大"的东西代表了力量，也代表着时间的久远，农人认为它们有护佑的神力。

　　山坳上那棵桂花是迄今为止我见到的最大的桂花树。这棵长在偏僻之地的桂树，没有人认真测量过它的树围树高，考察过它的树龄，但它的树干两人不能合抱，树冠覆地两三百平方米，想来它是有数百近千年的了。

能留名文献的树，生于名胜之地、名人之家或生于寺院，比如江苏常熟福兴寺的唐桂、福建武夷山的宋桂、汉中水寺的汉桂等。我的老干娘桂树，就是无名的乡村老妇，但她老而弥健，数百年来也不知有几多干儿干女了。

这棵桂树枝繁叶茂，每年八月开花之时，一树金黄，香飘数里。每每见之，甚是欣慰和亲切，想到彼时，月影竹影、花香稻香，都是人生至美的景致。

桂花谢后，桂树结实如紫枣，人望而欲食。《拾遗记》里记载，这紫果是仙人服食的果子，咱凡人还是不要试了。我试吃过一口，漱了口吐了好久，还舌尖发麻满嘴发苦。

小学时读王维的一首诗《鸟鸣涧》云"人闲桂花落，夜静春山空"，当时心里就很有疑惑：诗里写的季节不是春天吗，为啥会有"桂花落"呢？我家对面那棵桂树从不在春天开花。老师解释不了，这疑惑存在心里，久了也便淡忘了。

后来桂树被大量种植，品种也多起来，街道、校园，随处可见。这个时候才解开了少年时的疑惑：原来桂花不仅有在秋天开花的，还有一年四季开花的四季桂、月月桂等，只是它们花色较浅，香味也较淡。王维当年在春天闻到的一点花香，想来应该是四季桂之类的淡香，如此不光是季节上对应，更是吻合诗中那恬淡静谧的意境。

桂花从花色上分大约有金桂、银桂、丹桂几个品种。金桂当然是开黄色花，花色如金。它们的花期都在秋季，且都是极香的，但叶的大小形状却有差异，有尖狭的长形叶，也有宽圆的卵形叶。我的干娘树，就是一株有着卵形叶的金桂，且花形也较大。

银桂花色浅浅，黄白或淡黄，也是有香的，淡一点。椭圆的叶也较小。丹桂花色橙黄或橙红，不同品种香味有浓有淡。人们常用成语"金桂飘香""丹桂飘香"，没听说"银桂飘香"，有可能因银桂香味淡而种植也少些。

我小时候长得蛮实，二哥和三姐一天背着抱着，说我重得像铁一样，谓之"铁桂"；又因我每天晒太阳而面皮黝黑，于是又说我是"黑桂"。"铁桂""黑桂"也是一种特殊的桂花"品种"，成年之后特别倔，可称"倔桂"。

桂树被人们喜爱主要是由于花香，也因为久被种植而寄托了美好的寓意。兰芳桂馥，兰桂齐芳，都是比喻后世恩泽长久的。《红楼梦》续作写贾府"善者修缘，恶者悔祸"，后来"兰桂齐芳，家道复初"俗则俗矣，却符合读者的心理期待。

人们看到遥远的月亮，上面有隐约的树影一样的东西，想象那是一棵树。那棵树不是别的树而是桂树，也可能和桂花的香味及桂树的常青有关。

屈原《九歌·湘君》里的"桂棹兮兰枻，斫冰兮积雪"，苏轼《赤壁赋》里的"桂棹兮兰桨，击空明兮溯流光"，我们都会从中感受美好的形象；同时，用桂来做桨，也应该说明了桂树木质的坚实耐用吧。

几样小食

　　傍晚在湖边散步时，接到小女信息："突然好想吃你做的洋葱拌木耳呀妈妈。"我回说这本是一道极简单的菜，灵魂只在于小米辣椒和香醋，木耳要上好的小木耳，发泡时间不可过长。她说："可是只有我妈做的才是世界上最好的啊。"

　　湖边尽是嘈嘈切切的蝉鸣，这鸣声，似乎比潘家山的细碎。我拿着手机呆立半晌，突然特别想念起母亲在时的一些吃食来。

　　多年前的盛夏，腐婢树叶阔圆厚实，叶面闪着光。"腐婢"一名，我是后来才知，觉得这个名不怎么好，但好歹算是个"学名"。我们谓之"斑鸠站"。山里随处都有腐婢树，向阳的树叶更适合挼"观音粉"，我们当然有经验，于是直奔了目的地而去。捋了一大提篼树叶回家，拍拍手玩儿去了，余事不再过问，皆由母亲一一操劳——不过有时也在旁边看看。

　　腐婢叶洗净之后，用干净的厚纱布包裹，翻来覆去捻揉挤压，莹莹绿浆汩汩流出，还有一些小小气泡。待捻揉到不再出浆水，包裹里的残渣尽弃，绿浆则装在一只锑盆里。至于装在盆里后是怎样操作的，我就没有细看，总之大约是要加入一定的草木灰水或者碱水，待其凝结，多余的清水自溢于边缘。此谓"观音粉"，晶莹剔透，青绿可爱。把观音粉切成小块，拌以蒜蓉、糊辣椒面、酱油、花椒油，佐饭真是极佳。不能放味精，用之则观音粉本味失矣。

观音粉做好即食，不宜久放。时间稍长，即便未馊，也一大股野草味儿，似乎先前那种美味只是一个短暂的假象，而我们欣然而食，像做了一个梦。

后来在敖溪桥头见过卖观音粉，一坨一坨灰杵杵，僵头僵脑的。我想有可能是碱水加过量了，也没有买的欲望，不晓得味道如何。

夏日炎热，母亲又喜做"凉虾"来解暑。

其实所谓凉虾，即是米豆腐的另一种状态，以前在别处常见米豆腐，很少见到凉虾，现在似乎推广开来，也说明这道小食是受欢迎的。

做米豆腐要说麻烦也不算。大米洗净浸泡，石磨磨成浆，然后再加工而成。只是在大锅里搅和米浆的时候，是很要用上臂膀的力气的。天热，母亲站在灶边，用一把船桨似的长木铲，一圈一圈，顺着一个方向搅拌那加了澄清的石灰水的米浆，直至白白的米浆渐渐变成浅黄。我偶尔帮着看一下灶里的火，抬头便看到母亲正在挥铲的白胖松弛的手臂。母亲过世后，那间灶房空置，我几次恍然还觉得母亲站在那里。

米浆熟度稠度刚好，色尚浅嫩，用大瓢掊起，缓缓倒入漏勺，手腕轻摇，则熟米浆纷纷而下，跃入早先备好的清凉水中，形似憨圆可爱的白蝌蚪，在水中窜来窜去，皆若空游无所依。

那些白蝌蚪在井水中已变得清凉，用笊篱捞起来，再以白瓷碗盛之，加入一勺蜂蜜，有条件的话，再撒上几粒芝麻，嗖嗖吃下一碗"凉虾"，清甜爽口，一时全身凉意倍增，顿感惬意。

凉虾要做得嫩，若煮得再老一点，装入深盆待之冷却，即做成米豆腐。米豆腐切成小条，佐以大头菜、盐菜、炒黄豆、姜末、葱花，再浇上母亲自制的酸海茄汤，真是美味至极。

米豆腐还可加肉丁同炒，或是煮成酸菜米豆腐汤，都是极下饭的。

若磨的米浆太多，那就让它煮得更老，搅和更久，起锅半冷，把它团成拳头大小的圆形椭圆形的团子。再风干一两日，便成"灰粑"。"灰粑"加青蒜苗与肉末同炒，又是另一种风味。

一锅米浆，既可做成凉虾、米豆腐，又可做成灰粑，可谓一举三得。

在小镇敖溪的猴子桥边，也有一妇人常挑一铁皮桶，叫卖着"凉虾凉虾，清糖凉虾"，叫卖声单调寂寞，无由地让人觉得白日冗长。两块钱舀一碗吃，凉虾的味没有问题，只是那糖，当然不是蜂蜜了，何况也担心那浸泡之水是不是随便打开水龙头接的自来水。

米豆腐西南各地可见，吃法也大致差不多。而且现在不知怎么倒更愿意吃凉皮或凉面。至于凉米豆腐，想起时总还是觉得母亲做得更好吃。也许正是这样，才更愿意留那种味道在记忆里。

农活稍闲，母亲有时觉得食物单调，总是变着法子给孩子弄点什么吃的。其实我家桃李颇多，又能馋到哪里去。

她偶尔做些卷姜萝卜。姜丝切得细，白萝卜胡萝卜都切得宽而薄，放在箐箕里待水汽稍干，细心地用萝卜片把姜丝卷起来，用大针穿着棉线缝上两针，一串一串稍微晾一下，再放至土坛子里，加上糟辣椒腌起来。母亲好像喜食此物，但见我对此无甚兴趣，似乎有点歉意。不过我每见这些卷姜萝卜挂起来的时候，觉得红红白白的喜庆可爱。有一次母亲让我去拿线，我顺手拿了一卷青线，母亲不用，说不好看，必得白线。

她又常腌些洋姜，或者是一种叫"地牯牛"的东西，我觉得地牯牛白白胖胖，甜脆可口，好吃又好看，每每见之则喜。屋前常开的洋姜花，黄灿灿像小号的向日葵。

当时母亲做这些吃食，我们只管享受，从未想她田地里活路这样多，家务又这样累，她忙忙地做了来，总是看着我们先吃，何曾好好享受食物。

　　彼时情境，总是如在目前，而母亲已故，此时想起来时心里真是温暖又疼痛。

　　也许以后，我女儿也会记住一些在他人看来完全寻常的吃食，因为"我妈做的才是最好吃的"。

醉

　　凡讲起我不能享受喝酒之乐这事，我的朋友和我都以为是憾事。他们说："一个人，完全不喝酒，那得多无趣啊。"

　　我一直不喝酒，倒不是因为性格谨慎，害怕酒后失态失言什么的，而是觉得我和酒这个东西毫无缘分，不管好酒劣酒，在我，入喉都是又辣又苦又呛，极痛苦的。

　　其实我也算"醉"过酒的。前些年，学校"校际交流"之类的活动不少，教学交流之后，当然免不了吃吃喝喝。我虽总是力拒喝酒，有时候也真的推不过。比如有一次在福泉某中学。

　　吃饭时对方当然也是频频劝酒，我也一如既往力辞，但最终破戒。原因是几位女性劝酒者，校团委书记、政教主任、教务主任，皆为女性，让我完全没有防备。她们说："我们都是女人啦，女人何苦为难女人，不过是因大家投得来，喝一点热闹下气氛，又不像他们男人似的。"她们往邻桌一瞥，一副瞧不起男人们死喝烂喝似的。她们看向我，俨然一副人生难得一知己的真诚。

　　好吧，我端起酒杯。你知道的，这事情只要开始，就往往一发不可收拾。好在杯子小，大约不过五钱的容量，而中间喝水吃菜甚多，这样多少减缓了醉酒的进程。尽管如此，还是很快喝到心跳加剧步态踉跄。心里清楚，想着不要失态，但手脚已东磕西绊不听使唤了。

　　终于宾主话别。我坐上车，觉得脑壳在不断肿胀变大，精神却又格外兴奋。我说："我要给你们唱歌啦！"于是开口便唱，一首又一首。司机和两位领导，开始还笑着附和，后来见我一路高歌停不下来，只说让我好好休息休息。我持续高歌，他们也无可奈何。人醉之后，压抑的表现欲果然偾张：天蓬元帅要是不喝酒哪里敢戏弄嫦娥姐姐……果然是酒壮尿人胆，酒后吐真言……

回去之后我头痛欲裂，身上寒意阵阵，盖着厚被子瑟瑟发抖，不停恶心干呕，在车上时的癫狂劲早已消失殆尽。

事过之后，想着是有点不好意思，不过又想，你们平日开会滔滔不绝我不得不听，我也让你们不能不听了一回。平时没有话语权，酒后话语权总还是有的吧，酒精之下众生平等呵。

以后但逢饭局，我总是坚拒喝酒。这样当然得罪人。他们的理由是"你分明是看不起人嘛，哪次哪次你还不是喝了，还唱歌"，哎，果然酒后糗事被抖了出去，但还是不喝。

后来醉过一次，还是喝啤酒醉的。

一位朋友请吃饭，我因有事去晚了，他们嚷着要罚酒，说你要是实在来不了白的来啤的也行啊。我本来晚到理亏，又想着啤酒总是好控制些，于是只能喝，虽然我觉得实在难喝。他们喝白酒，我喝啤酒。只一瓶下去，却见我脸越来越红。不是双颊微酡那种红，是难看得发紫的那种红，脖子、手臂还有眼睛，一应俱红。

朋友大致是看出我再喝下去真的要出事。于是提议先送我回住处——但是方法有点奇葩，居然骑摩托车带我，说风一吹酒就醒了。我坐在后座上一再告诉自己千万不要掉下来，手也不便抱人腰上，只死死抠住后面货架。接着我发现了一件严重的事：我眼睛看到街边一切物事，黄绿青蓝色彩俱失，统统变成黑白色。这让我恐惧起来，怀疑要是我再喝酒可能会有失明的危险。

虽然最终也是有惊无险，至今还视力正常，不过从此啤酒也拒喝了。

他们说女性喝点红酒有益身体健康，也不会醉，浅饮一点，但我醉起来没有什么不同，米酒甜酒果子酒，只要是酒，沾唇即有反应。冬日一桌子人喝酒吃火锅，觥筹交错，酒气氤氲，我忝列其间也会醺醺然略带醉意。

后来只要是常在一起吃饭的人，大约都知道在酒面前我就一厮人。他们善意嘲笑，却再也不劝我喝酒了。

后来了解到，我这种状况是由于身体缺少一种叫"乙醛脱氢酶"的物质，进入人体的酒精不能被顺利代谢，乙醛就会作用于中枢神经以及血液，导致毛细血管充分扩张，从而会有头晕、脸红、恶心等反应。要是强喝的话，确实是很危险的。

不喝也好，反正对我来说，因为一直没有喜欢过，也算不上什么割舍。有时看别人酒后醉态，也是很有意思的。

在中国的乡村、小镇、大小城市，你总会看到这样的场景：一伙男人站在饭店门口，反复握手，拥抱，依依不舍，难解难分。而事实上，他们可能只是吃饭时才认识，而之后，都可能想不起彼此的名字。醉时同交欢，醒时各分散，也没有什么不好。他们那时的深情款款也是真诚的，在喝酒的过程当中，他们推杯换盏，交换心底的秘密；他们兴奋激动，信心百倍；他们本来迷离飘忽的眼神中，也许突然闪现出种种似乎近在咫尺的辉煌。人生难得几回醉呵，不欢更何待！在醉意朦胧中，他们暂忘痛苦，甚至颠倒时空，穿越古今……

也许是很多人感受到"醉"的美好，于是很多地方都"醉"了起来："醉美西湖""醉美太湖""醉美张家界""醉美贵州""醉美遵义"，一眼望去，醉眼蒙眬，我们都接受一个不符合语法的"醉美"。于是"我美了美了美了，我醉了醉了醉了，今夜我们举起杯，干杯"！

我也多少有点失落沮丧，在已经过去的也算漫长的生命里，居然只有区区两回醉。就像对大多数的东西，读书、考试、恋爱，我都不曾真正地专注和投入。既不曾耽溺，便没有享受。这总是一种缺憾。

一位爱喝酒的女性朋友说："只有喝了酒，才觉得人是极可爱的，女人美丽男人帅气。"另一位男性朋友说："你想想，除了酒和色，还有什么是让人真正享受的啊？"大概也是。在这个缺乏精神的时代里，我们沉醉于酒给我们短暂的美好，我们也不会去问将要醉归何处。

白　菜

　　我们说一样东西价格特别便宜的时候，往往爱用"白菜价"来形容。这让人觉得白菜似乎贱得不得了，其实本来物无贵贱，众生平等。白菜跟我们关系那么密切，总还是值得写一写的。

　　一个人，基于各种原因，总会有一些不吃的菜，即便是很常见的菜：有人不吃菠菜，有人不吃芫荽，有人不吃蒜薹，有人不吃香椿。你听说有人完全不吃白菜吗？没有吧。白菜之于我们，类于空气、水和我们一样，久处而不觉。

　　白菜古时称"菘"。可爱的美食家苏轼写过这样的诗句："白菘似羔豚，冒土出熊蹯。"居然直接将白菜与羊羔、熊掌相媲美了。想那时白菜的吃法，应该都比较简单。苏轼如此不吝赞美，于平常物事中生发诗意来，可见得白菜味佳，而他委实是个真吃货，也是个好诗人。

　　虽然现在春夏秋冬皆有白菜，不过，白菜真正好吃还是要在经霜之后。"拨雪挑来塌地菘，味如蜜藕更肥浓。"范成大这诗，是盛赞冬白菜了。"味如蜜藕"的比喻未必恰当，但冬日白菜确实是更见清甜。现在见不着谁用这样美的句子去写一棵白菜了吧。它们平常到"滥贱"，我们视若无睹。

　　白菜得以广泛流行的原因，我想一方面是它易于种植。

　　种白菜一般是在秋季。一般是先撒播，再移栽。至于如何翻土浇水施肥除草等流程，不过由着种菜人的兴致来，好不好的它总能长成一棵菜。即便长得不怎么好看，于味道上也没太大影响啊。要想种得漂亮一点，那还是有勤快点的必要，不过真的不用太讲究。

我家的白菜往往种得很多，自己吃的有限得很。青口白菜、高桩白菜、毛白菜、草帽菜，冬日一大片一大片绿油油，能吃多少呢？开始时那些嫩生生的还舍不得当猪牛饲料，只剔下一些老叶子来。后来整棵整棵地割了喂它们，也并没有什么不可以。白菜看似柔软嫩，其实特别抗寒，在白花花的大雪里，依然兴致勃勃地长。雪天里，总见到菜地里拱起的白色小帽，里面藏着一棵棵嫩白菜呢。

白菜们长得坚实圆钝，憨态可掬。有过路人无意走到菜地边上，对我妈说一句："你家白菜长得真好！"她就会高高兴兴地问人家："你要不要嘛？我给你拿镰刀来，再拿个袋子来给你装？"一边说一边真去找来镰刀和方便袋，袋子装不下了还要往里硬塞一棵。唉，我妈就这样不经夸。

后来我对她说，白菜虽是不值钱，你也不必这样随意送人，有什么好来？她说："自己吃了填屎坑，别人吃了传名声。""传名声"好像是要比"填屎坑"重要，我就不再说她，任她送人。其实心里想着，这潘家山，名声能传多远嘛！当然，她这么大方，一方面也得益于种白菜没那么费劲。白菜好种啊，潘家山的土也好种。

南北西东，菜蔬瓜果各异，甜辣酸咸也各有不同，然而白菜似乎总能做到百口而同嗜。白菜平易近人，不是性子强烈的菜。

凡是特别有个性的菜，它的接受度就比较有限。贵州人吃折耳根，外地人多是吃不惯的，他们即便吃，也就是随便吃两片叶子下火锅，意思意思一下，不像我们吃那气味强烈的根。

白菜什么都可搭，就像一个性格温吞的大好人，和谁都可以相处。白菜瘦肉汤，白菜丸子汤，虾皮煮白菜，粉丝炖白菜，清炒白菜，醋熘白菜。用途这样广泛，能与之媲美的，大约只有洋芋和豆腐了。

瓢儿菜是白菜当中长得最娇俏的，肥臀细腰，青绿诱人。素炒清蒸，尽量保其美丽原形。不过我觉得没什么特别味道，因菜梗肥厚，反是不好入味。瓢儿菜虽然出身比较平凡，但因为好看，也是一些豪宴上的骄子。

郑板桥诗"一畦春雨瓢儿菜，满架秋风扁豆花"，青绿紫红，倒是写得极是艳丽，一种可爱的极接地气的艳丽。

我个人更偏嗜那种不成形的白菜。不施化肥、不打农药，它们尽着天性，野蛮生长，茎叶壮实，叶绿素充足。有的白菜不用人工绑缚，它自己也会结球，规规矩矩长成了菜包。它们层层包裹在中间的菜心挺好吃的，那是一株白菜默默守护的一点心思。家里吃饭，白菜的那点心子，往往归于家中最受宠的人。这也是家人间一种爱意的表达。

菜蔬的命运，想起来也和世间万物差不多，有兴盛便有衰微。比如菽，比如葵，都曾是古诗里常见的菜蔬名，比"菘"常见多了，但它们终是淡出了人们的视野。有些特别的，人也不过就是尝个鲜，即拾即弃，不像对白菜，虽不视若珍馐，却长久地不离不弃。

白菜历经变迁而又久盛不衰，一方面得益于自己天生强大的生命力，一方面得益于自己的包容性，也算是明哲保身的一种菜了。不过菜蔬的先天习性，也如人各有资禀，那也是不能强力所致的。

放　声

　　那时，我们家住在敖溪河的西岸。岸边有一片绿油油的苞谷林，苞谷叶子在河面上照出密密长长的影子。敖溪河东岸是河滨大道，人来车往。

　　一天，悦儿站在阳台上，看到她的同学媛媛正走在河滨大道上。她忽然想起有件事要和媛媛说，想叫住对方等她一下。那时她们还在上初中，家里和学校都不准使用手机。

　　悦儿着急地叫"媛媛——"，但是她的声音又细又弱，无法传过河对岸去。何况还有汽车声和河水声，还有那些在风中摇动的苞谷叶子。河岸对面的媛媛自顾自地走着。悦儿放大音量，以至于脸和脖子都憋得通红，但那边还是完全听不见。

　　她试着求助于我，不过也并没抱着太大的希望。她说："妈，你试一下帮我喊一下媛媛嘛，说不定从小在潘家山长大的姑娘声音比较大。"

　　喊，这实在是小事一桩么，看我表演！我轻轻松松开口："媛媛——"连手都不用装腔作势围成喇叭状。马路上的姑娘立时停下脚步，往我们这边看。我说："你等一下悦儿，她有事找你。"对方点头。

　　悦儿惊奇得不得了。她说："妈妈，我觉得你的声音像是凝成一股的，是风，是箭，是飘到媛媛耳朵里去的。我听着也没觉得有太大声，她就是能听到。"那时她加入学校文学社，热衷于各种比喻，开门出去之前不吝对我大加赞美。

嘿，她当然不知道，潘家山长大的姑娘，是如何练就这本领的。其实说起来很简单，就是，在山里长大的我们，是可以完全把声音放出来的，也就是"放声"。我们可以放声歌唱，放声大笑，放声痛哭。

潘家山的山梁子很高很大，堪称巍峨。那时父母常常在山里放牛砍柴割草，或是在地里侍弄庄稼。在家里做好了饭，站在屋后长长地来一声："妈——吃饭了——"是真的余音绕"梁"，久之不散。童年和少年时期，我嘹亮的声音在很多个早晨和黄昏，在潘家山田家沟的田野和森林里飘荡。

因为声音大，我不光是承包了我们家喊人吃饭的活儿，有时还会兼职大伯家的。大伯在对面山坳里挖土，细姐姐做好了饭叫他。她的声音弱，大伯低头锄地听不清。我一声"大伯——吃饭啦——"，他马上听得真真切切，收拾农具返家。那时的我，以能派上这样的用场自鸣得意。

一个人，在山里的时候，会对着那些枫树柏树栎树唱歌，对着蓝天下滑翔的老鹰唱歌，对着一朵形状不明的云唱歌。什么叫"放声歌唱"，只有在那种场景中，才能深切体会。我在春天里唱也在冬天里唱，我的嗓子里开着自由的花。

会唱的歌很少，也单调，左不过是有限的那几首。但是无所顾忌啊。我唱着自己的心。我们常说"放心"，但一个人，声音都不能自由地放，真能把心放稳么？

在贵阳读中专的时候，我的班主任叫曹闪。她是英语老师，喜欢音乐，在课前她常得意地自己唱一段，有时候也叫同学们起来唱。

有一次她叫到了我。我只好随口唱了几句《敖包相会》。原调，高昂昂地唱着，并没觉着什么难度。她很吃惊，对我表现出极大的兴趣。她问我："你学过混声吗？"我从来没有听过"混声"这个词，哪有学过。我不知道混不混的，只知道我会没有阻碍和担心地放出声音。她后来又问过我想不想学音乐，不过同时又似乎对我晒得黑黝黝的皮肤和蛮杵杵的身材表示失望。

在镇里上班，有一次心情低落，约了学校一个平时关系不错的女同事去KTV，她却说只是陪我，再怎么"引诱"都不唱一首。她说她从来没有唱过一首歌。这让我很奇怪：一个人，怎么可能完全不唱歌呢？问她，她腼腆地摇摇头。后来我想起，我看到的她，总是温温的，谨言慎行。说话低低柔柔，声音从没有大过。我甚至从来没有听其大笑过，当然更没有听到大哭过。

在人口密集的生活中，我们当然渐渐知道不光是不能放声，甚至很多时候不能出声。高声大气是野蛮表现，轻言细语才代表教养。这既是所谓文明进步，也是一种悲哀：放声尚且不可，心更没个放处。

另一方面，人们又在处处制造噪声：广场上放着喧嚣的音乐，五音不全的中年妇人在湖畔路旁用喊话器唱山歌，抖音等短视频里，整日充斥着极其夸张的笑声。

我在这样的场境中，越来越沉默了。

绣球花

第一次见到绣球花，是在我妈的手上。那是怒放的，密集的，一大簇浅紫的美丽花朵。我妈说，它叫牡丹，是拿来给我做药用的。

我妈当然认识大家常见的正经"牡丹"，她自己还专门种了一小块地。我妈勤快，乐于除草施肥，牡丹们素喜饮甘餍肥，对我妈的精心侍候全盘接受。它们全然按我妈的意志长着，大富大贵，国色天香，虽不能名动京城，好歹名动潘家山，常引来邻居围观和分享。

我妈虽然是爱花之人，不过她下大力气种这许多牡丹，主要还是因为我。不是因为我爱美爱花，而是我体弱多病，她觉得需要牡丹的根来给我"补虚"。也不知她是哪里得知的药方子。

我说一下她是怎么用牡丹来给我补虚的吧。

牡丹的根是肉质根，初生时白白胖胖，渐老之后变黄，变褐。但牡丹根也不是全然肉质，它的最里层是木质化的"木心"。用药的时候是抽掉"木心"的，只留根皮。

我妈把根皮洗净，切细。真的是"切细"，先切丝再切丁，再尽可能地剁成蓉。不弄得那么细，吃不下去的——其实是相当于把药渣子也吃了。

牡丹根剁细了放碗里，再打入两个仔鸡蛋（最好是仔鸡蛋，它们是母鸡的初胎），加入适量温水和盐搅拌，放入甑中，文火慢蒸。噢，我现在写起这个来，还回想起揭开甑子盖时那强烈的味道，还赶紧用手挥了挥。

那个鸡蛋可以让人吃到生无可恋。小勺子舀着一点一点吃，直到冷了还吃，闻着牡丹根浓烈的气味再加上鸡蛋的腥气。我妈就在旁边守着我吃，一脸心疼地催逼着。

又或把晒干的牡丹根皮装在仔鸡的肚子里（又是仔鸡，同时好像还有别的药），用甑子、蒸笼或者铫锅蒸得烂了，撕着鸡肉吃。一只鸡经过长时间加热浸染，全是不明所以的药味，比直接喝中药难以下咽多了。

本来说绣球花，一说说了这么久的牡丹。反正我妈也是叫它"牡丹"的嘛。用绣球花入药的方法和前面讲的牡丹根是一样的，只是把根换成了花朵，所以就不再赘述了。不过被当作牡丹的绣球花，闻起来吃起来味道都没有那么大。后来我在资料上查了，原来绣球花是有毒性的，真危险，还好我命大。

我的这一味药吃了两三次便没有再吃，反正我身体也没有更坏到哪里去，有时还是要吃吃牡丹根蒸仔鸡蛋，或者蒸仔鸡，但是没有再用绣球花来蒸了。也可能是因为自家没种不大方便。我妈之所以说它叫"牡丹"，原是夏家老太太告诉她的，那花也是在夏家园子里摘的。夏家到我家有一段距离，他家的狗又凶。我妈没有再去摘，不过几次都念叨着要去他们家挖一株来自己种，不知怎么最后总没有成行。

跟我妈一样，我也把美丽的绣球花当成另一种牡丹啦。再后来也忘了。

我上中学的时候，从潘家山走路去敖溪镇上，在路边一家人的院子里见着一种花，是少见的蓝色，在院子里肆无忌惮地开着，非常引人。我觉得这花的样子和我曾吃过的花是一样的，只是颜色不同。我多次想靠前细瞧，总未遂愿。原因是院子里总卧着一只黄犬，眼睛半睁半闭，冷淡又倨傲，可只要我稍微靠近一点，它立即跳起来龇牙咧嘴咆哮。我只能落荒而逃。

后来见朋友家阳台上有一株玫红色的花，正是与我有过交往的那种花——吃过的花，路边总想细看的花。原来它有不同颜色。朋友告诉我它的名字叫"绣球花"。见我饶有兴味的样子，她又说，你要看得上可以弄点去栽，这花贱，你随便剪一枝一插就活了。当时好像天气还比较热，她又提议说要不你春天来的时候再插，那是一定得活的。

第二年春天问起，她居然把这么"贱"的花也给养死了。她说全忘了浇水。

再后来却是常常见到绣球花了。城市的花园里，店铺的门口，农家的院坝边，它们各展风姿。有时随便一抬头，哪家的阳台上，红白蓝紫，轰轰烈烈，真是热闹的花。

搬到御湖苑以后，一天在方竹路一卖瓷砖的店门口看到很葱茏的一大株绣球花，是我喜欢的浅蓝色，活泼泼兴冲冲地开着，不免驻足多看了两眼。女店主出来说，你要喜欢可以弄去栽的，反正我家多的是。她用剪刀剪了两支给我——连枝带花，好大的两坨花啊。她说，插土里就行了，滥贱得很的。人也罢物也罢，完全不娇贵会不被人尊重，说这是"滥贱"。

拿回家来把花朵剪下来，放在一个梅子青的瓷花瓶里喂着，很是好看，因水里加了一点磷酸二氢钾，所以花不光开得艳，还开了好多天。

至于枝条么，我先是把它们带叶插在花盆里，看到硕大的叶萎靡下垂，暗黄无力，于是把叶也剪掉了。过了几日发出了新芽，而且新生的小小叶片慢慢绽开，看起来也欣欣向荣，我以为它一定是成活了，不是说好的"滥贱"么。大约长了两个月，却又见它渐渐萎下去，我也不知是旱了还是涝了，只好先坐视，不到两天却见叶子全部干掉，知道是挽留不住，它往生了，不过总要知道原因。把枯枝扯起来一看，原来底下根本就没长根！下端已烂掉了，黑黑的一截，应是天热了被沤到。可它居然努力撑着活了这么久，还长出了新叶子，真是值得尊敬。

因为确实随处可见，且因为试过一次没有种成功，我有点兴味索然，所以不欲再植。又有一次在花店里看到店主正在"醒"一支硕大的蓝紫色绣球花，见那块头已经大到无状了，我问她这不是我们本地品种吧。她说，这是云南的，比我们这儿看到的要大四五倍。也有人把这样巨型的花插在花瓶里，那得好大一个花瓶才配。

读汪曾祺写昆明花朵的文字，知道绣球花在当地被叫作"粉团花"。云南民歌里有"阿妹好像粉团花"这样的句子，想来是因为昆明绣球花随处可见。民歌都是就近取譬的。

曾经不是很喜欢这类过于绚烂艳丽的花，但是见着美而安静的绣球花们，也觉得很是欣然。何况我童年时还跟它有过这样的交往，总是怀着一种感情的。

乌　柏

　　郁达夫《故都的秋》里写北平秋色可谓细致入心：蓝朵的牵牛花、尖细的枯草、槐树的落蕊、衰弱的秋蝉、冰凉的秋雨。美则美矣，但是一种伤感的、颓废的美。想他那时在北地飘零寄寓，故生此悲凉之感吧。

　　然而写到江南，郁达夫是另一种笔调，哪怕是写冬天，笔下的景象依然明丽：到冬至而不败的芦花、经久不凋的红叶、钱塘江两岸的乌柏树、带着绿意的草色……江南这润泽的故地，总是镌刻在他的记忆中的。

　　他写乌柏树的句子真是美。他说乌柏树"红叶落后，还有雪白的柏子着在枝头，一点一丛，用照相机照出来，可以乱梅花之真"。

　　鲁迅写过院墙外的两株树，一棵是枣树，另一棵也是枣树。周作人也写过两株树："树木里我所喜欢的第一个是白杨……第二种乃是乌柏。"且他认为唐朝的张继"江枫渔火对愁眠"中的"江枫"，指的应该就是乌柏的叶子。他以为因为枫树性最恶湿，是不能种于江畔的。

　　不管是郁达夫、周作人笔下的乌柏，还是古人张继的"江枫"，都只让我觉得那是江南才有的景致。

　　直到有一天，我和蓝绿聊到《西洲曲》，她告诉我说"风吹乌柏树"的"乌柏"就是我们常见的"桕子"，我想起他们的描

122

述，才蓦然惊醒似的回过神来。噢，乌桕，原来就在身边啊！

乌桕树大概是喜阳的，自然生长于密林中的少见，一般总是长在林子边上。我很少看到成片的乌桕树，甚至两三棵一起的都很少。它们站在田边地头，有点孤单的样子。

这些年我看到不少高大挺拔的乌桕树。它们春夏绿叶繁枝英气勃勃，秋日红叶鲜艳更胜丹枫。总之，它们是独特美丽的风景。

早些年看到乌桕，其实大多不是这个样子的，它们只是作为"桕子"的身份而存在。我那时看到的桕子树，大多是老干虬枝，一副历尽沧桑的样子。它们的确也历经磨难。

村人种植桕子树，当然不是为了欣赏它的美丽，虽然它们在秋日也绽放了极致的红色。农民们只取其实，采摘种子到收购站卖了以贴补家用。

桕子的果实，也就是郁达夫笔下可以和梅花乱真的雪白美丽的果实，是可以榨油的。桕子油适于作涂料，涂油纸伞什么的。

桕子圆形的果实小小的，长大时微微显出点棱形。果壳在秋天变成黑色，在红叶落尽之后，果壳自动裂开，里面白色的假种皮便露了出来，一个果壳里有三瓣白色种子，微微张开，一树星星点点。这个时候就要上树把桕子的枝剔下来，晒干之后再通过人力敲打，将白色种子悉数收集。农妇们背上柴刀，爬上树去，尽斫其枝，那些星星点点的白，那些才及一岁的稚枝，很快都躺在焦黄的草地上。

年年遭受砍伐的桕子树当然不可能长得很高。它们看起来粗矮而笨拙，在地头默默地站着，像愁苦的农民，对于厄运只有接受。

现在大概是不用桕子榨油了吧，有了更好的代替品。人和植物的相处真是矛盾，房屋、家具、漆料、涂料，我们总是更愿意用"自然"的东西，但是背后都是植物们的牺牲。我不是那么圣母心，但对于我喜爱的乌桕，还是忍不住有这样的感慨。

前两日，我看到了一棵极美的乌桕，树形俊美颀长，叶子在夕阳照耀下通红透亮，随风轻摇。它像一个从没受过伤害的自由人，真好。

梧桐生矣

少女时代沉迷宋词，曾反复诵读柳咏那首《凤栖梧》，实在是爱极了词中那种迷离凄楚的味道。其实那时我正是喝水都长肉的年纪，一张圆脸胖乎乎，既没有可以"为伊消得人憔悴"的人，也从来没有"衣带渐宽"过。

很多的词牌名都是很美的：《凤栖梧》《蝶恋花》《采桑子》《玉蝴蝶》《眼儿媚》……可是那时我并不深想它们的缘由来历。"凤"这种传说中的鸟，让我想到的其实是后山林中的红腹锦鸡，因为后者是我亲见的，也确实觉得它风姿俊逸；"梧"，应该是一种高大的树吧，要不凤也不肯栖了。我并没有想过"梧"到底是什么树。也许想过吧，不过在寂寞的山乡，我哪儿去问呢。

据说《凤栖梧》词牌为柳永所创，不知确否。至于当时他想到是《诗经》里的"凤凰鸣矣，于彼高岗。梧桐生矣，于彼朝阳"，还是庄子的发于南海飞于北海"非梧桐不止，非练实不食，非醴泉不饮"的鹓鶵，更是无法考证了。但"凤栖梧"这个意象美，美过"鹊踏枝"或"蝶恋花"。良禽择木而栖啊，即便在民间，也有关于凤和梧关系的说法：栽下梧桐树，引得凤凰来。

后来还是在诗词中一再读到梧桐这个意象，大都孤高凄美——古人真是偏爱梧桐啊。梧桐被钟爱，被反复书写，当然也被人们移之庭院，与人朝夕相见。有梧桐"春以游目，夏以清暑"，房子简陋一点又有什么关系呢？那个爱洁到不正常的倪云林，别人在他院中的梧桐树上吐了口唾沫，他甚至让人拿水来把树一洗再洗。

但是我依然不认识梧桐，它对于我而言只是书上的一种植物。直到我认识了一种道旁树叫法国梧桐，"梧桐"这个词变得直观了。虽然我知道，诗词里的梧桐、倪云林洗的梧桐、凤凰所栖的梧桐，当然不是道旁的法国梧桐。它们过于壮硕繁茂，却似乎缺乏一种可以称作"风神"的东西。再者，法国梧桐嘛，人家是外来品种，应该也是较晚时才在中国出现的树种了，何况古代中国文人的审美寄寓，应该不会放在一种外来的大块头植物上面。

后来读到刘基的《郁离子》里有一篇叫《工之侨献琴》的文章写道："工之侨得良桐焉，斫而为琴，弦而鼓之，金声而玉应。"始知桐木是制琴的上等木料。

但自以为多识草木的我，还是不知道桐木为何物。

要说桐，我似乎只认识泡桐。

泡桐可以说是以不材而终其天年的典范。泡桐生长极快，木质疏松，几无用处。可是它的"天年"也有限，活到二三十岁，树内自己腐朽，然后便站着死掉，干掉了。

泡桐既无甚用处，又何以常见呢？是因为它的生命力太强大了。不怕干旱，也不怕水涝，且特别容易蘖生。要说泡桐全无用处也是不对的，也有人家会用泡桐做棺木——价格特别便宜。泡桐易朽也易生，生泡桐做了棺材埋进土里，坟头会有很多新苗冒出来，似乎暗示着子孙众多——这能给孝家以心理安慰。

我原以为，做琴的桐，应该不是这种材质粗劣的泡桐吧。但《群芳谱》里说"造琴瑟以华桐"，又使我疑心。"华桐"，不应是开花的桐吗？我又想到了有一种"铁泡桐"。"铁泡桐"生长也较快，但木质较一般的泡桐紧实一些。后来我看到图片上说有一种"兰考泡桐"，我觉得它们非常相似。

铁泡桐和泡桐都会在春季开硕大的花朵，或白或紫。它们身形高大，且是先花后叶，无叶而花，非常显眼。馥郁的甜香，会飘得很远。

但它们都应该不是梧桐啊。"清露晨流，新桐初引"的梧桐岂是此间凡树？

很多年以后，我才无意中知道，诗词文章及古人典故中屡屡出现的梧桐，原来是我们叫"桐麻"的一种树！这么久以来我一直对比、猜测，甚至连油桐都有猜过，就是没有想到是它，桐麻。

真正的梧桐，也就是桐麻，潘家山并不少见，但它们是长在远远的山里的，我没有仔细看过。为什么称桐麻呢，有一个原因是它的表皮很有韧性，可以做绳子、打草鞋，相当于苎麻，也许因为这种功能才被称作"麻"吧。

后来近距离观察梧桐，是在敖溪河边，老医院下面残破的石梯旁。那时敖溪的河水很清澈，我总在河里洗衣服。提了一桶衣服，找一块平整的石块，捶衣棒一下一下敲打。抬头擦汗，或者偶尔看天，便看见高大的梧桐。它们树色碧绿，树形修长，树干低处绝无一根旁逸斜出的枝条，阔大的叶子长在顶端。这树中的翘楚啊，真真配得上"玉树临风"这个词。

我在敖溪河洗衣服很多年，从洗自己的衣服到洗婴儿的衣服，洗小姑娘的可爱衣裙，洗小学生的蓝色校服。石梯旁的梧桐年复一年地绽芽，叶子从鹅黄到浅绿到深绿再到黄绿再到金黄再到一叶不存一树简净。

"梧桐一叶落，天下尽知秋。"它的叶掉光之后，种子还在高高的枝头，风大的时候，簌簌有声。

大姑家小儿子娶了一位赤水的媳妇，美而慧，且特别爱吃——美而慧的女人嘴馋，也是很可爱的。她不知如何上得树去，摘下了梧桐的种子——我们还是叫它桐麻子——特地炒了给我，说很好吃。我那是第一次吃桐麻子，比瓜子香，但油脂过浓，多食则腻。《齐民要术》中说梧桐子"炒食甚美"，果如此。想来庄子说鹓鶵"非练实不食"，即是吃的这个美物了，不明白为何很多书上说"练食"是竹子开花结的果。

后来医院搬迁，石梯不存，边上几棵梧桐也不知所踪了。后来经过已经改建成花灯广场的地方，临河照水，想起它们来，总有几分怅然。

泡桐花或紫或白，硕大且芳香。相较之下，梧桐的花是非常低调的，它的花为黄绿色。隐于叶间，且花朵较小。至于香味呢，想是不浓，因为它们太高大，我没有近闻过。但是它们的果是非常有意思的，它们更像一朵朵花，尖尖的带一点可爱的粉紫。秋日的时候会裂开，圆圆小小的种子是包在里面的。它们有个特别的名字，叫葖葖果。种子黑色，且皮上有一些小小的皱纹，这就是前面和你说到的"桐麻子"了。

梧桐在书中是诗意之树，我们充满神往，在现实生活中，我们对此却漠然视之，或者习焉不察。深秋时节，生于高岗的梧桐，它们金黄的叶子正在阳光下飘落，若是你经过它们身旁，一定要看一看。一株好树出现在你眼前，也可以是一个好故事的开端。

莓或者泡儿

大约是初一那一年，我读了一本琼瑶的小说《秋歌》。故事的女主人公董芷筠，带着弱智的弟弟在摘草莓回来的路上，撞上了摩托车。车祸并没有多严重，但因为刚好摔在刚采的草莓上，溅得鲜红一地，看起来很吓人。

我因为这个小说认识了"莓"字，也查了"筠"字的读音。这个情节出现在小说开头，所以老是记得，但除了知道草莓是红色，对形状大小都无法想象。

20世纪90年代初，我在贵阳龙洞堡纺织服装学校上学。龙洞堡是贵阳的郊区，学校外面有大片的森林，还有菜地和果园。于是，我终于看到了草莓，活的，长在枝上的草莓。

主人让我们自己进园采摘。我第一次边摘边吃，很激动，又有些偷偷摸摸。采完从园子出来，称秤的时候摸到自己的脸都是烫的。其实园主让顾客自己采摘，就是默许了顾客可以边采边吃的。

第一次摘的草莓，大部分被我送到了贵州师范大学的一间男生宿舍。果园的主人没有配备篮子，我只能拿一只方便袋装着。当我从龙洞堡坐公交车到油炸街，再从油炸街坐大巴车到贵师大，你完全可以想象方便袋里的草莓变成啥样子了。

草莓的受赠者，是一个很好的哥儿们。我们一起弹吉他，周末的时候在食堂餐厅改成的舞厅跳舞。乐队里有一个矮小的男生，每次都唱《九百九十九朵玫瑰》，唱得脖子上的青筋一扯一扯的。现在想来，我那时急着挤车转车给他送草莓去，我们的关系好像并不止"哥儿们"那么简单。

那时候觉得草莓这东西，除了比我常见的一种叫"蛇泡儿"的野果大之外，它们的叶形、花朵、茎蔓，还有果实上小小黑黑的种子，都是长得很像的。"莓"和"泡儿"有没有一些联系呢？

我认识的"泡儿"，可远不止"蛇泡儿"。

春天最早能吃到的是"栽秧泡儿"。大约是农历三月吧。那时刚好栽了稻秧，天气还有一些凉。别的果子都还没到成熟时节，栽秧泡儿就显得珍贵了。

栽秧泡儿是蔷薇科，有皮刺。尖卵形的叶，背面的叶脉上也有一些刺。我们摘得很熟练，总会小心地避开尖刺。当然，万一被刺一下，也不要紧：你不要慌乱，不要往相反的方向硬扯，而是往相同方向略略回一下，刺在肉里就松了，就能拔出来了。不过这真的需要技巧，你自己不去摘几次是不行的。

泡儿是鲜红的，每一个小突起上还有根柔的须须，这无需拔除，一点都不影响口感的。

看别人写过栽秧泡儿，形容它的味道时总说"酸酸甜甜"，我以为他是没有吃到熟透的。熟透的其实一点都不酸，清甜，入口即化。

你如果看到这儿上网查找图片，可能会发现有人把一种果实紫黑的也叫作栽秧泡儿，那当然是不对的啦。人家叫蔊秧泡儿，比栽秧时节要晚，时间大约是农历五月了。

那时的稻田不兴喷洒除草剂。稻田里的浮萍啦，慈姑草啦，四叶草啦，得用人力拔出来。有些稗草和稻秧混在一起，它们长得也很像。人有一双火眼金睛，得把稗草揪出来——这就是蔊秧。蔊秧累了，看田埂边的红红的石蒜花是不能看饱的，小孩子们便去摘蔊秧泡儿去了。

薅秧泡儿的枝，表面有一种白色的细腻粉末，轻轻一碰，粉末就掉了，里面的皮是很深的紫红色。它们的叶嫩时也是紫红色的，泡儿成熟的时候，叶子是绿色的。薅秧泡儿的颜色从绿到黄绿到金黄，接着那些小突起渐渐变深，最后变成接近黑色的时候，就完全可食了。那个时节，油桐树叶子变得宽大厚实。我们往往是用桐叶子包了一包坐在田埂上吃。成熟的薅秧泡儿也是没有一点酸味的。

以农事季节而分的泡儿，除了栽秧泡儿薅秧泡儿外，还有苞谷泡儿——注意这个"泡"字啊，一定要念一声，带儿化，可可爱爱的一声"泡儿"，若读成第四声，它就指的是炒的爆苞谷泡了。苞谷泡儿树较矮壮，秋天掰苞谷时才成熟，颜色橙黄，清甜可口。

不能以季节分的，我们便以颜色呼之：黄泡儿、白泡儿、乌泡儿、红泡儿，颜色也不好分的，我们就说地泡儿、藤泡儿……你实在要原谅我词语的匮乏，因为它们确实太多了。何况名字本也没那么重要嘛，乡下的男娃儿些，小名叫狗儿、猪儿、牛儿的多的是。

远方的朋友啊，我说半天泡儿会把你说得有些晕，我得给你一个好记的名儿：它们其实就是我前面说的"莓"，树莓——不过这也是我后来才知道的。所有带皮刺的直立灌木结的浆果，都可以叫树莓吧，应该是这样。前面说到的"蛇泡儿"，就是蛇莓。至于那个"地泡儿"，学名叫寒莓，它们喜欢阴生，低低伏在落叶上，结着鲜亮亮的红色小果子，在寒冷的冬天，你一不小心还可以看到树林里突然冒出来的欲滴的红色小浆果。摘一颗放嘴里，又甜又冰。

后来超市里见着有野生树莓卖，显然是人工栽种的，个头比野生的略大，价格高昂，但味寡多矣。

花生之恋

　　人的薄幸对食物也难免：吃个新鲜，然后也就那么回事了。我很少对一种吃食像对花生那样深情和长情，一直爱吃。

　　花生怎么都好吃：生吃、干炒、油炸、水煮、卤煮，哪一样不是宜人的口味呢？花生又是非常好的配角：榨豆浆加一点花生，油茶汤圆加一点花生，爆炒鸡丁加一点花生，无一不是锦上添花。夏天爱吃的冰粉，配料里可以没有芝麻，没有西瓜，没有葡萄干，没有糖枣，但花生碎一定得有，若是没有，简直叫人怅然若失：那是没有灵魂的冰粉啊。

　　潘家山的土质肥沃疏松，最适合种花生了。花生成熟收获之际，锄头都可以不用，无须费多大力气，从黑油油的泥土中一扯，嘿，一颗颗圆润饱满的花生在眼前活蹦乱跳，真是让人欣喜。

　　种花生方法简单，且有乐趣。西南地区二三月之时，草长莺飞，杂花生树，便可以播种花生了——这是万物皆宜的时候。

　　播种前的花生是要去壳的，这等于帮它脱去了外套。所选的种子都粉红饱满，没有虫蛀和霉变。我参与剥花生种子时忍不住会偷吃。

　　潘家山种的花生，在我的记忆中是不曾有生过病的。从嫩芽芽长到开花结实，都是健康活泼的样子。现在见别人动辄喷药啦，松土啦，排水啦，那时我们都没有。落花生落花生，不是落下就可以生的么，哪有那么麻烦。

花生的花叶都是极美丽可爱的。长卵形的叶，对生，碧绿润泽，小小的黄色花朵躲在叶子底下，低低矮矮的，既明亮又羞怯，我见犹怜。花生开花零零星星，但其实花期是很长的，大约可持续两个月之久。它们一边开放一边萎谢，枯萎的花萼管内会长出一条果针来，先是向上长，几天后便悄悄伸进土里了。后面萎谢的又跟进来，在黑暗中悄悄长成果实。

我们家在山脚下一块土里顺风顺水地种了几年花生。真是一点都不操心，最多去拔过一两次杂草，便等着秋天吃花生了。有一年，正要收花生的时候，我妈去看了回来，说花生可能被獾给拱了，都拱了好几垄了。不过她又说花生没有很成熟，过两天再去扯。她大约是怀着侥幸心理，以为獾们只是光顾一次而已。过两日再去看，一块地都被拱得皮皮翻翻一片狼藉了。大约獾把它一家老小亲朋好友都给请了来。也许它还会想这家人真是大方好客哪。

虽然没有吃到花生，我却并没有怎样恨那些没见着的獾，只是遗憾没有亲见。它们不吃落花生的时候吃啥呢，我也想知道。想象中，獾应该有点像狗的样子，大约长了长长的嘴。后来我梦见了几次獾，是我曾养过的那只死去的白狗的模样，只是颜色变成了黑灰色。

现在我依然没有亲见过獾。后来我有次被烫伤，得到一种很有效的药叫"獾油"。我想着那些没见过的獾，莫名觉得很对不起它们。

一家人就我喜欢吃生的落花生（当然我是生的熟的都喜欢啦）。我妈说生花生吃起来"闷人"，她不喜欢。冬天的时候，屋里生了暖烘烘的"北京炉"，她就会抓些花生来烤了吃。花生在炉子面上歇着，静静地发出香味来，有时它们哔剥一声响，并且跳一跳。

　　我渴望着再能亲自种花生。老家的林子里还有没有獾呢，不知道。但原先种花生的那块地，荒芜许多了，上面铺着厚厚的竹叶。地下应该串满了竹根和野花椒的根。

　　这个季节，正是新落花生上市的时候。乌江路的红绿灯旁边，有一家炒花生的，烘烤机里发出微微的香味，我每次路过总要买一点。袋子装了，用手摸一摸，热热的，有几分惆怅的温暖。

吃 瓜

前文我写过，我们在潘家山种过许多南瓜，还有佛手瓜、苦瓜和黄瓜。但是直到大约十岁以前，我都没有吃过西瓜。在潘家山，能生吃的瓜似乎只有黄瓜和地瓜。

我们种的黄瓜先前一直是一种长椭圆形浅绿色的，皮薄肉嫩，口感很好，食之舌尖留香。尤其是皮上还有小小疣突的时候，我觉得清香更甚。这种瓜大约产量不甚高，后来市场上渐稀。菜市常见的那种黄瓜，墨绿色，老长的一根，脆则脆矣，但皮肉皆硬而糙。

后来我们家又种了一种黄白色有棱的黄瓜，我们呼为"地黄瓜"。这种瓜易种易活，且可以不搭瓜架，它自己满地里爬着长。地黄瓜个头很大，皮厚，即便很嫩时也要削了皮才能吃。

嫂子随我哥初来我家时，纤弱而美貌。邻众傍晚聚集闲聊，也顺带着围观她。她兀自端坐在椅子上专心啃食地黄瓜，似乎眼中别无他物。众人后来都说黄瓜比她的脸大多了。

黄瓜既能当水果，又能当蔬菜，当然是正经种植的。地瓜大多只是生吃，我们就贱种了。抓把种子随手往土里一撒，不掐枝不上肥，任其自生自灭。后来结了瓜，圆圆小小看似不起眼，但入口清甜化渣，也没有明显的土腥气。地瓜要长得大，肥分得充足，且要多次打枝压顶。哪像我们任其藤藤蔓蔓牵丝挂缕地胡乱长。有些地方把红薯叫地瓜。我说的地瓜，正经名字是凉薯。

　　我第一次吃的西瓜大约是大哥从镇上买回来的。他那时在敖溪镇上读高中，不知道怎么省下的生活费，买了一只西瓜带回来。敖溪镇上到竹园村潘家山，三十多里路啊，他居然把西瓜带回了家里。

　　我没有吃过西瓜，家里别的人也没吃过。大哥在镇上见着有切开的西瓜，大约知道怎样吃。记不得西瓜被何人切开，大家安静得有些做作，然后假装毫不在意地拿起来，慢慢地咬一口。后来就加快了频率，呲溜呲溜啃完，巴不得连瓜皮也啃了。瓜皮扔在地上，白白的，还忍不住要意犹未尽看两眼。

　　吃完了，我爸我妈都说："没哪样吃法，干花钱。"

　　后来读到《聊斋志异》之"瓜异"，很久都觉得很神奇："康熙二十六年六月，邑西村民圃中，黄瓜上复生蔓，结西瓜一枚，大如碗。"文天祥有《西瓜吟》诗句云"千点樱桃红，一团黄水晶"。若是未曾见过西瓜，委实不知道他写的啥。即便现在想起来，也总觉得写得不确。不过对于写瓜果且又感觉颜色鲜明的诗，总是不易忘，如白居易写荔枝的句子"盈盈荷瓣风前舞，片片桃花雨后娇"，就总是记得分明。

　　第一次吃的哈密瓜，是上中专时的军训教官从新疆哈密直接带过来的。

　　教官叫刘琼英，我忘了他是哪里人。现在想来他带着口音的普通话，大约应该是西北地区的。他总是爱红脸，而且有一点齇鼻子，说话听起来稍有点费劲，觉得总是带着"ong"音。他一不小心就把我的名字叫成"代蜻蜓"。

　　刘琼英为什么从那么远的地方给我们带哈密瓜呢？是因为他有点喜欢我们寝室的一个女生。那个女生总向他表示好感，后来他上了心，开始认真地追求她，而她说她并没有啥想法——这是后面的事了，总之我第一次吃上了哈密瓜。分得窄窄长长的一块，很甜。我们寝室八个女生，都吃了这么一块窄窄长长的瓜。

那时的女生都多少有点羞涩，吃得拘谨，一块瓜吃了很长时间。后来吃的哈密瓜，总觉得没有那么甜了。

除了新疆哈密，别处也产哈密瓜，植物和人都有很大的适应性，开始不习惯的地儿，最后可能认作故乡。我们这儿没有自种的哈密瓜，但甜瓜当地有种，现摘现卖，吃起来甜脆且清香。

夏天的时候，策策说寄给我一些"博洋9号"，彼时我还不知道"博洋9号"是啥东西。查了才知道是甜瓜的一种。"博洋9号"长条形状像黄瓜，带纹的绿色瓜皮像西瓜，皮薄肉脆，口感清甜。

我又了解一种甜瓜叫"羊角蜜"，因形似羊角而得名。网上查了，和"博洋9号"形似而颜色翠绿，皮上没有明显纹路。因和策策说起，他又在网上购了一些，且告诉我羊角蜜和另一种绿宝石甜瓜的区别。两种瓜过几天就能吃上了，吃完了再说说味道。

说到策策，倒让我又想起佛手瓜来。我们家多年种佛手瓜，在瓜架上一个个小拳头似的垂挂着，结得特别多。佛手瓜味道并不怎么样，更从未听说能生吃。策策把佛手瓜当水果买来，吃一口，"呸呸呸"赶紧吐掉——生的佛手瓜，原是又涩又黏。不过不试一下，如何能知道呢。

"种瓜得瓜，种豆得豆"的谚语，首句居然不提种粟、种麦、种稻子，又说"瓜田不纳履，李下不整冠"，以此来教育人要避嫌。两句都把"瓜"放在前面，可见国人种瓜种得很早且很多。种瓜多，吃瓜多，现在渐有"吃瓜群众"一词，很能反映国人心理：人们对八卦之事总不乏好奇，多嘴却惧怕致祸，于是纳着凉，吃着瓜，默默围观，只要事不关己，便不嫌事情大。

宜荤宜素豌豆颠

你不要笑我，我种的豌豆苗，才长了这么一点点。它们会慢慢长大的，很快就绿油油一片，我就能掐豌豆颠了。

一次跟一位浙江的朋友说起豌豆颠时，她问："豌豆颠是什么？"我回以"豌豆的嫩茎叶"。她恍然大悟似的说："噢，明白了，原来就是豌豆苗嘛。"

这位朋友其实并没有理解豌豆颠和豌豆苗的区别。这一点，我也是后来才知道的：豌豆苗是豌豆的幼苗期，彼时没有长出须子，也没有牵蔓，只是比豆芽略长，相当于是豆芽变长变绿了。据说江南多地是这种吃法。

我们说的豌豆颠，是已经长大抽蔓了的青春时期的豌豆苗。为什么说"豌豆颠"呢？是因为吃的时候只掐它的顶部，我们贵州人爱用叠词，说树的顶部，草的顶部都说"颠颠"。贵州民间还有一句歇后语：豌豆颠跳舞——牵须（谦虚）。很形象。豌豆颠的须子，弯弯绕绕，又长又多，吃的时候是要掐掉的，要不，会挠着喉咙，痒。

重庆也呼为"豌豆尖"——说起在重庆吃火锅吃的那个豌豆尖，应该不是年轻时期的豌豆苗了，颇上了点年纪，长了老茎，都有点嚼不动了。

豌豆颠要吃得特别嫩：只掐顶上两片绽开一片尚在闭合的叶子。豌豆的叶对生，其实就是一叶一芽。市场上卖的豌豆颠，为了压秤，总要割得长一些，买回来还得掐掉一大截。有些菜农卖时只算多少钱一把，不称重量，不留那么长，倒是短促促的素朴可爱。

西南人爱吃火锅，豌豆颠是很好的食材。汪曾祺在《食豆饮水斋闲笔》中曾写道："吃毛肚火锅，在涮了各种荤料后，浓汤之中推进一盘豌豆颠，美不可言。"汪曾祺这个美食家，所写食材和做法未必一定高大上，倒是素菜居多。他对豌豆颠的吃法倒是深得精髓：浓艳汤中下此物特别相宜。

豌豆颠宜荤宜素，如人宜其室家。清代诗人叶调元《汉口竹枝词》专门写过豌豆颠："幽香配酒藜蒿梗，清气宜汤豌豆尖。"这看来是很赞同清淡吃法的。春日里，几根鲜嫩的豌豆颠，可配金针菇、白豆腐、粉丝、酥肉、瘦肉片，做汤都是非常好的，植物的清香、汤的鲜味，真是相得益彰。

豌豆颠是冬蔬里非常重要的存在。冬季里，西南地区的任何一家火锅店里，都不会少了它的身影。这个朴素的食材，说它是镇店之宝好像有些过分，但没有豌豆颠的火锅，真是没有灵魂。

一俟春来，豌豆苗便迫不及待猛长，茎干变粗，茎节变长，看起来依然还是嫩嫩的甚至更嫩了，但闻之有草味而食之口感已变粗粝。若待它开出粉紫的可爱花朵来，即便是"颠"也不好吃，只等着吃豌豆了。

豌豆颠的青春也有限哦，所以在冬天里，好好享受一下吧。当然啦，如果你刚好有一块地，你就在八九月间播下种吧，现在也还来得及。

对了，掐豌豆颠的苗，须得是"菜豌"的苗，若是"白豌"，苗则粗硬细瘦，味道也次之。

蓬

野草山花，多有可爱者，一年蓬是顶顶美丽的。

早时我并不知道一年蓬的名字。我妈叫它"猫尾巴"，我也跟着叫它"猫尾巴"。它跟猫尾巴有啥联系呢？没有吧。

一年蓬的生命力太强大了，山里、田间、路旁，随遇而安，处处皆是。春天的时候它并没有什么特别，深绿色的尖卵形叶，常见得很。我们打猪草，用镰刀把它们一整棵撬起来，抖一抖土，扔进背篓。这种猪草不能弄太多，否则，猪是不爱吃的，想来这道菜对于它们算不得佳肴。

夏天，一年蓬开白色或浅蓝的花，花瓣纤细，里面是黄色的蕊。描述起来也不是多有特色，因为白花黄蕊的野花太多了。一年蓬的美丽在于，单株的它们长得很纤弱，楚楚可怜，但它们因为数量众多，在夏天的阳光里分外明媚。我们割草，把正在下午的风中摇曳着的一年蓬割下来，整齐地码成一小堆一小堆。割的草够了后，把它们装在草篮子里，一束束纤长的花茎，明艳的花朵，随着人走的节奏一摇一摇。后来，它们都用来喂了那头脾气温和的水牯牛了。有时候看着那么美的花在牛的大嘴里瞬间消失，会略微有点莫名伤感，却也并不多。

多年后不再割牛草打猪草了，看到一年蓬的花儿，依然觉得亲切。散步时路边见着，和月见草、红王子锦带长在一起，比它们更见风致。柳宗明《杂草记》里说，小飞蓬的日本名字叫"姬女菀"，听起来很有一种温婉的美。

有一种跟一年蓬长得很相似的杂草，我们叫它"马尾巴"。它的叶是披针形的，密密地排在直立的长茎上，跟马尾倒是有一些相似。它其实叫小飞蓬。小飞蓬也是白花黄蕊，但没有一年蓬那种明艳的感觉。

小飞蓬是极"贱"之物，大致因为味道苦涩，猪牛都不怎么吃它，总是长得自由自在。后来，乡间多用除草剂除草，好多野草很少见了：鸭脚板、散血草、夏枯草、青葙……都已很难见到。但除草剂对蓬草无可奈何，它们依然在各处蓬勃生长。

小飞蓬可以止血，茎叶捣碎了敷在伤口上，紧压一会儿，血便止住了。它的汁液对皮肤有点刺激，稍微有点不舒服。小飞蓬又叫小蓬草，有没有大蓬草呢？好像没有吧。

一年蓬和小飞蓬都是蓬草，有一些像，但区别也是明显的，一年蓬的植株较娇小纤细，枝条分岔也较多一点，这让它看起来更有风情。一年蓬的花朵也更明艳饱满，不像小飞蓬单调木讷的样子。它们是姊妹，但显然一个更美，也可能是一种"气质"差别吧。像李渔说女子有"态"，犹火之有焰，灯之有光。一年蓬是野草山花，可是有"态"。

《诗经》有云"自伯之东，首如飞蓬"，是说自从丈夫走了之后，自己无心梳洗，头发乱得像蓬草一样。这里的"蓬"让我想到的是小飞蓬尖细的叶。古诗中多有"飞蓬""转蓬""秋蓬"的意象，总有些飘零的悲意，也见得蓬是很常见的植物。《说文解字》里说："蓬，蒿也。从艸，逢声。一种如蒿之草，秋后风吹茎断遍野走，处处得逢是其范式。"能处处都逢着，正是因其可以四处为家。其实是蓬草的种子有毛，容易被风吹到各地，到处野生开来。

蓬字带给人的想象，似乎都不是美好的，蓬首垢面、蓬户瓮牖，会让人想起乱蓬蓬的东西，但如果他见过夏天盛开在田野的一年蓬，应该更能体会蓬蓬勃勃这个词了。

蔬之随记

在网上买书时随意点了一本《蔬之集萃》，本以为大概是本写蔬菜的散文，今日翻开却发现不是。它只是一本介绍蔬菜品种、产地风味、营养食用方法等的科普读物。

既买之，则读之。随意翻翻。

看目录，见没有写贵州的有名菜蔬，颇有点失望。平时自己也说贵州如何如何不好，却总不愿别人说三道四。别人对贵州的完全忽略，更是让人生气：贵州是不兴种菜吃菜的么？就没有几道菜是能上得书么？

后来看两位编者简介，一为山西人张天柱，一为辽宁人张德纯，稍为释然：没有贵州菜的记录，应该和编者是北方人也有一定关系。任何地方都会有地域特别的蔬菜，但要得以名世，除了味美之外，或靠史书记载，或凭文人书写，或因当地为政者的大力宣传。

南湖菱久负盛名，若没有陆龟蒙"水国烟乡足芰荷"，又无韦庄诗云"十亩菱花晚镜清"等诗歌的影响，想来声名是要受些影响的。

我在杭州时，若不是因"莼鲈之思"的典故，也不会特意去吃一回莼菜——这也可能是一种常见的附庸风雅。其实张翰说想念家乡的莼菜、鲈鱼，也许只是个借口。他大致是嵇阮一样的人物，想来是不愿卷入晋室之乱的。

其实文人很多时候不过偶尔一提，未必认真。比如鲁迅在《藤野先生》中就曾提到"胶菜"，有人指出不应该是"北京的白菜运往浙江"，而是"山东的白菜运往浙江"，不管他有没有记错，总之可能很多人正是读了这篇文章才记住了"胶菜"。

我没吃过潍坊萝卜，但见作者介绍潍坊萝卜的营养，比如可以降低胆固醇、减少高血压和冠心病的发生等，其实哪里的萝卜都大致具有这些功效的。

但潍坊萝卜闻名遐迩，恐怕还是因为郑板桥。郑板桥曾在潍坊任知县七年，留下了一个与萝卜有关的传说。

说是有一年，朝廷派了一位钦差大臣到山东巡查，郑板桥便命衙役将一个大食盒用红缎子扎好，给钦差大人送去。钦差见这个食盒沉甸甸的，以为是银两。等他兴高采烈解开红缎，却气得七窍生烟，原来盒子里装的不是银子，而是一个大萝卜，上面有信笺一张，写着四句诗："东北人参凤阳梨，难及潍县萝卜皮。今日厚礼送钦差，能驱魔道兼顺气。"

后来，潍坊人把诗句改造成了"烟台苹果莱阳梨，不及潍坊萝卜皮"。

若是没有郑板桥这样的文人，潍坊萝卜也不一定闻名。

吃过名扬四海的沙窝萝卜，其实难副盛名。说是"沙窝萝卜赛鸭梨"，亦是过于抬高了沙窝萝卜的身价。沙窝萝卜颜色青绿可爱，但口感微辣，且不够脆爽。身价如此高昂，想来是种植历史悠久且宣传到位的原因吧。

紫菜薹在中国主要分布于湖北、四川，但未必以武汉洪山为上，洪山菜薹声名远播，与历史人物当然也是密不可分。

公元 221 年，割据江东的孙权自公安迁到鄂州，改鄂为武昌。据说一日孙权携母亲吴国太等一行出城游玩，途经洪山，当地官员置酒相迎。吴国太对一盘紫色菜肴赞不绝口，夸其甜脆清香。自此以后，每逢洪山菜薹上市季节，孙权必派人来索取，以供吴国太食用。孙权孝顺母亲一事在洪山引为美谈，洪山菜薹因此又被世人称为"孝子菜"。

民国初年，湖北都督黎元洪离开湖北，到北京当大总统时，每临冬天，必派专差到洪山来运洪山菜薹。菜蔬因人而贵至如此。

山东寿光独根红韭菜被《寿光县志》记载：清乾隆年间，乾隆皇帝沿大运河南巡。当地乡民为皇帝一行精心烹制了农家传统名吃"韭菜宴"，共九九八十一道菜，菜菜不离韭，寓意乾隆天下长盛久安。皇帝吃得高兴，加之寓意又好，临行便欣然亲书"天下第一韭"牌匾赠予了寿光人民。当地官员也趁热禀报皇帝同意，将寿光"独根红"韭菜列为御膳贡品。

南京八卦洲的芦蒿被列为"野八珍"，不知与北宋文豪苏轼有没有关系。苏轼诗云"蒌蒿满地芦芽短，正是河豚欲上时"，虽然一部分人认为"蒌蒿"是类于青蒿、白蒿等的一种野菜，是"呦呦鹿鸣，食野之蒿"的"蒿"菜，但更多的人认为"蒌蒿"是芦蒿，即今日大众所知的芦笋。想来《红楼梦》里小丫鬟说"晴雯姐姐要吃芦蒿"，又说"荤的不好才叫你另炒个面筋的，少搁油才好"，可以猜想到曹雪芹虽在北方，却对南方的菜式是熟悉的。芦笋确实要少搁油为妙。

历史故事，原本牵强附会的很多，但总因了一点渊源。实在和真实的历史人物扯不上关系，那就只好编神话了，编个上古时代神农氏如何如何，编玉皇大帝、王母娘娘、观世音、吕洞宾各种故事，那也是无奈之举了，听的人也知道那是编的。但一般来讲，都愿意相信史书所记载的。

比如陕西华州山药，《古华州志》载："华州山药，士大夫多作馈赠品。"湘潭的寸三莲，据传是在战国时就进贡朝廷，汉、唐、宋、明、清各代都把它纳为贡品，清光绪《湘潭县志》记载："莲有红、白二种，官买者入贡。"浙江奉化的芋艿，早在

1773 年修编的《奉化县志》就有记载，后来奉化芋艿得以名扬，不知跟蒋氏有没有一点关系。我在浙江所吃芋艿，不知是不是奉化的，总之比我在本地吃到的要软糯柔滑许多。

目下为政者的力推也有一定作用。比如央视频道《远方的家》系列节目曾播出过乐昌马蹄，也应该对马蹄的生产和销售产生积极的影响。比如现在好多地方，地方官已亲自直播带货了。

贵州气候适宜，蔬菜品类众多，只是在人文历史和宣传力度上稍弱。我希望有更多的人知道贵州的蔬菜。

种豆潘家山

昨日读朋友之文，里面有写农具"连盖"一词。有读者向朋友请教，说不知"连盖"为何物。我知道这个农具应是"连枷"。杨万里有句"笑歌声里轻雷动，一夜连枷响到明"即是描写这个的。

潘家山人叫连枷这种脱粒工具其实叫"凉盖"，这个叫法和"连盖"一样，都是字音讹变之故。我们用连枷，主要是为了打黄豆。连枷翻转捶打，豆子便从豆荚里蹦跳而出。

潘家山的豆类植物，其实是有很多种的。除了黄豆，还有绿豆、饭豆、巴山豆、四季豆。

种得最多，用处最广的，是黄豆。

别的豆子，只能占据田边土坎，零星稀少，黄豆却享有特权，占用大田大土，和玉米们分庭抗礼，不分伯仲。

不光是我家，整个潘家山的农民，都会种许多黄豆。

清明前后，布谷声声，这个时候可以播种黄豆了，点播或撒播，都是随意的。黄豆是特别随遇而安的，对环境没什么要求。

夏天的时候，黄豆开白色或黄色的小花，轻薄得像蝶翅一样，在带了绒毛的枝叶间静静地停着。黄豆的花期不算短，一个月总有吧。只是人有多少时间关心它们的花朵呢，他们只是等着它的荚结出来。

花谢之后，绿色的豆荚长出来，一天天肥大。到六七月间，豆荚饱胀如鼓，便可以摘了煮吃，此谓"毛豆"。

"毛豆"新鲜翠绿鼓鼓囊囊，这个时候总要吃点新鲜玩意儿的。现在卖的煮毛豆，加盐，加八角桂皮等香料。我们那时吃得特别简单，只是水煮而已，且并不把豆荚首尾剪去，枝枝杈杈一并煮了。孩子们手里握一把，边吃边嘻嘻哈哈到处乱窜。

农历八月，骄阳似火，正是收获黄豆的季节。豆荚们鼓胀如临盆孕妇。

有一年收豆的时日，却正值我父亲腰疼，母亲脚痛。黄豆若是过时不收，会自己爆裂，全掉地里，所以这活儿只能落到我身上了。我汗流浃背劳作两天，手心火辣辣疼，背、腰、臀皆疼痛欲裂，真切体会农活之不易。

黄豆连着枝干弄回了家，却没有使上常用的脱粒工具"连盖"。父母皆病，我不会使用，每每举起长柄，竹制的连枷板却并不能转起来，甚至不小心还要磕着脑袋打着胳膊。母亲脚痛坐着，尚能忍痛帮助。母女俩各用棍棒敲打，也算是把一季黄豆收进了仓。

后来每每说到黄豆，总要忆起此事。

农村待客，诸多不便，但村人却偏有好客之风。实在没什么可招待，便做一次豆腐宴，也能主客尽欢，甚至在磨豆腐、点豆腐的过程中，彼此更添一点感情。

比起黄豆的大量种植，种别的豆就是小打小闹，但总要种一点的，那是一家人的气象。

田坎上是每每要种绿豆的。绿豆的叶子看上去比黄豆光滑，它们的花比黄豆的花更加向外翻卷，别有一种媚态。它的豆荚窄瘦，像蜻蜓瘦瘦的尾。有一种小蜻蜓就叫"豆娘"，体态轻盈，是蜻蜓中的赵飞燕。"豆娘"之名不知是不是跟绿豆荚有关。

绿豆可以做绿豆粉丝。不过这只在冬日才做，并且要加上大米的。过去潘家山的人，会在腊月二十七八时做好绿豆粉皮，切丝，晾到半干，收到簸箕里摊着。腊月三十熬一锅猪头萝卜，初一初二有人客来，煮一钵绿豆粉丝，浇上猪头萝卜汤，也吃出了一种温情。

有一年，一位所谓的专家大谈绿豆的养生之用，吹得神乎其神，于是绿豆很是贵了一阵子。其实潘家山的哪一条田坎，没有长过绿豆呢？

我妈那时还种过一种巴山豆。巴山豆又叫饭豆。有一首童谣："巴山豆，叶叶长，巴岩巴坎去望娘。娘又远，路又长，想起想起哭一场。"歌词很有点凄苦，唱出远嫁之女的无奈。其实巴山豆的叶子是没有多长的，只是比黄豆和绿豆的叶都要尖狭一点。

现在市场上卖的巴山豆，大家买来煮粥、炖汤、做豆浆，我们那时吃法很简单——就是"饭豆"啊，和苞谷大米一起蒸了吃。揭开甑子盖时，有一种豆香味。

我妈还种四季豆和豇豆。四季豆是我吃不伤的一道菜：素煮、煸炒、未长豆米时切丝炒肉、豆米长大时再吃豆米。我妈还爱做一道菜，就是先将四季豆和洋芋煮熟后，再用猪油炒，加干辣椒段与青蒜苗。炒时因要用锅铲强压，弄得锅里哗哗有声，看起来也简单粗暴。因为食材新鲜，猪油地道，火候得宜，每每吃起来总是大快朵颐。

豇豆是自留的种子。种子有两种，一种表面有紫色或粉红花纹，这种豇豆长得短胖些，其貌不扬，但吃起来味道很好。后来也种一种青绿的长豇豆，挂在豆架上疏疏落落，别有风致。有一年忽然家家都种一种巨型豇豆，形如蟒蛇，一根就可以煮一大钵。其实就是种来看看而已，吃起来内里疲软，而口感又颇粗糙。

院坝边上有一棵花椒树，以前年年结很厚密的花椒。后来边上堆了煤，浸了水下去，这棵花椒树就死了。我妈觉得种一棵刀豆是不错的。于是刀豆便在旁边绿绿地长了起来，很是盎然。

刀豆会开很长时间的花，紫红色的。郑板桥诗"满架秋风扁豆花"中的"扁豆"，就是指刀豆。在落寞萧条的秋冬之际，这花是给人暖意的。刀豆要吃老一点，才有嚼头。

我妈不在了之后，没有谁在那儿种刀豆了。

饮水思井

我对水有一种变态的节约，我想这主要来源于潘家山太缺水了。多少年来，但凡看到浪费水，我觉得简直像在浪费我家辛苦积攒的钱财似的。

都说开门七件事是"柴米油盐酱醋茶"，我倒以为应该说成"水米油盐酱醋茶"才对。没有水，茶怎么煮怎么泡来？在潘家山，光是弄水这一样，就比别的地方要费太多精神了。

我家的房前屋后也是有水井的。春夏雨水丰沛之时，也没有什么问题，房后的井位置也近，只需走五分钟平而窄的小路。挑了一担水来，做饭烧水总还是够一晌半晌的。

说是井，其实是一个很简陋的小水凼凼，冬天往往是枯竭的，露出灰白的水泥底子，像一口用久了的铝锅。井上边有两三株老茶树，终年深绿，春天开洁白茶花，当井里有水的时候，临水照影，也是美的。这口井的水有点甜味，据我爹说是因为山上的深土里含煤，至于含煤和水的甜味有何联系，我到今天也并不知晓。

井里的水流出来，潺潺而下，叮咚有声，下面还有一个水坑，用以饮牛、冲洗猪菜，旁边长着高高绿绿的茭白，枝叶纤长。

我那时是要挑水的。兄妹三人轮流值日，大哥挑完了二哥挑，二哥挑完了轮到我。我后来小腿长得粗粗壮壮肌肉分明，我相信一定和年少即挑水负重有关。

屋后井浅易涸，当它不再出水，我们就要转战房前的大水井了。

大水井的距离要远一些，小路直下，又弯又窄。挑满水往上坡走，很考验劳力。我从来没有在大水井挑过水，但守水的经历是很多的。

冬时缺水，从忙碌中抽身的大人一次次去水井挑水，却往往发现早被人舀得见底了，只能失望而归。最好是有人在井边守着，宣示暂时的所有权。谁去守合适呢，当然是小孩子了。那时候好像家家都不缺小孩子，且小孩子如果不用，会干些讨人嫌的事情，给他一个任务，他们就会乖乖去做。于是大人就把水桶挑到井里，叫小孩子在那里守着，当是守住领地。等舀满了两只水桶，大人再来挑回去。

大水井像一只朝天的巨大尖底锅，外面没有护栏，水满时一眼看去碧莹莹。水枯之时，便发现井里石梯。一级级走下去，到底部的时候，大人几乎很难转动身子。小孩子身形小，更适合在里面舀水。

细细的一股水，从风化的暗红色石块中渐渐地渗出来。好不容易汪了一点，于是蹲下慢慢地舀着，生怕下面的石块带起一些泥来。有一次我正在舀水，一块大石头从天而降，溅起老高的水花。我正在惊诧，抬头看到我堂兄气愤的脸。原是他先挑了水桶来，但他人离开了。人不在，仅水桶放在井里是算不得宣示主权的，相当于我捡了个便宜。那个石头要是砸在我头上，我必死无疑了，哪还会今天在此叨叨。

水和空气，只有在缺少的时候，才会觉得它们的重要。当基本的生存物质都需要争夺的时候，哪里还顾得情分。

经此一事，我爹才想起提议要各家轮班挑水，大家当然都同意，因为谁家的小孩都有被砸的可能。可惜这口大水井其实是大而无当，并没比屋后的小井多撑太久的时间。我们只能到寨子里的一口井里去挑。

对入侵者，寨子的人是不欢迎的，我们当然少不得要看一些脸色。

寨子里的人大都姓潘。潘姓家族虽说也矛盾重重，但对于外姓，他们是同仇敌忾的。

寨子里有一个姓郑的男人，个子矮小而力气大，人送外号"郑黄牯"，他为人实诚，我们代姓人去挑水，他帮了不少忙。那口井比我家屋前的更深许多，很难挑着上来，很多时候都是他帮忙。他还有一个绝招，就是用牙咬了桶绳提一桶水，两只手再一手提一桶上来，在又陡又斜又滑的井里，这个能力很令人叫绝。他年纪轻轻的就死了，留下眼睛水汪汪的美貌妻子。

寨子里的井并未完全枯竭，但外姓人只能自动到别地寻水，不能再跟潘姓人争夺那点有限的水资源了。

外村罗家沟的井里，永远有水流出来，那里的村民不怕别的人去挑。对我们来说罗家沟实在太远了，但为了有口水喝再远也是要去的。一个早上，三四个小时，就为了挑一担水！有一次，我三姐从罗家沟好不容易挑了一担水，小心翼翼一路走来，眼看快到家了，心里高兴，脚下没踩稳，水全倒在地上。她顾不得疼痛，只坐在湿地上大声号啕，看着那一担水在又松又厚的泥地里很快地洇开。

萱　草

　　我们叫萱草不叫萱草，叫黄花。屋后一块小小的地里种了好些黄花，初夏盛开之时，亦是一道美景。

　　萱草的叶类于水仙，碧绿修长，人工种植食用的萱草，花朵是浅黄色的，像百合花一样的筒状，色泽柔嫩，质地润泽。它们有修长的花枝和花柄，在六月的阳光下和细雨中轻轻摇曳。

　　野生的萱草，叶子稍矮壮些，橘黄的花朵，更硕大鲜艳。彼时，在潘家山的田边地头，偶尔见得三朵五朵，摘来，玩一会儿又抛下了。萱草的花质地太嫩，太容易被揉碎了。后来，小路旁或公路边，都一排排地植着，我虽不如当时所见那样欣喜，但还是每每为之驻足的。

　　我以野生和人工培植来区分两者似乎不太恰当，也许它们是不同的萱草，但是大而鲜艳的，确实没有人食用。

　　黄花菜并没有什么特别好吃的，只是饭桌上多一道菜，好歹哄哄筷子的意思。刚刚微绽的花骨朵，齐颈摘下，开水汆了，大太阳晒干，明媚的浅黄变成了透明的暗黄，食用时先用开水发一次，再以之炖汤，加肉丝、豆腐丝。有人谓之"金针菜"。我对这道菜并不上心，因之味淡，而我彼时只喜肥甘，不懂平淡之味。

　　据说生的黄花是有毒的，里面含有一种叫秋水仙碱的东西。不过秋水仙碱可溶于水而且遇热即分解，所以只要开水焯过，就不用担心了。我们那时并不知道何谓秋水仙碱，自然而然地习得的经验而已。

我不知道那些黄花为什么渐渐就没了，大约是母亲年纪渐老之后没有再去管理吧。女儿们前后出嫁，儿子娶媳另立门户，她一个人能吃多少菜呢。其实萱草有茂密肥壮的肉质根，耐旱也耐寒，本来也不用太多管理，可后来它也竟没有了，甚至于田边地头我也没见着野生的了。一个物种在一个地方的消亡往往都是无声无息地。

在敖溪中学教书的时候，曾有一个圆脸爱笑的女孩子，抱了一大束野生萱草到我办公室，特地对我说："代老师，我送你的这是忘忧草哦，你要开开心心的！"这个小姑娘，到底是因为觉得我开心应该拥有这些花呢，还是觉得我不开心而需要这些花的安慰呢？总之是非常感谢她的。姑娘并不是我班上的女生，我也不知道她叫什么名字，也不知道她后来是不是还是那样爱笑，像美丽的忘忧草。

在那之前我也不知道这些鲜艳的美丽花朵叫"忘忧草"，但已知道它叫萱草，而且寓意和母亲有关的，"北堂幽暗，可以种萱"。北堂是母亲居住的地方，后代表母亲。"母亲"和"忘忧"这两个意思为什么会集中在一种植物上，是不是因为母亲忧愁多，更需要忘掉呢？

唐朝孟郊《游子诗》写道："萱草生堂阶，游子行天涯。慈母倚堂门，不见萱草花。"读之令人伤感，总想起自己久不回家时，老母亲倚门而盼的样子。

后读张华《博物志》，书中有载："萱草，食之令人好欢乐，忘忧思，故曰忘忧草。"忘忧之说，果有来历。看到萱草，如见故人，也确有少解。我们移情草木，乐宣于自然，忧亦诉于自然。

庄子讲上古有大椿，以八千岁为春，八千岁为秋，所以椿树寄寓长寿之念，用以比喻父亲。"椿萱并茂"指父母俱存，此为人生之福。

我父母先后过世，今年大兄又亡。椿萱并茂，棠棣同馨，对于我来讲，永远不可再得，想起来泪下，不能成句了。

猫吃白饭

潘家山的田家沟是个夹沟沟，两边大山梁子遮挡，阳光总不够用似的。

早上，太阳起来得晚，懒洋洋地把光漏出来一点。它们本来也可以勤快一点的，就像我们早早起床割草一样。原先它们也起得早，后来，田家沟对面山上的杉树长得越来越高，太阳觉得起早了没用，早起的虫儿被鸟吃，早起的太阳被树挡。太阳光被杉树们扯成一条条带子，直直地插进田家沟的地里。

后来有了对比我才知道，田家沟生产的稻米是不好吃的。它们硬戳戳粗噶噶，完全不像别的地方的米，清香甜糯，温润适口。

因为阳光不够，田家沟的稻谷，老爱生一种病。我们把这种病叫"火烟包"。

"火烟包"即稻曲病的俗称。稻子成熟后，上面包裹一层脏绿或者脏黄的颜色，比健康的谷粒臃肿许多。人去打谷子，一天下来，身上落一层很厚的灰，两只手是黄绿黄绿的，两个鼻孔也是。用毛巾擦手擦衣服，毛巾也变得黄绿黄绿。

收回来的稻粒躺在竹晒席里，绿头绿脑，自惭形秽。我们还是很珍惜地把它们晒干、簸净、装仓。在吃饭的时候，内心也是真诚卑微地感激，感激老天让我们吃上了粮食。虽然那米，不管用水怎么反复淘来淘去，都有一种隐隐的绿色。

那些年的大米总不够吃，除了有客人来，我们平时差不多都吃苞谷面。我们略带着惭地把苞谷面称之为"黄饭"。虽然"白饭"也不白，我们还是希望能吃上"白饭"。那是一种面子，甚至是幸福生活的象征。

关于"白饭"，有一次我不小心闹了个笑话，犯了个错误。这件事在我幼小的心上烙下长久的印迹。

那时我的二姐夫还没有把二姐娶过门，但因两家开家早，况本有点老亲，所以很早就有来往。一次和母亲去他家做客，我无意看到灶台上有一只猫碗，里面还有些剩下的米饭，白白的，油浸浸的。我心里疑惑：咦，他们家的猫，吃的是白饭？而且还是拌过猪油的？

二姐夫的母亲去喂猫时，我的想法得到了证实。她从甑子里舀出一勺子白米饭，用筷子头在铮亮的油罐里挑出一小坨猪油来，慢悠悠地搅拌了，再轻声唤猫来吃。

母亲在灶旁，如常地和她未来的亲家母聊天，我却很惊奇，大声对母亲说："妈，你看，二哥家的猫吃的是白饭哪！"

笑容在母亲脸上尴尬地凝住。她一时有点不知道怎么办，只是瞪了我一眼。二姐夫的母亲温和地笑笑。后来吃饭的时候，母亲吃得很少，似乎有点不自在。

回家的时候，母亲黑着脸。走了好一段路，她终于用严厉的口吻告诫我说，在别人家做客不许乱说话，再敢乱说要挨打的。

我实在不明白我说错了什么话，我又没打闹，说话又没带脏字，我只是说猫吃的白饭。它本来就吃的白饭嘛，我哪里乱说话了。

多年以后我才明白母亲的尴尬。那是一个因家里缺少粮食，尤其少有大米的农妇感到的羞愧，何况是在她未来的女婿家。我的一句"猫吃白饭"暴露了我们家常吃"黄饭"，即苞谷饭的事实。吃苞谷饭，是居住地不好的象征，也是贫穷的象征。除了假装威吓我，她如何对年幼的我解释？

"猫吃白饭"事件让我挨了训，也引起了我的羡慕甚至是嫉妒。为什么我们家人都不能吃白饭，而别人家的猫却可以？哪怕这个别人家，是我二姐将要嫁过去的"别人家"。

后来连续割了几年秋草之后，我更加明白了父母的苦涩。

田家沟不光是缺少阳光，更是缺少雨水的地方。

田家沟是南北走向的夹沟，西面有大梁子作"靠山"，说起来大梁子有大森林，蓄水量往往充沛。但田家沟的大梁子，把它蓄的水都流到西面去了。大人们都说，那个山梁子就是个母猪，脊背朝着田家沟，奶头朝着一个叫坪桃的地方。田家沟常年干旱，水源困难，坪桃那边全是山泉、小溪和水井。田家沟这边的人，只好光眼看个猪背脊，恨它不能翻过身来。

平时早睡迟起从不勤快的阳光，却常常把田地晒得龟裂。那一道道裂口，像一张张呼喊着要吃饭要喝水的瘪嘴。我们很无奈地割下那些已经被太阳晒到可以点燃的稻秧，一捆捆扔到牛圈楼上作干草。它们来不及抽穗，就变成了灰黄的干枯尸体。

我们再怎么假装健忘，也忘记不了，在前面两个多月，它们被怎样辛苦地种出来。我们怎样去集镇上买稻种，步行三十里路，宝贝似的带回家。我们泡种、耙田、撒种、移栽，望眼欲穿地等着它们长出穗子来。

大哥二哥，还有我，我们蹲在干裂的田里割秋草，不发一语，静默得像没有呼吸。

我们不能不回忆起春天的时候，父亲怎样焦灼地等待一场雨的到来。他失眠，默默地叹气，为那场总不到来的雨。白天，有时明明看到一块云都已经走近田家沟了，可它虚晃一枪，临阵脱逃，又跑开了。父亲气得跺脚："你就在田家沟落点雨会唧个了嘛，天！"有时它们如施大恩，敷衍潦草下几滴雨。父亲伸长了脖子候着，那块正下雨的黑云又晃晃荡荡地跑了。父亲只有叹气。每一个夏天或者秋天，父亲都格外消瘦。

有时那下雨的黑云在半夜里来，父亲看不到它们，但似乎能嗅到它们的气味。他等着它们。他穿好蓑衣，戴好斗笠。他检查铧犁，看牛圈里的牛是不是饿了，赶紧给它加餐。为了那场久候的雨，他早就严阵以待。

就算是一场大雨，在它刚来的时候，也不可能一下子让一块地漫浸起来。但是父亲急不可耐。他牵着牛出门，分秒必争。雨点或大或小地下着，父亲在田里斥牛，嘿喊，嘿喊喊，他口干舌燥。雨啊，求你下吧下吧，父亲在田里喊。

犁了两遍，雨又停了，父亲张皇半晌，只得抽腿走上田坎。他只能又一日日苦等着。那犁过的田，已经干透，甚至比之前更干，有一种贫瘠的坚硬。所有的活儿都白干了。某天夜里，又来了一场雨，父亲又在夜雨中犁田。又是一夜。

好不容易下了秧，天又不下雨了。父亲总爱站在屋前屋后，仰脖子看天，走来走去，闷不吭声。每天迟起早睡的太阳，还是把那些秧苗都晒死了。

从我那次说了"猫吃白饭"之后，二姐夫常常一趟趟往家里挑谷子来，挑米来。那时没有公路，他总是一肩肩挑，扁担在他年轻的肩上吱嘎吱嘎。他力气大，似乎总干得乐呵呵，没有一句怨言。但在父亲看来，二姐夫的这些付出可能让他颇感无颜。有的时候，我看到他在未过门的二姐夫面前，笑容多少有点瑟缩。

我那一句"猫吃白饭"，打破了父母小心翼翼维护的面子，让父亲母亲脸上黯然无光，但我们吃上了更多也更好的白米饭。这个"好"，当然是相对于田家沟那老是带有一层绿色"火烟包"的米而言的。

后来我知道，二姐夫家的猫能吃白饭也是不容易的。他们大塆生产队，虽有一条丰收大堰"管"着，天旱时能及时灌溉，但由争水引起的械斗，却从来没有消停过。听说有两次还打死了人。

蔬菜们的花朵

第一次看到茼蒿菜的花，我是惊艳的。

马路边一户人家，门前有小小的院子，在锦葵的旁边，主人大概是随意地撒上些茼蒿菜的种子。也许他本不是为了种菜吃，只是碰巧手里有一把种子，就撒下了。茼蒿菜都长老了，主人也没怎么摘来吃，于是它就自由地开花了。

茼蒿的花瓣靠近花心的部分是明亮的黄色，边缘是一圈白色，形似雏菊。不常见茼蒿开花，又是那样恣意的一大片。当我在六月的阳光里，从小院子旁路过，我停住了脚步，睁大了眼睛。原来茼蒿有这么美丽的花朵啊。

茼蒿一般在很嫩的时候便被摘来吃掉，人们似乎已经忘了它会开花。它活了一世，都没有机会展示它最美丽的时候。蔬菜们，大都是这样了。

空心菜也有好看的花，我以前也是不知道的。

我刚来县城的时候，在学校对面一户农家租了一套房子住着，天天路过一畦畦菜地，有机会见着空心菜的花。它的花是柔嫩的白色，带一点隐隐的紫。小小的长柄，长长的花筒，形似喇叭，非常美丽，若是你没有见过，你不会想到你家餐桌上常见的一道菜开出的花。

为什么我会对茼蒿菜和空心菜的花感到惊奇，是因为以前在潘家山，这两道菜并不常见。我妈也不是完全不知道这些菜，为什么不种呢？当然有她的道理：茼蒿菜是比较费油的菜，下到火锅里，一筷子提起来，油都被菜叶裹跑了。在寡油少盐的时代，这样的菜是不受欢迎的。

至于为什么不种空心菜，我想其中有一个原因是它在家乡有一个不太好听的名字叫"饿死老公菜"。为什么叫饿死老公菜呢？这里头有个故事。

说在三年困难时期，一家人没几颗米了，但家里倒种有一畦空心菜。女主人一天就用空心菜来煮一点米粥。人在穷困之中，就容易算计了。女人对丈夫说："这菜呢，都说叶子营养要好些，你还是多吃点叶子吧，我就只吃点菜梗得了。"老实的男人就吃菜叶，女人吃菜梗。空心菜的茎是中空的呀，米都是往里钻。所以最后，女人活了下来，男人饿死了。

这个故事普遍流传。虽然后来在粮食上不用这样算计了，但是主妇们，好像是为了避嫌似的，便都不去种了。所以我吃空心菜也没多少年，哪里知道它会开花，还这样好看呢？

其实有美丽花朵的蔬菜是很多的。首先是瓜类。南瓜有硕大的黄色花朵，明艳夺目。丝瓜、黄瓜都有娇艳的黄花。但我以为最美的瓜花应该是瓠瓜花，纯净的白色，摸起来有一种丝绒的质感。牵在瓜架上盛开的瓠瓜花，实在要超过很多刻意培植的花卉。

秋葵的花也很美。汪曾祺说秋葵像风致楚楚的女道士。它浅黄色的花朵很大，中间深红的花蕊颜色很突出。秋葵的植株较高，小小的风一吹，它们就摆动起来，真是风姿楚楚的模样。

我比较熟悉的是萝卜的花。它们是浅紫的小小花朵，花朵上有明显的细细的蓝紫色经络。白菜的花，青菜的花，紫菜的花，都是浅浅的黄色的，我以为这些都很可观赏。其实你们要稍注意一些的话，芫荽的花也是极美的，比满天星好看许多呢。

我觉得我们不能只把蔬菜当人类的饲料，其实是很可以欣赏一下它们的美丽的。

野　葱

冬日里，很多植物还很萧瑟的时候，我们会在路边、林下、田野上，见到一簇簇的野葱。它的叶子又细又长，绿丝带一样。

野葱的茎在土里长得很深。用手直接拔往往会拔断，下面的鳞茎出不来，须得用小锄头或小铲子等工具掘起来。也有的长在土质特别松散的田坎上，只消轻轻一扯就连根拔出，连同密密的白花花的根须。

把野葱洗净，切小段，根据自己的口味佐上盐、醋、辣椒、香油、花椒等凉拌，是颇为下饭的。也可与折耳根、酸菜、豆豉相拌，也极具风味。当然，你要把它下火锅也很好吃，下锅烫一分钟，不要太久，久则又瘦又老。也可以炒青椒、炒鸡蛋、炒腊肉。总之，它是宜荤又宜素的。

我在贵阳龙洞堡读书的时候，家里已经颇为艰难，一个月的生活费往往不能按时到位。像我这种情况的，还有班里别的同学，共同的贫穷也会让人有惺惺相惜的错觉。我们周末到野外挖了大捆的野葱，回到寝室里，或凉拌或炒豆豉，弄得屋子里都是野葱味儿。大家好像吃得特别香，同时心里暗自庆幸家境好的城里同学回家过周末了。

在南方，吃野葱最好在冬天。春天当然也略可食，只稍微嫌老了些，它们好多已经珠胎暗结，很快就抽了薹。可能此时北方刚好。

初夏，野葱长出二尺来高的直立花茎，顶端开白色或浅紫色的小花，伞形花序。它的花朵中会混杂几个紫红色的小珠芽，珠芽落地发芽，又繁殖出新的植株。盛夏的时候，野葱就给自己放个暑假，躲到地底下乘凉去啦。它们地表的部分悄悄枯萎，等到了凉爽的秋天，再重新长出鲜嫩的新叶来。

野葱在各个地方的叫法稍有区别，比如叫山葱、野蒜或者苦蒜。这不同的叫法也大致能体现野葱的特别：它的味道是复杂的，同时兼具葱蒜的特点，我甚至觉得有一点韭菜的味道。不过，没有人叫它跟韭菜有关的名字，大约是它们的叶子差别有点大：韭菜的叶子是扁的，实心的，而野葱的叶子，是空心的，中间有略略的凹槽——虽然它们的叶子很小，但仔细看是可以看出来的。虽然叫法不同，但野葱的鳞茎是一味药材，叫"薤白"，这个名儿是通用的。很多人不认识这个"薤"字。

汉乐府《薤露歌》写道："薤上露，何易晞。露晞明朝更复落，人死一去何时归？"这是一首挽歌。它以薤上之露易晞来喻示人生之短暂，悲叹人不如露，死而不能复生。古诗往往都是就近取譬，想来那时各地都是常见薤的。后来，不知道为什么这个称谓大家不再叫，可能是"薤"这个字不大好写，不过从这个字可以看出来，野葱的味道跟韭菜是有一定关系的。

汪曾祺在一篇文章里写过"薤"。他说在云南、四川等地把薤的鳞茎叫作"藠头"，我以为这说法是不确的。薤（野葱）和藠头是有区别的，藠头一般人工栽培，叶子较野葱粗壮，且叶子较野葱浓绿，二者花期也不同，野葱的花期大约在七八月，而藠头开花应是十月后了。又二者鳞茎形状不同，野葱是扁圆的，藠头是椭圆的。我们这里把藠头称作"握把藠"，想是因为其形状较长，有一个把可以握着的缘故，又因贵州方言里"恶""握"不分，于是有人叫它为"恶霸藠"，听起来有点凶凶的感觉。

紫荆和紫薇

紫荆和紫薇这两种植物，我很早都认识。只是那个时候，我们叫的名字都是错的。植物们又不能应答，又不能辩解，由着我们叫了。

我们那个时候叫紫荆花为"罗齐"。我不能准确写出那两个字来，只能找"罗齐"这两个同音字代替。大家都这样叫，没有人问该怎么写。

潘家山的小尖峰上，颇有几株"罗齐"树，它们长得高大而笔直。后来我再也没有见过那样缤纷的一树树"罗齐"花——紫荆花。

紫荆花是春日早开的花。春天里，潘家山漫山的野樱桃花开过，小尖峰的紫荆花便开了。紫荆花的花早于叶，繁花盛开的时候，见花不见叶，只是偶尔在枝条的前端微露那么小小的几片尖卵形叶子。鹅黄的叶子有着光洁的略呈蜡质的叶面。有很多花是花比叶先绽放，但这样却难免显得单调。比如梅花，我每次看的时候总是觉得，有几片绿叶衬托多好。看紫荆花，却不会有这样的遗憾。因为它的花量大，色彩艳，团团簇簇紧贴枝干而开，娇俏动人，生机勃勃。需要绿叶扶持的鲜花，大抵要单薄柔弱些。在百花争艳草木葱茏的春日，紫荆花是惹眼的，又妩媚又英气。

可是我们潘家山，注意甚而珍惜紫荆花的美的时候，毕竟是很少的。春日盛开之时，也许它的美在我们的心里是驻扎了一下的。它的纷繁真的太震撼了，只要你不是瞎子，都会有感觉。但是到了深秋，它的叶子也掉光了之后，就只是一棵树而已。人们研究的是，它有什么用。

我猜紫荆的木质应该是紧实的——凡生长慢的树，木质都是紧实的。它们可能适合做家具，但是潘家山的人甚至都等不到用它做家具的时候呀。

有一年，我堂兄改造他家的木房，从平房改成当时时髦的吊脚楼。我堂兄看上了小尖峰上几株长得特别挺直的紫荆树，他确定用它们来做柱子。他当机立断，很快就把挨着的几棵都伐了。

几棵紫荆花树做了柱子。在十几棵柱子中，我已经辨认不出它们了。屋对面的小尖峰，我好几天都情不自禁地看，空荡荡的特别寂寞。我后来也并不怎样看那座山了，何况视力渐渐不好了起来。

很多年后，有一次春天回老家，又突然觉得眼前的小尖峰明亮了。小尖峰上又有一大树紫荆了。大嫂说，其实年年都有开的，只是那几年树太矮了，不大看得出来，再说，你也不爱往那边看。

这个时候，老家没有什么人需要木房子了，自然也不需要紫荆做柱子，至于家具嘛，生态板压木板都便宜，有谁还会去山里伐木来做呢？何况砍伐手续也非常麻烦。也许这一株，或者更多株的紫荆，会长治久安地活下去，活到生命的自然终结。

后来我偶然读到一个典故，得知紫荆花是寓意家庭和美、骨肉情深的。

南朝吴钧写的《续齐谐记》里，有这样一个故事：传说南朝时，京兆尹田真与兄弟田庆、田广三人分家，他们把别的财产分得差不多了，最后发现院子里的一棵紫荆花树不好处置。他们兄弟三人当晚商量将这株紫荆花树截为三段，每人分一段。第三天清早，三人去砍树时发现，昨日花团锦簇的紫荆花朵已全部凋落。田真见此状不禁对两个兄弟感叹道："人不如木也！"

后来，就像你想的那样，兄弟三人又把家合起来，并且和睦相处了。那棵紫荆，当然也活得好好的。

农耕文明，总是要讲究家族的团结协作的，很有可能会产生这种劝人不要分家的故事。后来我见人家的院子里有长得特别盛的紫荆花，不知道主人是知道这花树的寓意呢，还是单纯觉得美。

从潘家山下山三公里多，是柏林村的小学校，我们会途经一家张姓人家的门口。张家的院子旁边有一棵瘦高的"抠痒树"。

"抠痒树"会开很长时间的花，在我的记忆中，是从春至冬都有的。浅红色的花，褶皱很多的样子，并没有怎样特别美。然而作为一种少见的树，它怕痒的习性以及它如人裸露皮肤一样的树皮，总是令我好奇。

我很多次都特别想摸一摸，但最终一次都没有。整个柏林村好像只有他们家门口有这么一棵树。而且，因他们家出了一个"官"，是当了县长的。我们莫名地觉得这棵树也威严了起来。

后来，各个地方都遍植"抠痒树"，但人们却把它们叫紫荆。

我知道它们不是紫荆而是紫薇，是我同学邓白薇的父亲邓清福先生告诉我的。他那时在敖溪中学做语文老师，是知道些典故的，而且他也很喜欢植物。后来想起我都没有问过他，"白薇"是白色蔷薇呢，还是白色紫薇。

白居易有诗"独坐黄昏谁是伴，紫薇花对紫薇郎"。初读并不知道"紫薇郎"即是中书侍郎，只想象一种忧郁而浪漫的氛围。不过据说唐时把中书省改为紫薇省，确实是因为"省"中多植紫薇，取其耐久且浪漫可爱之意。这真是唐人的浪漫。

路旁有人密密地植了紫薇，当作篱笆。它们因为太挤伸不出拳脚的样子，让人觉得有些可怜。

余庆观光园有一段两边种了紫薇的小路，花开时节也很繁盛。小路也成了人们口中的"网红路"。春天一到，总有女人穿红着绿在树下拍照。不过大多是大妈年纪，笑得敞亮而粗糙，听起来让人心里有点失落。

潘家山的药

小时候容易咳嗽，有时难免咳得脸红筋胀，眼前冒出点点金星来。木屋板壁隔音效果差，母亲睡在隔壁听得真切。她对父亲说："明天去扯点五匹风来煨水给她喝。"

第二日母亲带了一把镰刀，出门去田坎上寻。一会儿便找到几株五匹风，连枝带叶，甚至根须也撬出来。回家洗净，放在一个大瓷缸里，火上煨一会儿，水变成浅浅的黄绿色。再煨，汤色更深浓一点。母亲用小瓷缸倒了来，嘱咐我喝下。

五匹风鲜绿的叶子长成五瓣，像一朵花，也有点像小兽张开的可爱的脚。春天的时候，它长出匍匐的茎，绿色，或者带点暗红。五月的时候，茎上会开黄色小花，花朵也是小小的五瓣。潘家山还有一种蛇莓，跟五匹风很像，区别在于蛇莓的叶是三裂，五匹风是五裂。蛇莓会结鲜艳的果子，我尝过一次，有一点甜味，不过我不敢怎么吃——什么东西跟"蛇"有了联系，就会感觉有些神秘的禁忌。

有人说五匹风即委陵菜，也许不对呢——委陵菜是半木质化的呀。

五匹风煨水一点也不难喝，不涩不苦，喝茶水似的。喝两三天，咳嗽便也好了。

后来还了解了些别的止咳方法，比如车前草煮水，枇杷叶蒸蜂蜜水，毛香叶炖三线肉，但对我来说，效果最好的是五匹风。

这是记忆中草药的神奇。虽然更小一些的时候，我母亲总会用牡丹根和芍药根切碎蒸鸡蛋逼我吃，说是补体虚，我至今不知道那到底有没有效果，但是到这个年纪，我到底算是体健的。

母亲还用李子根和黄泥治好了一个女人的乳房疼痛，具体过程就不得而知了。我后来见药书记载，李子根确有清热解毒的功效，却并无治乳房疼痛的有关记载。

农村人，大多都会自然而然习得一些中草药的知识。小孩子也会。

割牛草打猪草的，手常被镰刀伤着割一个口子，但我们一点都不着急。山里能止血的植物是很多的，最简单好用的就是茅草。采一张茅草叶口里嚼嚼，敷上，一会儿血便止住。还有苦艾草也有这样的功能。至于其他的方法，像香灰、木柴灰，还有一种蛛丝，效果据说都不错，不过我自己没有用过。我不看医书，也不知道这些方法。医家有没有记载，有没有"入典"？

夜寒苏的花开在路边，又香又美。我往往撷得三两朵放包里，花萎香留，久之不去。

后有一日身痛头痛，备觉不爽，一朋友说你用夜寒苏炖点排骨汤喝试试，反正方便，还好吃。我依此法，果如其言，疼痛立减。不得不再次感叹植物的神奇。稍微大一些，知道好多野草都可药用：车前草、金银花、鱼腥草、马齿苋、鸭脚板、枇杷叶、马鞭草、千里光……那时乡下就是个巨大的百草箱，草木皆可入药，每步皆可见药。

我有一朋友咳嗽老不见好，我突然想起多年前用过的五匹风。给他推介，他却不认识。我到郊外田埂上仔细寻了半日，一棵也没找着，想是现在除草剂用得太多，没有了。又想起以前还随处可见的七叶一枝莲和散血草，现在是好多年都未曾见到了。鼠曲草和野茼蒿耐药，蓬蓬勃勃，越长越多。

美好的姑娘

当敲下这标题的时候，我的心境是美好的。虽然，我们刚刚才开了本学期以来第四次联考质量分析会，一个冗长和鼓噪的会。所有人，学生和老师，都不免要沦为一个个数字符号和百分比值。

昨天晚上高三（15）班晚自习，和往常一样，我们正在进行"周练"，即每周的分板块限时训练。我们这次训练的是散文阅读理解。本次考的是一篇体物抒情的文章，描写的对象是"山丹丹"。

试卷发下几分钟，任倪同学轻声发问："代老师，山丹丹是哪样花哇？"我走近她的桌旁，佯作生气，低声呵斥："自己看，不影响答题的，不要随便发问，影响纪律！"其实心里面是高兴的：这孩子，脑子没木掉呵，除了想要分数，她还想知道"山丹丹"到底是个什么东西！

但其实我并不知道"山丹丹"是什么。我简单看了试卷，觉得考题不难，答题的范式也都讲过——我是不是脑子木掉了呢？变得只关心答题！上一届的复习考试中，讲到一篇写"雪里蕻"的散文，除了讲题，我还和学生认真地对比雪里蕻和青菜的区别。学生感叹：这么好听的名字，原来就是这个东东呀，我家里也种呢。

试题做完，对完答案，讲析了要点。任倪又问："代老师，山丹丹到底是哪样花哇？"我笑起来，说，真是个"拗姑娘"，我们一起查一下吧。

我打开百度图片，才知道，所谓"山丹丹"居然就是野百合！我们这里常见野百合，但几乎见不到红色的。几个学生探过脑袋过来：山丹丹原来是这个啊！

任倪和几个姑娘，拉住我开始讲"花"，讲山里的野百合、木槿花，讲芙蓉花又叫"妖精花"。我也来兴头了，说芙蓉花在古代也指玉兰花，比如王维的诗"木末芙蓉花，山中发红萼"。任倪马上接下去："涧户寂无人，纷纷开且落。"时间很快过去，任倪甚至激动地说："你要不要栽百合花嘛，我外婆家有，开起来一大垄，我这个周末回去给你弄点来。"

下了晚自习，我走出教室，愉快地想起前两天的事情。

前面我在复习文化常识中关于"纪时"这一块内容时，讲到了一个时间"更定"。资料上讲的是晚上九点到十一点，人入睡的时间，相当于"人定"。汉乐府民歌《孔雀东南飞》里，即有"奄奄黄昏后，寂寂人定初"的句子。我一时不好举例，便说到张岱《湖心亭看雪》里有句子"是日更定矣，余拏一小舟"，教材注释也是"初更以后，大约晚上八点左右时间"。

《湖心亭看雪》这篇文章，现在是收在选修教材里的。所谓选修，不过是高考要求必背的老师才上，余者学生自修。现在大家都这样操作的。该篇没有要求背，便没有在课堂上讲过。我不确认任倪自己有没有读过。

上完课之后，任倪来找我。她说，代老师你看，你刚讲到"更定"是晚上，怕不对哟。我说那你说来听听。她说，谁大晚上的去看雪啊？那么冷！再说你想啊，要是晚上去看雪，怎么能看到"舟中人两三粒"嘛？我怔了一下，想一想她真是有道理的。这是一个可以质疑的地方。

任倪还曾和我聊过关于留守儿童问题的一些见解……但我打

断过她。我说，这不是我们现在要关心和讨论的问题。

这个姑娘，是一个会读书的姑娘，这样的孩子是不多见的。

任倪上次联考语文考了123分，这在三类高中的二类班级来说是很不错的成绩了。我鼓励她。她有点不好意思地跟我说：老师我能不能提个要求？要是我考上130分，你能送我一个东西吗？我说可以呀，什么东西？她说，我想读一读《不能承受的生命之轻》。我告诉她说，这完全没问题，爱读书的姑娘是美好的姑娘。

这次考下来，成绩没有130分，她稍微有点沮丧。我当然知道语文考130分不是说考就能考的。我告诉她说考多少我都会送。我当然希望她能读读更多的书。做一个不光是只看分数，而是一个有思考有判断，有辨别力和审美能力的人。

我买了两本书送她：一本《不能承受的生命之轻》，一本《生活在别处》。告诉她千万不要在课堂上读，不要耽误了"正事"，但我也希望她能够明白：除了可见的肉身和汲汲求取的东西之外，我们的内部还有一个"我"，在听，在想，在看。那便是我们的灵魂。

蕨

我以前不怎么喜欢蕨类，觉得它们多数都既无用又不美。当然，春天食用的蕨苔除外。

大约春分之后，蕨苔就偷偷从地里钻出来了。新长的蕨菜茎干肥壮，嫩叶卷曲，有一种小兽物般的呆萌可爱。黄庭坚说"蕨芽初长小儿拳"，我以为这个比喻颇为恰当。

南方地区，很多人都有采蕨的体验，这里就不用赘述了。采摘野菜尝鲜是一回事，感受春天之美也许更重要吧。一边采蕨一边游玩，要是还能两情相悦谈情说爱则更妙了。《诗经》里说"陟彼南山，言采其蕨"，诗里的女子大概采蕨是假，等待与情人幽会是真。见不到情人伤心着呢，哪里还有心思采蕨。沈从文写过一篇叫《采蕨》的小说，不知有没有受过这首诗的启发。小说开篇即言"阿黑成天上山，上山采蕨做酸菜"。阿黑是小说的女主，男主叫五明。阿黑采蕨，五明也来采蕨，采着采着两人就把该做不该做的事都做了。

蕨苔可以焯了水炒吃，西南地区很多人家喜欢加干辣椒与腊肉同炒，或加干豆豉炒吃也行。蕨苔味道滑美，似莼似葵。像小说中的阿黑那样采来做成酸蕨，也是可以的。把嫩蕨苔沸水煮过，捞起来晾至半蔫，加上适量盐揉搓，再放进坛子里腌上半月就可以了。酸蕨苔切碎了加肉末干炒，下饭或佐粥都极好。

我们常说的"蕨苔"并不指所有蕨菜新发的"苔"，而是专指一种直立茎的可食用蕨菜的嫩茎叶。蕨菜有很多品种看起来极相似，植物学家也未必完全能搞得清楚。采蕨与采蘑菇一样，要小心，不能乱采。

前面我说我不大喜欢蕨类植物，一个很重要的原因是它们靠孢子粉繁殖，成熟的时候，叶子的背面都有一层黄褐色的粉末，会粘到手上脸上或衣服上。

至于说到它们不美，主要也是因为它们的孢子粉囊，你想嘛，本来叶子的正面光滑碧绿，但翻开背面来，一串串黑的褐的虫卵一样，呃，多恶心。

我第一次觉得蕨类植物有好看的，缘于我哥家里的一株铁线蕨。

有人送了我哥一块石山，他放在大盆子里养着。石山渐大，不知什么时候，上面长出一株圆叶的娇小植物。我哥看这叶子乖巧，于是没有像往常一样拔掉，而是任其生长。后来这株小小植物长大了，枝干纤细，形态秀美。于是它就一直长在石山上很多年，繁衍后代，青枝绿叶。

铁线蕨当然也会释放孢子粉，但是粉囊相对较小，几乎可以忽略，基本没有影响美观。

都说铁线蕨的繁殖力惊人，动不动呈蔓延之势，但它好像只喜欢岩边石罅，并不适合土养。我曾在河边石缝中发现一株特别青翠可爱的铁线蕨，一则爱其娇俏，二则想着它的生长环境委实贫瘠，想把它迁至沃土。但搬来放在家里，虽小心伺候它却日渐枯萎，颇后悔自作多情干涉另一株植物的生命，它本在山边逍遥的。后来听说铁线蕨的孢子粉虽然不多，但可能导致皮肤过敏，便不再想着养它了——不过这也许是个借口，我几乎不会皮肤过敏的。再说家里地方有限，总不能花心大萝卜似的见一个爱一个地都弄来放家里吧。不过每次看到铁线蕨，都驻足观望，实在爱其风致之美。

　　从铁线蕨开始，我进一步发现了好看的蕨类，比如凤尾蕨。一听这个名字就会知道，它长得像传说中凤凰的尾巴。说起来，当我还对整个自然的美缺少发现的懵懂时期，就觉得凤尾蕨是美的。它们生于密林之下，石缝之间，叶子狭长纤细，茎干青碧秀美。若旁有溪流，环境阴湿，它们的颜色绿得更深，叶片发亮。

　　大多数的蕨类植物的茎都是直立或斜生的，但海金沙的茎却是纤细温柔的藤。它们虽然也得攀缘别的植物，但又完全不像很多藤本植物那样有一种凶悍的侵略性。它新长的嫩茎如婴儿毛发般柔细，不过有时候温柔可能是一种表面的假象：海金沙又名金丝狼衣、钢丝绳、铜筋草，你听到这些名字大概就可以想象它的茎虽然极细，但却有种金属的质感吧。

　　我对攀缘植物不大有好感，但却是喜欢海金沙的。不知为什么海金沙喜欢缠绕在竹枝上，也许是我家竹子种得多，每每得见而产生了错觉。不知道有没有人把海金沙种在家里呢，若在窗边盘旋垂吊，也应该是很好看的景致吧。

　　芒萁与海金沙的茎一样细硬瘦长而有金属光泽，但它是直立的。山里有很多芒萁，我却一直都不知道它的名字。它们太泛滥，那么一大片一大片长在山上，多贫瘠的土地，多干旱的天气它们都能生长。据说它的嫩茎也可以食用，没有试过，想来这么细小，如何能吃。又说它的茎干可用于编织，制作花篮、花瓶等。乡间用不上，我也没有试过。芒萁形态秀美，用来搭配各种鲜花倒是颇能增色。

　　肾蕨被认为是一种神奇的植物，它的块茎圆圆的，像一枚枚鸟蛋。我曾在山林里无意间拔起一株来，那一咕嘟小球球倒是吓我一跳。据说这种"蛋"也是可食用的，我也没有试过。国人相信"以形补形"，倒有人为这些可爱的"蛋"是可以补肾的。

　　还有一种银粉背蕨也很有意思。它们小小的叶子背面的粉末是银色的。把它按在深色的衣服上一拍一压，美丽的形状就被印在上面了，用作刺绣的图案应该很美吧。

蕨类植物大多喜阴喜湿，但它们同时往往也是特别耐旱的，尤其卷柏，眼看着完全干枯，水一泡还是能活过来，所以它有九死还魂草之称。

有条件的话，人们最好能亲自去考察一些事物，不要被它们的名称或名气所误。电视剧《神雕侠侣》中，杨过手里拿的"断肠草"，有眼尖的观众发现，根本不是什么断肠草，而是前文说到的芒萁。要是有人对你描述一种很神奇的"九死还魂草"，你就知道它不过是很平常的卷柏罢了。不过过于考证实物的坏处在于失去一些想象的乐趣。就像人类上了月球，美丽的嫦娥就消失了。

要说对大叶的蕨类没有好感，觉得它们不美也不全对，比如巴岩姜这种蕨，说起来披着一身黄褐色的毛毛，像某种动物似的，但它也有一种独特的美。老房子的檐口下，栖息着一排排的巴岩姜。它们绿叶的生机、块茎的肥硕，与古旧的青瓦、微朽的椽口，有一种天然的对比，且充满岁月的沧桑感。巴岩姜现在是国家保护植物了，不能私自采摘了，但谁也没有说不能私自种植吧。

第一次在贵州赤水看到"蕨类植物之王"桫椤，除了觉得它们太过高大，却并没有怎样的震撼感。也许从审美上，我更习惯于凤尾蕨、乌蕨、铁线蕨这种娇小玲珑的品种吧，觉得它们深可怜惜。其实它们看起来虽弱不禁风，却是地球上最古老的植物，人类比起它们来，实在年轻得太多了。

土话与古话

今日在班级群里见一个学生干部通知同学们说，要拿某证的"赶门"去拿，晚了老师下班了。"赶门"这个曾经亲切的词，好像是被遗忘得太久了。

小时常听父母吩咐："赶门回来""赶门走""赶门去"，就是催促"赶紧"的意思。又听有人说的不是"赶门"而是"赶忙"，似乎后者更有道理。后来这个词不知怎么渐渐不用，而以更广泛使用的"快""赶紧"代替了。久之，这个词就渐渐被抛弃和遗忘了。

后来才知"赶门"这个词，原是有出处的。冯梦龙《警世通言·万秀娘仇报山亭儿》里写道："共三个人，两匹马，到黄昏前后，到这五里头，要赶门入去。"旧时，城门于天黑时皆关闭，禁止出入，第二天早上才重新开放。赶门即赶在城门关闭之前进出。

我想是因为天黑前要"赶门"，当然要快，要赶紧，于是"赶门"的意思就衍化成"赶紧"了。

说到冯梦龙小说，又想起"铺程"一词来。我在《蒋兴哥重会珍珠衫》里读到"铺程"一词，觉得很是相熟。这原来是早时母亲常用之词："早上要把铺程折好"，"有人客来，铺程要干净"。"铺程"即是"被褥"之意。后来大约母亲也觉得这个词太老旧了不用，遂用"被条"代替。而我们这一辈，觉得"被条"

还是土，一般都说更为通用的"被子"。

又"人客"一词，现在都说成"客人"。在江浙、湖南等地，还有老人习惯说"人客"的。

又有一次，浙江一朋友说到"抛荒"，感觉跟我们老家话里的"抛荒"意思差距甚大。原来她说的是灯谜上的抛荒，指的是谜面上的个别字词落实不到谜底上去，遂成为"闲字"，术语为"抛荒"。比如谜面"一夜征人尽望乡"（猜时人：齐怀远），"一夜"落不到实处，即为"抛荒"。

我们潘家山的"抛荒"一词，一般指夸大，超出事实。比如"那个人说话，抛荒的多"，就是话里可信度不高，夸大的成分多。其实细想来，这和灯谜中"抛荒"的意思还是有联系的，都有"多余""无用"之意。

"抛荒"这个词《现代汉语词典》有收录，释义一是废弃耕地，二是荒废学业。在我们本地话里似乎不曾表达《词典》里的这一层意思了。

有一次见绍兴一朋友，彼来晚了，拭汗抱歉说道："在路上堵了车，我甫一下车就赶紧跑来。"我觉得这个"甫"字有意思，但我提及的时候朋友觉得这是一个"土字"不好懂，赶紧换成"刚刚"。"甫"字在文言中作副词"刚刚"之意是很常见的，比如"年甫二十""甫至""甫愈"等。这些古字时时镶嵌在现代的语词中，因地域各异，我们难免有时觉得生僻。

应该有很多土话都源自古话的。贵阳话爱讲"之个"，应该就是古义。"之二虫，又何知"，"这"的意思。我母亲表达不耐烦那个意思时，不说"不耐烦"，而说"叵烦"。到我们这辈，"叵烦"一词几乎绝迹。其实"叵"字很老，《说文》里说："叵，不可也。"《水浒传》李逵动不动说"叵耐那厮……"，很不耐烦的口气，我们读者也很熟悉了。

又潘家山土话里说"方人"，就是批评、否定对方，使对方下不来台的意思，但因没听别处说，又怀疑是讹音，不敢擅用。直到读《论语》中写子贡"方人"，孔子批评他说："你就有那么贤良吗？要是我才没工夫评论别人。"才知潘家山"方人"是没用错的，且早有来历。

很多古词我们不知出处，只以为"土"。当然很多可能发生了读音和意义的改变，要追溯起来有点难了。比如把相互观望这个意思说成"形"（读若"性"音），当地俗话云："三个人吃两个桃，形起了。"汉之《诗纬·含神雾》云："小寒为节者，亦形于大寒，故谓之小。大会寒者上形于小寒，故谓之大。"此"形"犹比较、相待之意。

潘家山又有"汤"字一说，谓不情愿而沾惹之意。如怨遭某人，曰"汤到你了"。元《西厢记》里说"汤他一汤"。意思虽稍有区别，也仍是沾惹之意。

语词的变化很是一个有意思的现象，也是一门很深的学问。有兴趣的学者其实很可以到乡野考察，说不定从老太太的嘴里会发现一些有用的东西。仲尼有言"礼失而求诸野"，我想也是可以移用于"语失而求诸野"的吧。

春　游

　　那时的小学，每年的春游总是少不了的。现在的老师，大好春光里都不敢带学生出去，害怕出事。多一事不如少一事，谁都害怕担责，因噎废食。极少数敢带学生春游的老师，对学校各种承诺表态，对学生千叮咛万嘱咐，孩子们在春天的花香里规规矩矩地走一段，回来还要写作文。学生都写："啊，多么美好的春游！"

　　可是那时，春游，是多么平常自然的事啊。

　　我在做学生的时候，有一次特别的春游，多少年了总是记得。虽然，我们春游的路线，有好长一段就是我每天上下学的路段。说起来能有什么新鲜感呢。但就是记得。

　　当时是一个姓杨的老师暂代我们班主任。乡下的老师，正儿八经从师范学校毕业的，没几个，但杨老师是其中之一。不过那时我好像很不喜欢他。

　　杨老师很年轻，有一头黑黑的微卷的头发，很白的整齐的牙。我想我不喜欢他是因为他没怎么看重我。以前的老师看重我或喜欢我，对我的散漫无礼或尖刻犀利是包容的。我成绩好嘛，多少也有点特宠而骄。

　　但杨老师才接手我们班，他什么也不知道。也许知道，故意杀杀我的气焰呢。而且他上课就上课，不大向我提问，目光也不在我身上停留。我要抗议他对我的轻视，上课的时候我不是趴在课桌上，就是故意昂起高傲的头颅，把两个眼睛望向窗外。这还是引不起他注意。我更气了，故意把桌凳弄出很大的响声。他批评我，我更不高兴，又不敢再过于放肆。我于是总用右手托着下巴，噘着嘴。今天想来，我那动作丑得要命——我鼻子又塌，脸又胖，手一用力，嘴就扯向一边。咳，想起来真是不好意思。

说春游。

以前的班主任带我们春游，就是在马路上走一趟。那时是可以在马路上跑和跳的——马路上没有车啊。有哪个学生实在闹得太疯了，老师就佯装生气吼两声，过一会儿大家又嘻哈起来。至于吃的嘛，都是自己从家里带。小商店有水果糖，还有干壳饼和米花糖，也不是哪个孩子都买得起的。所以嘛，春游的意思也不大。

但是你猜，杨老师做了一件什么事呢？

他告诉我们说，今天我们春游呢，要走远一点，你们不要喊脚痛哈。我们要去的地方，是个有意思的地方。

一队人马就嘻嘻哈哈开拔了，过马路，爬山路。走着走着，杨老师好像不小心搬动了路边一块石头，然后他大叫起来：你们看，我捡到一颗水果糖！于是同学过来看，果然是一颗水果糖！亮晶晶的玫红色的糖纸，在太阳下闪着熠熠的光彩。

大家正惊奇间，杨老师说，你们自己也看看那些石头脚脚和草茏茏下，还有没有呢？大家就找起来。于是，到处都是欢快的尖叫声：这里有一颗！这里又有一颗！捡到糖的孩子舍不得吃，捧在手里喜滋滋看着。他们一个学期都没舍得去买一颗糖啊，在那个小商店买铅笔时看了又看，也只好咽咽口水走开！

孩子们很兴奋，一路爬坡一路找。那天的春游特别有意思，一点也不累。我今天想起来了，那天说是春游，其实天气差不多已是夏天的感觉。太阳大得很，大家脸上都红红的。

我们终于爬上山顶。我们叫那座山为"大尖峰"，我后来怀疑是"大仙峰"的讹音。后来我妈告诉过我说，那山上原是有大庙的，她还记得曾经在山上的两个和尚。难怪，我们在大尖峰看到好多残碑和一些雕花的磉墩。小孩子哪管这个啦，一天的兴趣都在糖上。

春游回来之后，我就有些不好意思在杨老师的课堂上作态了。毕竟，一路上我找到了好几颗糖呢。

杨老师还教我们唱歌："我爱万里长城，我爱小河，我爱五星红旗，我爱白鸽……"我觉得他的声音好听，牙特别白。再后来有了新的班主任，同样上语文课和音乐课，声音不好听，牙也不白。我很怅然。

许多年过去了，直到自己教书了我才想起来：当时杨老师工资那么少，一个年轻人，怎么会想到要在路边藏那些水果糖，引起孩子们一阵阵的欢呼呢？一个班四十多个孩子，要不少糖吧？何况他又只是临时带带我们班，居然花费了这么多的心思。

我也不知道，我的那些同学，是不是还想得起这件事来。

我做班主任的时候，学校已经不大支持老师带孩子春游了。不过你非要去，只要不出事，学校就睁只眼闭只眼。

我就带着孩子们去一个叫麻烟洞的地方。

我印象中从敖溪中学到麻烟洞是不太远的。孩子爸爸有一次开车带我去过，让我产生了这样的错觉。

我们商量去搞野炊，包抄手。我先找车把锅碗瓢盆还有食材送到目的地，这样我就可以和孩子们一道轻盈步行了。天气很好，大家的脸被晒得微微发红。班里大多是农村孩子，远足也是没问题的。再说我这班主任都在和他们一起走嘛，大家也不觉得累，一路开心聊着。

观景探险的时间少得可怜，再者未经开发的野生溶洞，准备也不充分，不敢进洞太深，怕有危险，就只在洞口转转，赶紧做抄手。我切葱剁肉，女孩子们就过来包。大多是独生子女，哪有几个会包，你教我我教你，包得各种奇形怪状，笑得东倒西歪。

虽然并没有能看到洞里太多的景致，但大家也蛮开心。春天里，阳光下，青草葳郁，流水潺潺，一切都是让人愉悦的。

回来又步行，有的孩子就喊累了。有人提议坐车，我说不行，学校三令五申严禁乘车乘船。孩子们有点闷闷不乐。其实我想，你们怎么不会悄悄坐个车回去啊，我也可以假装不知道——那些纯洁的孩子，毕竟不知道什么叫面上的规定和实际的行动。

又有几个学生来问："老师要不你坐车走？"我故作硬气地说没事没事，大家多锻炼一下嘛。我也走得累了，脚掌心隐隐作痛，好久没穿过的球鞋磨着脚后跟。

后来我突然看到一个叫何余的学生骑了摩托车从对面驰来。我一见就来气，心想你这家伙偷偷回去就回去了，又骑个摩托车来招摇！

摩托车在我面前停下。何余说："代老师，你今天做了那么多活儿又走那么远路，一定很累吧，我现在骑车带你回去。杨维和他们一起走回学校，保证不会有什么事的。"

我态度非常恶劣。我说："你居然还骑个车来，还不赶紧滚回去，明明学校不准乘车乘船，你这不是故意的吗？你想被处分是不是？"

何余红着脸走了，其他的同学也不说话。大家闷闷地走，走着走着我居然说了句："看我回去不收拾他。"

有个女孩子说："代老师，他是特意来接你，你还处理他。"

现在回想起来，那孩子急着跑回去弄辆摩托车，冒着被我骂的危险来接我，不就是心疼我么？就他自己，一个准备报考体育专业的学生，不要说这点路，再远个十里八里，他也完全没问题的啊。

许多道理我也是慢慢明白的，甚至比我的学生们明白得更晚。后来再也没有春游了，春天里我自己去看看花，它们自开自落。

打麻将

好久没打麻将了，写一写。其实我打麻将水平差得要死。

刚开始工作时，根本认不得麻将，但是不久就被"拖下了水"。

我二十一岁时在镇上一个很小的初级中学教书。全校老师总共才十二三人，一起吃个饭，一个圆桌坐得稍挤一点就行了。在这样的环境中，大家似乎亲密无间。这个亲密无间的群体成员，必得学会一项技能：打麻将。

冯龙珍老师是沈文喜校长的夫人，那时即将退休。她对人，尤其是对学校的年轻教师，非常热情，热情的方式是请年轻老师去她家吃饭。我那时单身，一人吃饱全家不饿，冯老师既热情相邀，我也乐于去蹭饭。

吃饭之前当然有打牌的娱乐。他们家只有一副麻将牌，一般是男老师们和沈校长打字牌，女老师们和冯老师打麻将，余下二三者观战。

我对麻将一开始是很拒绝的。做农民的父母，一再谆谆告诫我赌博之危害，说赌博赌博，越赌越薄。当我在冯老师家把我的想法一说，大家都笑我，说你也太没见识了，打个小麻将，不过是小小的娱乐一下，哪里就是赌博了？

冯老师怕我拘束，也似乎是有意"栽培"。她时时不忘招呼我，教我出牌胡牌的规矩，大有开小灶的意思。俟她起身喝水或上厕所，一定要我帮她打一把。其实往往不过一两分钟，她就回牌桌了，在我边上看。我一让她自己来，她就紧紧地把我按在座位上，说她教我打，免得别人欺负我这个"生角子"。这样一来二去，慢慢会了之后，她就说要做饭，让我代她打。怕我没赌资，她又总是交代，说赢了算我的，输了算她的。哎，我终于被弄上道了。

后来打得不多，但因为级别差，也还是颇输了些小钱。本来工资又低，就有点后悔起来，觉得不该染上这个。结婚生小孩就不打了，一歇歇了好几年。

孩子上中学的那些年，镇上赌风炽盛。麻将馆开了一家又一家，更甚者，镇政府接管了一家麻将馆，还派工作人员值班管理。在这种情况下，麻将瘾不被勾起来是很难的，何况一个镇上，都是熟人，开麻将馆的便总是异常热心地电话告知你他那里三缺一。于是又开始打。

后来有一段又格外管理严格，麻将馆都被叫停。工作人员打麻将要严惩，罚款甚至开除工作。不过还是有人打。麻将总以一种永远未可知的魔力吸引着人。我一个女同事感叹说："哎，打个麻将比偷个人还紧张，但还是想打。"

打麻将确实会更真实更深入地了解人，尤其是像我这种平时不大接触人的。

我有个表嫂，移民搬迁到镇上，除打麻将外别无他事。天天打夜夜打，所以水平蛮高。我们也在麻将馆一起打过牌。

彼时我还习惯于打四川麻将，三门缺一，"倒倒胡"，胡牌算账都极简单；而她们已经喜欢上了要"捉鸡"的贵阳麻将，这个就要麻烦一点。我本来不精于计算，所以算账的时候懒得动脑子，由着他们给多少。我表嫂看我算不来账，便少给了。我当时并不知觉，但是另外两位牌友当然知道，她们对视一眼，也不说话。麻将结束另一位牌友问我："听说你和某某是亲戚？"我说是啊，怎么啦？她说："少给你钱了噻，我还以为你们不熟呢。"

这事过了就过了，我没有输钱，少给钱我也没放心上。但表嫂后来见着我，却总是有点讪讪的样子。我觉得她应该是有点不好意思，又觉得我后来知道她少给，更有点难为情。如是几次，我们后来便不再同桌打麻将，后来竟至远远看到我她便绕道了，唉。

我个性本不适合麻将桌上厮混，往往神思飘忽，心不在焉，忘了碰牌杠牌，又因几次见人在牌桌上扯皮撒泼，更是淡了兴致。不过有时观察一下人也有意思。

殡仪馆守夜总是要打麻将的，大家在此过程中，忘却悲伤，甚至其乐融融。吊唁者若是死者生前的亲朋好友，大抵也是一起打过麻将的。于是有时候还开玩笑，问棺材里死者要不要起来摸两把。

一次我因到殡仪馆较晚，麻将桌上早已满员，就在桌边看几个女人打牌。这几个女人本是互相极熟识的，打了一会儿，一个女人起身上厕所的时候，另外三个女人就说离开的那个如何牌品不好。上厕所的女人一回来，三个人立即结束谈话内容，继续打牌无不融洽，倒是让我颇为尴尬起来。果然，三个女人即有一台戏，我相信换一位离开，其他的三位也会对之一番褒贬。

这样说起来似乎我作为女人，对自己的同性存这样的偏见，其实倒也不至于只有女人才喜欢臧否他人。不过男性总还是要忌惮于在这种公众场合揭人之短罢了，因这样会被人认为"女气""婆娘嘴"。他们即便想说，也还是会克制一些。

平时看起来计较和犹疑的女人，打麻将时却很有杀伐之气，出牌的决断速度大多远超男人。她们胸有成竹，纤指轻轻，动作麻利。男人们摸起一张牌来，拇指食指捏了又捏，想了又想，似乎在做人生重大决策，一张牌在手里捂很久，好不容易才打出来。

有一次一个男人叫了大牌：单吊一张幺筒。他无意识地把牌按在额上，谁知竟按出了一个圆圆的印子。一众牌友都知道他要胡哪张牌，旁边看的人也忍笑不语。这事后来被大家笑了好久。这是打麻将的意外之乐。

牌桌混久的人，往往声东击西虚虚实实，让对手摸不着真相。比如一把烂牌假装叫好，或一把好牌故意蹙眉长叹。但还是有人情绪外显，叫牌了脸上神色顿时舒张，一副请君入瓮的笃定。有人叫了大牌，甚至会激动得手抖。更有甚者，自摸了清一色，一时血压骤增，酿成悲剧的也有。

夏日炎炎，昼长夜短。很有人坐不住，约几个人，泡一壶茶，打点小麻将，一天也便过了，管你这个世道怎样变迁。只是筹码的大小颇能反映经济的状况。所以往往会听到这样的感叹："前些年我都打十块二十的，五块的都不耐烦打，现在只有打两块的了。"

冬季冷清之时，独处更显寂寥，当然更要邀人桌上一战。自动麻将机轻微的洗牌声，让人生出希望，摸牌出牌偶尔的轻脆碰撞，更显出一种热闹的生气。

说打麻将消磨意志也好像不全对。据说梁启超和胡适都是极爱打麻将的。传言张恨水可以一边打麻将一边写小说，大概夸张了些。鲁迅在文章里对麻将深恶而痛绝，可据说私下里也还是打。

民国的小说或是电影里，往往会有一群太太打麻将，光洁嫩白的戴玉镯的手臂，戴金戒指的纤指，推得麻将哗哗作响，同时伴随莺声燕语，家长里短。今日有点钱有点闲的女人们，状况改变似乎也并不大。在我们西南的小地方，钟情于麻将的男女都有，但你观察一下，到底还是女人多些。

有人说，在中国的大多数小县城，人们的主要生活享受一为性，一为麻将。前者到底比较隐蔽，后者当然泰然而公然了，而且有时候两者也是互相成就的。

铺上明月

铺上不是"铺上"这个动作，它是个地名。它在余庆县城西南面，距离大约八公里。我在高德地图上查到这个名字，不知道是不是一个村名。

去年无意来到铺上时，正是深秋午后。白麻栎树叶簌簌地落着，柿子树叶在阳光的照耀下，色彩绚丽而又经络分明。田里的稻草收拾得干干净净，一种极简的美坦然展露在眼前。蓝天白云之下，日光明暗变幻之间，小小县城忽如海市蜃楼。喜欢上了这个地方，总想着再去一次。

今晚，又到铺上来。

出门时还微有燥热，走了一段长满高大马尾松的林荫道，已双臂清凉。其实太阳还高高挂着。路边是密密地攀缘在灌木上的杠板归的藤，挂着一串串蓝紫色的小小果子。我喜欢着这些蓝色小果子，有种润泽的光辉。禁不住轻咬一口，薄薄的皮，甜中带酸，里面是透明的珍珠一样的籽。

走近一户人家，院里晒着金灿灿的玉米，没有看到主人在。路边篱笆上挂着许多小西红柿，红得晶莹剔透，我也忍不住摘了几个，看它们卧在手心里，想起小时候在潘家山的日子，那些我多次采摘的小小西红柿。

太阳渐渐西落。又俯瞰余庆城，一栋栋楼房一半沐着阳光，一半荫蔽，低矮的山也半阴半照，对比突出，轮廓分明。

在路上漫步，发现有几朵木槿还开着，薄薄的白色花瓣，怯怯的。然而玫红的鸡冠花，热烈鲜活，昂首挺胸。风吹过来，地里枯干的褐色苞谷叶子发出飒飒的响声。

光线渐渐暗淡。远处，那些本来尖锐的明暗的对比渐渐暧昧起来了，最后融为一体。夜色临近了。

往回走，看到几个年轻女子在一株毛栗树下，用脚踩着那些未曾开裂的毛栗刺球。她们弯腰撅臀，嘻嘻哈哈。另外还有两三个小孩子，跑来跑去捡拾那些迸出来的毛栗瓣。这原来岑寂的地方，这暮色四合之时，漫溢着一种喜气。

我抬头看了一下，路边两株毛栗显然是人工种植的，上面还有许多毛栗球，或绿色或褐色。不知那几个摘毛栗的人，是不是这些树的主人。

无主的毛栗也是有的。它们长在路边，伸手可及。毛球比种植的小，也更嫩。撷取了一枝，上面六七个小球。在路边捡了石块剖开，见里面的栗瓣还是白的。剥开壳，再剥开一层淡粉色的衣，便露出白生生的肉，吃起来特别甜。想着以前对付这种毛球，我是可以用嘴咬开的，现在有点手不是自己手，嘴不是自己的嘴的感觉了。自己出身乡野，虽不曾忘本，总是与之生疏了些。

柿树叶子还是青绿的，但柿果已然熟透，无人采摘。可能好多年以来它们就自开自落吧。有几个看起来挺大也挺漂亮，但走近了看，果子都有些小洞，想来是被哪只鸟儿占了先。也许它们调皮，各个都想尝一下。好多柿子都被它们啄了。

走到来时停车的路边，抬眼发现月亮在远山上黄黄地挂着，发着淡淡的光，特别大。突然起意想在山里看一回月。今天农历八月十四，中秋前夕，有这么好的月。

拿出一把折叠椅来，打开坐下，月亮又上移了一点点。低了头，看到自己镶了水钻的凉鞋，在淡月下发出一点细碎的亮光来。

四处秋虫声渐起，形成合奏之势；松树的高枝上有鸟声，时断时续，不知是求偶还是呼朋；微风吹拂松林，遥远的海浪一样的声音。

特别孤寂而又特别充实，然而脑子被古人词句占满。低低吟起"明月几时有？把酒问青天"来，唱了一曲，回应的是山风、虫籁。于是又是沉默，看月亮升至松树的半腰，光线透出来，汽车反光镜的轮廓上，反射着温柔的光。

汽车的后备厢里，装了一袋子朋友早上亲自去摘的树莓。它们已离枝一日，叶子显得有些疲惫，黑红的果子月光下看起业已纯黑，还是清甜的味道。沉默地坐着，慢慢地摘吃，心里想着这一世有这样的树下月下，也是如此知足了。

久坐臂凉，加了一件外套。手触到外套柔软温暖的质感，突然感动到想哭。

月亮已挂在树梢了，清辉遍洒，俯瞰大地，一览无遗，虫子们依旧在唱着歌，寂静而热闹的森林啊。

驱车往回走，走过乌杨荷田，月下依稀是荷田粼粼的水光，嶙峋的枯荷。城里的灯光渐近。回头恋恋地看了那一轮满月，它也随我而来。

记下文字之时想想，那晚有点像一个梦。

秋　色

昨日洗了车，顺便开出去遛一下，于是出他山校门往东而行。

霜降已过了几日，但路旁景致并没有萧条枯败之感。法国梧桐叶半绿半黄，看起来还是充满生机的。工人们正在锯掉过高过长挡住电线的树枝。锯下来的断枝被扎成捆，放在货车厢里，不知要拉到哪里去。我闻到一股树木的清香，那是它们断枝的味道。

一棵树被弄来栽在道旁，要遭受各种修剪，按人的意志生存，真是不得已。若不是种在主干道路旁，境况也许会好一点。外环路两边的梧桐即无人管束，长得颇为自在，像体制外的人。

梧桐长在紧靠马路的一边，守护着身后的樱花树。樱花树的叶子现在是火红的，通红透亮。我在春日看过樱花绚丽的花朵以后，就把它们忘了。没想到那些叶一直固执地守到秋天，又呈现出一番别样的美来。有没有谁在意过秋天的樱花树叶呢？不知道。日本人那么热爱樱花，可在清少纳言和德富芦花的文字中，似乎都没见他写秋日的樱花叶子呢。

偶尔有几树三角梅，像是根本不知道已是深秋，还开得娇俏活泼，兴致盎然。玫红的颜色村气，但是喜庆。

日本红枫是我喜欢的树，从春美到秋。它有细而薄的豆荚，里面包裹着薄如蝉翼的小小种子。此时豆荚裂开，种子飞出来，随风而逝，随遇而安。

继续向东，信步而行。路边橘子树长得有点零乱，似乎无人看管。我摘一只橘子来，剥开脆而清香的皮，手上沾了一点黄绿的汁。它们要再过一段时间才能成熟呢。这是余庆的特产红金橘，个小，色红，香浓而微酸。去年的橘子很便宜，果农都不怎么摘，以至于长到今年树上都新开了橘花，它们还只能继续待在树上，后来好不容易才掉了。

远处有些稻田。稻谷收了之后，稻田是颇寂寞的，像一个人一下子卸掉了重担，一时无所适从。稻草焚烧的痕迹，黑黑的一道道花纹，绣在田里，像抽象的画作。

临小河，秋水潺潺，特别清澈，路边有一片片浅紫色芦花。

清少纳言说"芦花不值一观"，但我以为芦花淡雅飘逸，正是秋日好景。芦花丛里，也是鸟们的好归宿，时不时便见一只只黄的灰的鸟噗噗地飞出来。

一个人信步走。见有妇人在地里劳作，看不真切。她大约是在挖红薯，单薄的腰一弯一起，不断挥锄，看久了真是寂寞。

路边又有十月豆。豆荚黄绿色，饱满圆润。叶子是不见一丝杂色的黄，单纯到毫无心事的黄。

路边人家，岑寂的院落，矮墙上有热烈的天竺葵，玫红或者大红。农家小院里种点寻常花木，一种平民的欢喜。

田边有牵牛花开着，浅蓝的、深紫的，和一边的几朵黄色的南瓜花，调和着冷暖的颜色。南瓜花看着柔弱，可是居然从春天坚持到了深秋。

回到家，想起去年的秋天，和朋友驱车进深山。那时枫叶如火，野菊遍地。回来在手机上翻找照片，见时间已是阳历十一月中旬了。今日虽是独行，也算观了一段秋色。

柿

深秋，校园里有一株高树，叶子红得像一团燃烧的火，照亮了乌沉沉的天。这么美的一棵树，我居然不知道它的名字。它太高，叶子又全长在上端，我近视的眼睛无法看得清楚它们的形状，只能望而兴叹。我想要是有一架梯子架着爬上去看看就好了。

我想起了老屋门前的那棵柿树，那时我们就是搭木梯爬上去的。它现在也应该有一树斑斓的叶子、一树通红的果实吧。我已经很久未回过老家了。

很小的时候，就看到门前的柿树是高大的，不知它多少岁了。父亲说，是他的祖父栽种的。多老的一棵树啊，它居然陪伴过我的祖父！而我父亲，那时就已是头发花白的年纪了。

不知是因为这棵树老到没有力气结出更大的果子，还是因为品种的问题，总之它结出的果子很小，犹如一枚枚鸡蛋。果子的尖端有短短的一根尖刺。成熟之后圆圆小小的果子剖开来，里面黑褐的籽也多，大约有八瓣，占据了不小的空间。一颗柿子，肉少骨多，谁也没那么稀罕吃它。不过在秋天，这一棵柿树是特别好看的。

山路蜿蜒，远远的还未到家门口，就看到一树红彤彤。再近一些，会看到柿子其实有不同的颜色，有的深红，有的橘红，还有的黄绿。油亮的柿叶，色彩斑斓，经络分明。那时人是满心欢喜的。

它们太漂亮了，偶尔我们也会去摘一点吃。搭一个长木梯到主干分叉的地方，就可以攀着侧枝小心地往上爬了。摘几个熟透的来，撕开薄皮吸吮，有些蜂蜜的味道。它的水分比较少，橙红色的瓤肉，也可以撕成一丝丝的吃，很甜。

以前父母也不管我们怎样攀爬这棵柿树。有一次我大哥爬到了树顶，手没抓稳，掉了下来，生生挣断了腰上的皮带。那皮带可是真真的熟牛皮啊。大哥后来虽没落下什么病根，但终是把父母吓到了，于是再也不准我们摘果了，说又不是没得吃的。后山那么多棵柿树，哪一棵都比这棵好爬，果都比这棵树的大，非要吃这个！

果子既然全无人摘，就惹来了好些鸟儿：喜鹊、八哥、红嘴蓝雀，在上面毫不客气地啄吃着。吃了一段时间之后，它们可能觉得应该储备一点冬粮，于是衔了柿子，自以为很聪明地放到哪个石头缝里、茅草垅里、草秆堆里。它们记性其实没有自己以为的那么好，或者是藏匿过多，记不过来。一只鸟儿，只有那么个小小的可爱脑袋，能记住多少事呢。冬天，甚至第二年春天割草时，我们还时不时在草窠里发现三五个小柿子。它们还乖乖地躺着呢，颜色均匀，经冬不坏。

有的鸟儿为了方便，干脆在树上安了家。两口儿甜甜蜜蜜地衔枝筑巢，生儿育女，也不管柿树主人的感受，日日在我们面前叽叽喳喳。我妈有时笑骂，说："你们也不要太得脸了，弄得这树像是该你们的。"但它们肯定听不懂啦，依然我行我素，目中无人。

鸟族内部的矛盾，人也懒得管它们。我们最先看到的两只喜鹊辛辛苦苦筑的巢，后来居然被个头远逊于它们的八哥给占了。喜鹊两口子骂了一天，最后这也只能丢盔弃甲，搬到别处去了。我们虽没办法管它们，但我的心里，还是希望喜鹊们在。八哥黑黢黢的不好看，我们叫它们"牛屎八八"。有句话说："鸦雀做窝箩筐大，捡得八儿夸大话。"很写实的。这句话比"鸠占鹊巢"有意思。

母亲不让我们摘门前这棵树的柿子，是担心爬太高的树危险，也是因为后来在屋后又种了许多柿树。不，应该是嫁接了许多柿树。

门前的那棵树其实只是作为一种象征的存在了。如果我们想吃柿子，回家就直奔屋后而去。

后山有一棵火晶柿子，总是歇一年结一年，但结果的那一年就特别好。它们色红似火，晶莹透亮，皮薄如纸，丰腴多汁，吃起来清凉爽口，虽说太熟的时候，吃起来难免唇边要糊一层橙红油亮的汁液，看起来没那么文雅。

火晶柿子是适合做柿饼的。做柿饼要选果皮颜色已变为橙红，但质地还是脆硬的柿子，才能很好地削皮。削皮之后，均匀摆放在筛子上，筛子悬挂起来，下面烧了木炭火，微微炙烤。烤到变软可以压扁的时候，轻轻压成饼状，再烤，凡十来日，就可以吃。特别甜。有的地方是用日晒的，我以为实在没有炭火烤的好吃。

火晶柿子成熟较早，农历九月初正是时候。父亲过世那一年，许多客人除了吊唁亡者之外，也到后山摘柿子、打板栗、摘猕猴桃，言笑晏晏，形似秋游。

父亲在世时，有一年季节已过，我非要吃这种柿子，害得他去箐口和敖溪赶了两次场，终是没有买到。他回来一脸歉意地看着我。

又有一种方柿，稍晚熟，无籽，水分不如火晶柿子充足，但甜度高，果肉成丝状，有点类似瓜瓤。

这种方柿最好的吃法是脱涩生吃。

我们脱涩有一种特别的法子，就是用红蓼来腌制。不知道别处有没有这种方法。

秋天的红蓼开着小小的粉红花，茎叶皆红。路边随手拔了来，洗净，垫在一个广口肥肚的罐子里，上面放一层青柿子，再放一层红蓼，又放一层青柿。放满之后，罐口再铺一层红蓼。上面盖上盖子。过了七八天，柿子涩味全无，清脆爽口。

后来市场上都卖可以直接生吃的甜柿子，但就是少了那种经红蓼去涩后的独特味道。三姐家也种了一棵甜柿子，皮薄肉厚，鲜脆多汁。知道我爱吃，她每每特意给我留着。

她家那棵树经了修剪，特别低矮。又因为无意间把烂掉的瓜果红薯悉埋于地下，成为沃土，柿树长得很是壮硕。有一年我们摘果子的时候，那只叫"二歪"的橘猫在树上开心地蹿上蹿下，弄得叶子哗哗响。后来它走丢了，我至今想来还是很歉疚。

栗

朋友去深山里捡得不少的锥栗，满心欢喜地要寄予我。不料其时正是特殊时期，他去了各家快递公司，都说不能往遵义地区寄东西。他感到很是抱憾，说他还特别附了字条写明怎样脱皮的法子，现在既不能寄栗子，只能把字条拍了照发给我看看了。

锥栗这东西，我那时再熟悉不过了。不过我们是叫它"钻栗子"，锥也罢，钻也罢，都指它的样子长得跟板栗不一样。它小小的圆锥似的身体闪着油亮的光，看上去很是喜庆可爱。我们嫌它太小，剥起来麻烦，只是把玩，并不怎样吃它。

长尾巴的松鼠们倒是不嫌弃，秋天时一边在树上爬来爬去吃，一张嘴简直都忙不过来，弄得一棵树下都是栗壳，一边又忙忙地搬来放到某个地方做冬粮。那些傻松鼠们，把冬粮搬来搬去自己都忘放哪儿了。

我们不大吃野生的锥栗，还因为自家种有许多板栗。我们叫板栗为"毛栗"。

那些毛栗树，是我爹生前种下的。我爹总喜欢种树，种柏树杉树桃树李树。七十岁那年，他满山遍野种五倍子树，颇费了些钱财精力，但最后失败了。因为五倍子的功用已被某种化学制剂替代，卖不了钱了。他在秋天一边砍掉那些掉光了叶子的五倍子树，一边说种毛栗吧，卖不了还可以吃呢。

他在世的时候，树还小，没有什么经济成效。后来他自己没有吃上几年板栗，就恍恍惚惚记不得事，认不得人，毛栗树当然被他遗忘了，就像遗忘掉他的儿女们一样。

那些树一直蓊蓊郁郁长着，现在树干全都是大面钵那样粗。

毛栗树特别适合高山生长，潘家山是很适合它们的。在我爹特意栽种嫁接之前，房屋后边已经颇有几棵老树了。慈竹林里也有几棵。有一棵枝条长长地斜伸到一边，尽力地寻找阳光。因那里光照不怎么够，栗子不甜。我们偶尔也摘些。那棵毛栗树的下面，是我大伯妈的坟墓。

大伯妈生前疼爱我，常给我东西吃。我站在她的坟头摘头顶上的毛栗，也没觉得不敬或者有害怕的感受，想着她不管有知无知，反正是疼我的。

我爹过世那年，他种的毛栗已经很有规模了。我爹过世时，正值十月。国庆节放假，客人多，有一些人知道后山有毛栗，便呼朋引伴地去了，倒把吊唁的活动，做成了秋游。

潘家山海拔高，果实的成熟总要慢一拍的。那时毛栗还没有太熟，毛栗球还是绿绿的。他们上树去摘下来，捡起石块敲开，露出里面黄白的栗瓣来，连说好吃好吃。

我爹本是好客之人，现在他躺在堂屋的灵床上，对此大概也没什么意见。

但是这种亲友聚而食之的时候，毕竟是很少的。毛栗长得多，栗球裂开，栗瓣们纷纷往下掉，落在乱草当中。那时我妈身体还不错，她会提前将土里的草割干净，这样捡起来就方便多啦。

我妈牙不好。她捡了许多的毛栗风着，都是留给儿女和儿女的儿女。我们去看她，她高高兴兴给每人装一大口袋风毛栗。

我患癌那一年，好久没去看她，错过了吃风栗子的季节。栗子们被放得里面成了灰白坚硬的石灰样，不可食了。我妈几次欲亲自给我送去，哥嫂们只能以各种谎言劝阻，只怕她知道我生病的实情会受不了。这是我们欺骗她最长久的一次，直到她去世。

父母过世之后，似乎觉得再常回老家是对兄嫂生活的打扰。于是连每年的捡毛栗也没有了。深秋的雨天，想起来感到深深的怅然。

从潘家山到敖溪

　　现在，从潘家山到敖溪，往往都经由柏林村至箐口村。双车道公路，路中有分隔带，人少车少，车程不到二十分钟，感觉倏忽即至。

　　以前，人们大多是从途经大坪那条公路去敖溪的。那些灰白的石头公路桩，我一一数过：从敖溪到柏林村委，有十五个路桩。从柏林村委到潘家山，那时还是山路，大约三公里多一点。

　　上中学的时候，每周往返，往往觉得征途漫漫，遥遥无期。

　　从潘家山到柏林村委（那时还叫中心乡政府），除了大约半公里是公路，其余全是山路、土路，路边长满了黄荆枸、羊食条等灌木，偶尔有几棵侧柏和马尾松，也因为土地过于贫瘠，一直只是活命的状态，似乎永远不长。以至于几十年后，它们是虬枝盘曲容颜苍老，树干却并不显得更粗大。

　　在这样的一条路上，晴天虽有灰尘，把鞋面甚至裤腿弄得脏兮兮灰扑扑，但安全无虞。一俟下雨，路面泥泞不堪，路滑摔倒也是常有的事。有时，脚下滑出一条长道来，屁股结结实实坐在地上，包里罐头瓶子装的炒辣椒，"哐当"一声，摔坏了。心里沮丧至极，明知摔坏了也一时不愿面对，直到包包的边缘里渐渐浸出红黄的油来。包里油渍可能再洗不掉，而这一周，没有了油辣椒的加持，只能吃学校食堂那清汤寡水的菜。

　　从潘家山走到八角庙（想来以前是有个庙的，不过我未曾见过，只余地名了），便到马路了。路面好歹平起来，且全是鸡蛋大小的石头路，虽是硌脚难行，但路面不易积水，不担心滑倒，也不觉得怎样难走——两三个星期把一双回力鞋鞋底磨穿的事，毕竟也是常有的。

我有个表弟，比我小一岁，当时也在敖溪中学上学。他有一辆让我羡慕的自行车，常骑着它上学。车铃一掀，简直觉得可以响彻整个村子。我与亲戚间少有熟稔之感，因此羡慕归羡慕，也从未想过坐在后座。

听到他的车铃声在我背后响起，以为他会呼啸而过，却不想他停在我面前让我上车，说看看能不能载我。我有点受宠若惊地坐上车后架，却很快发现屁股被颠得生疼，又明显觉得他越骑越吃力，却笨到不好意思说我下来自己走路。我看到他脖子越来越红，头发里滑下一道道汗水，淌过脖颈，流进衣服里，衣背也很快湿了。后来他终于停下来说："姐，我实在载不动了，你怕还是走路噶。"说时还满怀歉疚的样子。那时的孩子多是腼腆的，我觉得他要说这句话亦应该是忍耐了很久。

俟我一下车，他便骑得飞快起来。看着绝尘而去的背影，又看看脚下似乎永无尽头的乱石疙瘩马路，我心里真是五味杂陈。

从柏林村快到长岩的时候，差不多走了十多公里，路边有一口水井，清水汩汩流出，一年四季不竭，水质甘甜而冷冽。今日想来，那时一路走得心跳加快，在井边迫不及待捧水畅饮，应该对身体是很有害的——不过也从未听到过有人喝了怎么样了，可见常常远足的人，还是颇为体健。

路边水井不远处有一座两楼的白房子，暗红色的栏杆和大门。大门两边贴着一副对联，写着"但求世间人无病，何求架上药生尘"。一个白胡子的清瘦黑衣老人，终日在窗边沉默地坐着。屋里一半是货架，放着火柴毛巾肥皂等日用品，另一半却是装草药的抽屉，贴着小方块的红纸，工整地写着当归白术茯苓什么的药名。我来来往往过了多次，从未见有人在他家买东西，想来不管是日杂百货还是中药材，是真的要"生尘"了。

那家人的对面是很有些年纪的柳树，春天的时候景致是很好的，只是到了夏天秋天，免不了要掉些虫子下来，吓人一跳。那些柳树上往往贴着写了这样顺口溜的白纸黄纸："天黄黄，地黄黄，我家有个夜哭郎，过路君子念一遍，一夜睡到大天光。"我虽是默念，但总是念的，觉得自己大约也算是"君子"了，至于那家人的孩子是不是还夜哭就不得而知了。

长岩也叫"手巴岩"，据老人讲旧有"猴子巴不住手巴岩"之说，言其险峻。我上学时道旁已是层层梯田，总是种着玉米红苕等作物，不大见到稻子，想来是缺水所致。

长岩再往北两公里，即到大坪。以前途中有一家刚修好的两层小楼，在当时农村算是富贵而洋气的人家了，岂料后来男人精神出问题，打死了自己妻子。再后来他病愈，大约回来见已物是人非，且悔恨无奈，于是砸掉房子一角，自己也不知所踪。我当时听人说起，总觉得恐惧，后来渐渐又见到房子里长出绿的黄的荒草来，愈是害怕，行至此处只想快走，恨身上长不出两个翅膀来。

大坪村一带的人，似乎并不友善。若路上走过一两个小姑娘，总有些半大小子在边上说轻薄话，有时甚至很是下流不堪。时有大人听见，却不制止不教育，甚至个别大人也跟着猥琐地哄笑。

我那时是很怕走这一段路的。幸好路边有家姓代的老妇人，若见此情境，她会叱骂一下那些小子。如此有两次，我对老人很是感激，回家问及父母，他们告诉说那老人是同宗我要叫二婆，我于是很高兴，远远见着便二婆二婆地叫。但是不久后再也没见到过。再后来听说她已过世，听后很是怅然。虽是年少，已生一种无常之感。

翻过大坪顶，约略可见镇上的楼房。"抬头看得见，低头走半天"，但还是算松一口气。

大坪顶下坡路段有一户人家，院坝边养得许多花木。那时少识草木之名，许多不认得。但见艳丽喜人，几次想凑近了看，奈何阶沿上卧一只大黄犬。我们在马路上来来去去，它闭目养神漠不关心，但只要靠近院坝，它便恶狠狠吠起来。那时总以不得细瞧为憾事，今日想来，也不过是天竺葵、大丽花、绣球花之类，才有那样极繁盛艳丽的感觉。

就在这一路段，我出过一次车祸，差点小命不保。

一次周末返校，我哥也去赶场。刚好我表哥要用他的手扶拖拉机拉柏香木屑到敖溪烤油，便热情地邀我们兄妹同车而行。

我们自然高兴，坐在车厢的木屑上，车子颠簸起来，一抛一抛地也觉得好玩。不料下坡时突然失控，车子冲下路坎，翻在一家人家的后阳沟。我哥先爬起来，可能是觉得我被压坏或压死了，大声疾呼我小名。扒拉开木屑，见我除了下嘴唇破点皮之外，别处基本无恙，这才长长地呼出一口气。我们俩才想起看看表哥，见他却站在马路上，摊着两手，木乎乎地像是不知道发生了什么。

其实那时因为步行费时费力，也是常常乘坐（说是乘坐，其实不过是在摇摇晃晃的车厢里站着，人随着车子的颠簸东倒西歪）拖拉机等农用车，且往往还是报废车辆，司机也不知驾照为何物。出车祸死伤之事也不少，管理部门也常常查处，但收效甚微。没有办法，路太难走，又没有客车，摩托车也很难有一辆。

直到我结婚生女，那条路的状况都没有太大好转。不过不再乘农用车，换成骑摩托了。一年春节路过大坪，上坡换挡之时我没注意抱紧女儿。她从车上摔下来，半日不见哭，却见耳朵里流出血来。我当时简直吓得不知天地为何物，后来才发现是耳轮上一点外伤。孩子冬日穿得厚，又戴着厚厚棉帽，是以无虞。只是后来每次想起，总觉得心有余悸。

再后来家里买了小汽车，且路面那些鸡蛋大小的大石块，已变成碎石，开起来没有那样费力。再后来马路扩宽拉直，路两边重山叠翠，一路鸟鸣，开起车来已是很享受的事了。从柏林村委向东往箐口这边路面更好，所以很少再走大坪老路了。

今年春天，我特意开车走了一回，正是花开时节，路两边种满蓝白的鸢尾，还有浅紫的二月兰，真真是风景如画了。可惜人却是很少。重见那一户爱种花的人家，还是满院花草，我心里又欣慰了起来。

灵 芝

周瘦鹃的《花前续记》中一篇小短文，名叫《吾家的灵芝》。作者写了自家的五朵灵芝，一直舍不得食用，只作案头清供。字里行间，满见得作者对灵芝的钟爱和珍惜。我想起潘家山的灵芝来了。

古代诗文中描写的灵芝，总是有些仙气的，被称为"神草""瑞草"。民间故事《白蛇传》中，许仙被现形的白蛇吓得晕死过去，白娘子千辛万苦去寻来救活他的神物，也是灵芝。

其实灵芝哪有这样神奇。

那时潘家山的灵芝很多。灵芝喜欢长在阔叶树朽木干的基部和周围的地上，潘家山正好有麻栎、枫树、白杨等阔叶木，温热湿润的气候也很适合它们。半遮半掩的朽木叶下，偶尔透进一丝丝阳光。灵芝们在此自由而寂寞地长着。

不熟悉灵芝的人，很容易把树舌当作灵芝，其实它们的差别还是很明显的。首先是生长的位置有区别：树舌长在朽木树干上。一棵树的基部、中部甚至顶部，都可能长树舌。灵芝是从朽木的根部长出来，它们有时靠着树脚，和某一棵树比较亲密。大树根延伸较远，而且根与根在地下纵横交错，在地面是不能准确判断灵芝和哪棵树有关系的。区别树舌和灵芝还可以看数量：树舌一般是群生，数量多，大大小小密密麻麻。灵芝相对稀少，它们一般不会一堆一堆地长，往往是单单一朵，有时也有大小三五朵的，不多。

另外，灵芝的柄比较长，柄上有漆样的光泽，菌面也有光亮，也有云纹，一般的树舌菌柄很短，菌面也有云纹，但颜色暗淡，手感也不似灵芝光滑。

在潘家山，树舌不叫树舌，叫"老木菌"，它们是没有什么用处的东西。灵芝也是。我们偶尔采得一两朵灵芝，玩一会儿便扔掉了。有时无聊，坐在田坎上撕扯那有漂亮云纹的菌朵，手上有一种淡淡的类于蘑菇的香味。

灵芝对于我重要起来的原因，是我罹癌之后。

我在医院做了化疗回来，有看望的热心人说，灵芝对肿瘤是很有抑制作用的。虽然这话不是医生讲的，未必科学，但病人的心里，终归是相信或是希望有用，是谓病急乱投医。我想起潘家山有灵芝，遂托了大哥去寻。

大哥之前也并不知晓灵芝的这种药用，见我需要，便四处去寻。根据先时的经历，以为完全是易得之物。但潘家山这些年来人口骤减，余下老弱病残的劳动力不再割草薅草，而是大量使用除草剂。所有的菌类植物都受了影响，原本爱长灵芝的地方，再也不见其踪影。

大哥后来在大山梁子上寻得几朵灵芝来，硕大的个头，深黑的颜色，但看起来无端觉得粗劣。炖了三五次汤喝，也说不出个所以然来。留下了最大的那一朵，插在一个玻璃瓶里，倒是摆放了好一段时间。后来时间长了，上面落了灰，轻轻一掰，菌朵便坏掉了。周瘦鹃写灵芝"经久不坏"，这个"久"不知有多久，总之时间太长了是要坏掉的。

我的一个表兄，平时极少往来，不知哪里听闻我需要灵芝，也特意弄了几支来送我。这几支灵芝很好看，有着细长光亮的柄，菌朵不大，但光泽好，云纹美丽。煨水吃过一两次，剩下的后来久放未用，也不知扔在何处了。

　　从余庆到敖溪，路过大乌江的路边，偶尔还见着一些妇人筐里放几朵灵芝卖。自己觉得身体已无大恙，便也不再操心这事了。

　　去年在息烽的南山，刺杉林中见着许多人工种植的灵芝，颜色比野生的浅淡，边缘黄白，整个看起来匀泽美丽。既能人工种植，想来药效是有一点，不过因为能种植，那种仙气灵气也似乎没有了。

采　葛

　　读到过一个故事：东晋时的葛洪，曾带领弟子在茅山抱朴峰结庐炼丹。弟子因修行不深，在炼丹时中了毒，葛洪用了许多草药无果。后来在三清教主的指点下，葛洪找到了一种青藤。他挖出青藤的块根，洗净敲碎，挤出白浆，让弟子喝下。弟子丹毒渐解，青藤能治病解毒的消息也四处传开。人们为了纪念葛洪，遂把这种青藤命名为"葛"，把它们的块根叫作"葛根"。

　　葛洪是东晋时著名的炼丹家和医药学家。他炼丹是很有可能的，他能找到"葛"这种药来给弟子解毒也是可能的。但说"葛"是因他而被叫作"葛"，我觉得是不可信的，因为早在葛洪之前，就有关于葛的记载和描写了。

　　《诗经·采葛》出现采葛的姑娘，让看她的人魂牵梦萦："彼采葛兮，一日不见，如三月兮！"姑娘采葛来干吗呢？另外一首《葛覃》应该可以回答：葛是可以"为𫄨为绤"的，可以织成细布，也可以织成粗布。当时采葛织布，似乎已成为劳动妇女的一项基本技艺。

　　潘家山屋后的山梁上有许多野葛。我知道那些粗壮的、长得铺天盖地的藤叫葛藤的时候，我没有读过《诗经》，也不知道葛洪。那时我几乎还不识字。

　　春天的山梁上，一大片绿茵茵毛茸茸的葛叶铺开，铺开，缠绕在栎树上、榉木上，山风吹来，绿浪翻腾，飒飒有声。它们披毛的藤，像蛇一样四处游动蜿蜒（我有这样的感觉，大约因为它们生长得实在太快了）。它们快速生长，大量繁殖，成为不受欢迎的植物。被它们纠缠的树木，变得不堪重负，弯腰驼背。被它们荫庇的小草，由于不见天日，变得细弱不堪，终至于死去。

葛藤开花紫红，一串串，像扁豆的花。只是葛花在夏天盛开，不像扁豆花一开就有秋意。

葛藤虽不受欢迎，但于我并非全无用处。比如，葛藤的嫩叶嫩枝，是可以做猪、兔饲料的。比如背篼、篮子装不下太多的东西，可以割一根葛藤来绑在上面以增加它的容量。葛藤很有韧性，可用来编织很多器具，而且据说是可以经久不坏的。

夏天的时候，在山梁子上那些长满茅草的废弃梯田里，我把葛藤随意编织成网状，两端绑在树干上，做成"吊床"。我在里面晃晃悠悠，睡到自然醒来，茫茫然不知今夕何夕之感。今日想来，实在是远古之民的味道，葛天氏之民的味道。

写到这里我突然想起，葛藤叫"葛"或许跟远古时代的"葛天氏"有关？葛天氏不光是发明"乐舞"，也是编布织衣的始祖。当然，也许和谁也没有关系，植物们早有属于自己的名字。这些名字身世神秘，谁也不知道它们的来历。

大哥在老屋门口的几块地里，种过葛。

那时候乡人已经知道葛根的好处，说是又能醒酒又能美容，葛根当然也有不菲的价格。地方官员们拍着胸脯说，他们是一定能保证收购的。大哥和我聊起的时候，脸色很兴奋，他说，也许他会发一点财。他从柏林村委下班回来，赶紧喜滋滋地种葛藤苗。明亮的月亮升上来了，照着月光他也在栽种。

后来这些葛自顾自在田地里长，四处一片绿汪汪，大哥说葛根没人要了。可是田地也似乎没什么用，那些葛就那么长着。长了好几年吧。它们什么时候被挖掉的，到底有没有块根长大，有没有卖出过一点钱，这些事我就不知道了，也没有关心。大哥不在了。

去年，杨村兄曾给我寄过一大包葛根粉，还有一块新鲜的葛根。我打开包裹，发现葛根表面还是湿润的，还散发着一种清新药香。切了一块嚼嚼，有中药似的苦甜味道。汪曾祺曾写过彼时昆明卖水果的店里，也卖葛根，切成一块块的卖，白白的。云南的葛根，味道也许不一样吧。

两袋葛根粉，我按照杨村兄的嘱咐弄来吃了好几次，加蜂蜜等冲泡饮用或者加鸡蛋葱花摊成饼，都很美味。开始一定要用冷水把粉调开哦，他说，用热水容易弄成一坨疙瘩。

今天看到细井徇绘的葛，宽宽的叶和粉红的花，竟然有点像荷，如果它们不是藤状而是直立状的话。我由此写下上面这一段话。

马莲和"恶鸡婆"

今天读到汪曾祺一篇写马莲的短文，写得深情款款："它在浅水的旁边，在微风里，一丛一丛的，轻轻地摇动着，摇动着细长的叶子。"

你知道，汪老一般是不这样为文的，他自己说"写散文如写家书，不可造作"，大概是要真诚随意不造作的。但写马莲一文，却是很有些文艺气。我猜想，这篇文字后面，可能有作者秘而不宣独自回味的美好故事，他本不想说，但是笔下一不留神就深情了——就算真的写散文如写家书，也不是什么都往家书里写啊，再真诚的作家也有曲笔。

马莲是什么呢？汪曾祺在文章的最末一行，竟然写他没见过！没见过还写得如在目前，真是厉害！我是见过马莲的，只是那个时候不知道它叫马莲。

我相信你总见过鸢尾吧？对，马莲和鸢尾长得很像，很容易弄混。熟悉了，你就会发现它们的区别还是明显的：马莲开花是蓝色或紫蓝色，花朵比较纤细狭长，而鸢尾的花朵有浅紫、浅蓝或者白色，整个花形会圆胖一点；马莲的叶子比较细窄——汪老说马莲的叶子可以穿鱼，从鱼的鳃穿过去，再打个疙瘩，拎着。既然可以穿鱼，想来这叶子也应该是很有韧性的。马莲的叶子绿色比较深，近于蓝绿色。鸢尾的叶子短宽一些，颜色也绿得没那么深，几近于黄绿色，光照弱且肥料足的话，鸢尾的叶子也近于墨绿。

马莲也被人叫马蔺、马兰。明人吴宽写过一首《马蔺草》，说它长叶丰茂，被称为丰草，花似兰花但无花香，长根可做扫帚或拂尘。我有点疑心"蔺"字是兰字的繁体"蘭"字之误，久而久之以讹传讹。

马兰头也被称为马兰，但它是菊科植物，是春天可食的野菜。和前文所说马莲差别大矣。马兰头因常在路边，有"路边菊"之称。我们贵州叫它"鱼鳅蒜"，不晓得人家和蒜有什么关系。马兰头的花可以从夏天开到初冬，美丽的蓝紫色，小小的，乖巧得让人心疼。

小时候跳皮筋的儿歌："马兰开花二十一，二五六，二五七，二八二九三十一……"到现在也不懂意思，"马兰"是指哪个马兰，也不得而知。

在办公室说到春日吃野菜，一同事说有一种很好的野菜叫"恶鸡婆"。这名倒是我不知道的。啥叫"恶鸡婆"呢？听了同事描述，又去百度一番，找出图来。原来"恶鸡婆"就是大蓟啊！

大蓟全身披着细软的白毛，但看起来有种莫名扩张的粗壮感，且茎干叶缘全是尖刺。作为一种草本植物，它长相确实比较"凶"，这可能是它被叫作"恶鸡婆"的原因吧——"恶鸡婆"在我们这里一般用来形容凶恶的女人，并不真的指鸡婆凶恶。初夏时大蓟开着粉紫色的球状花，毛茸茸的可爱得很（同事说还有黄花的，我好像没见过），一点也不"恶"。据说大蓟是重要的中药，有清热止痛的作用。几乎所有的植物都有药用价值，这真有意思。

我还发现一个问题：说起来紫色光波不长，不怎么引起虫媒注意，但草本植物，那些开小小花朵的，紫色或偏紫色的蛮多哦，像紫花地丁啦，苜蓿呀，婆婆纳啊，马鞭草啦，还有前面说到的马莲、鸢尾、马兰头还有大蓟啦。这是什么原因呢？

　　不知道原因也没关系，咱又不是植物学家。就算是植物学家也很难做到"原本山川，极命草木"。我们只是欣赏它们的美。美是一种很愉悦的没有目的的体验。

红　薯

　　一朋友聊起少年往事，说起他在乡里晒红薯干。重复漫长而低效的活儿，让他烦躁不已，以致今日说起来，言辞间依然愤愤有恨意。

　　朋友是山东人，他们说红薯，我们叫红苕。"苕"字听起来似乎有更强的本土意味。

　　我想起红薯来，却还是觉得亲切，想是因没有受过那个苦，只享受过它的甜吧。

　　潘家山先前说红苕也不说"红苕"，只说"苕儿"，也有人说"苕粑"，后来在镇上被人笑，说一听就是乡里人。大家一般就不再说"苕粑"了。"红苕"是一个大类，未必都是红。黄皮紫皮白皮的苕，都可以叫红苕。

　　红苕极常见而实惠，却极少被提及。偶尔被提到，也是不好的含义，比如说某人笨拙，便说他"像个红苕""苕得很""笨红苕一个"，言语间是很鄙弃的。我想红苕在人们口中有这个意思，还是因为长得粗蠢吧。

　　但红苕真是个好东西。我们那时除了种来喂猪的大白苕外，还种有许多品种的红苕。

　　大白苕为什么种那样多，是因为它产量高。若是蒸了吃煮了吃烧了吃，确实味道寡淡得很。加之它水分多，肉质松，咬起来有一种粗糙感，一般人是不吃它们的。但如果放到通风处，待其有点蔫了，偶尔生吃是不错，口感会变得比较甜脆。它在风中大概把自己变得更加成熟。

那时种了一种圆圆小小的有金黄芯子的红苕，我们叫它"南苕"。南苕有一种类于蛋黄和柿子的综合味道。我妈做饭每每削好几个，放在甑子里，面上盖上粮食。米饭蒸熟了，再加一点火候催一下，南苕也熟了，完全不影响米饭质量，一举两得。

又常种一种"花苕"。切开它的肉，会发现它们环绕着一道道的紫色花纹。现在超市里卖的紫薯，紫色浓得化不开，不像花苕那样深浅有致、水墨晕染的样子。它们是长条形的身子，个头小小的，产量很低。花苕味道甜而软，比紫薯要好许多，不像后者，面到发硬，有时候会哽住喉咙。

后来又种过一种山东红苕，个头大，肉质紧而硬，切起来甚是费力，甚至要用力拍打刀背才可深入。乡里说这主要是用于制作苕粉的，因它淀粉含量高。我倒是很喜欢熟吃，觉得口感瓷实，甜度又高。还可以去皮切成适度厚薄的片来煮吃。沸水刚刚煮熟，加几片蒜苗叶，放一点点"跑油"。不知道别人是否这样吃，我觉得蛮好。

红苕叶子也是一道菜。掐得嫩叶儿来，沸水里汆了，再清水里浸一浸，蘸了辣椒西红柿蘸水，也是很送饭的。只是简薄太甚，不益待客。还可以把莹绿的长茎交叉串联起来，又掐成将断未断的小截，冒充一下翡翠手链呢。

有一年我三姐家种了许多红苕，因为她家养了五六头肥猪，需要大量饲料。本想喂好一点卖个好价钱，结果非洲猪瘟袭来，养猪户人心惶惶。这时便有屠者下乡去，以极低廉的价格买进。三姐没办法，只能把猪们全卖了，所得还远不到买小猪崽的钱。看着空荡荡的猪圈，再看看堆成山的大红苕白白烂掉，她只有长长地叹气。她种那么多的红苕，费了多少功夫啊。

种红苕是个辛苦的活儿。

　　首先是整地育苗。这活儿潘家山叫"面苕"。为什么叫"面"，我猜有可能是整地时的土要打得特别细碎，把精选的红苕种排放在地里之后，覆上的土也特别细吧，像"面"一样。当然，红苕贪肥。有机肥或复合肥要放得多而匀，这也是一层"面"呢。

　　当红苕苗长到筷子长，有七八张叶片的时候，便可以剪下来移栽了。栽种的时候将四五个节位平插或斜进土中，留两三片叶子。栽红苕时一直半蹲着，干一天活儿，脚杆酸得要死，屁股生疼，腰部也痛。不过这种劳累，我是听我妈和我三姐说的，我没有体验过。如前文所说，也许正因为我没怎么苦过，所以还留着一种诗意的情感。

　　种红苕还有一个特别烦累的活儿，那就是"翻苕"。红苕藤的每个结节都会长出须根来，若是你由着它长，它便周身上下长着一咕噜手指头大的小红苕。等它长到一定长度，结节处根须尚未扎稳，你得把它翻个身，让它集中精力，重点突破，长出大苕来。

　　翻红苕藤时正是夏天。太阳会热辣辣地把脊背晒得发红。我二哥为了第二天能和朋友到乌江钓鱼，一个人弯着身子背对太阳翻了一整天的红苕藤，歇都没歇会儿，背上脱了一层皮。那时的孩子对于家务，都会觉得自己有一份责任的。

　　红苕很喜欢钾肥。下了钾肥的地，它们长得特别肥大。有些年各家各户都大种烤烟，烤烟土里再套种红苕，个大饱满，秋天时把烟秆一拔，红苕猛长。深秋时犁铧一翻，便见一个个大如巨钵。我们自然喜不自胜。

　　紧接着，村里又规定，说不准在烤烟地里套种，影响烟叶质量。工作人员亲自到土里扯红苕苗，由此经常引起矛盾，甚至升级至斗殴。红苕虽不是主粮，农民对种红苕还是非常看重的。至于乡村的干部们来扯红苕秧是不是属于违法，这种事情他们倒是不会想。

再后来管控烤烟的种植，没有人管你有没有在烟土里套种了。不过那时大量的农民拥入城里，成了"农民工"，大量的土地荒置，长满了密密的野茼蒿。秋天的时候开了花，白茫茫一片。

现在红苕品种众多，但偶尔去买一点，也吃得少。前段时间买了几个黄心的，烤来吃了一次便忘了，后来见它们发出了紫红色的芽。想想不扔了，弄一个小玻璃罐子养了起来。那些紫红色的芽渐渐长大，变成了嫩绿色。有一棵苗长得特别快，老往光线强的那一面探身。它大约对外面有了些想法，并不想待在这没有出路的屋子里。

三月油菜花

　　那时候我们是不把油菜花当花看的。春日，潘家山的森林和田野，多的是野花呀：油桐花、泡桐花、紫荆花、野樱桃花、鸭儿花、蒲公英、紫云英、婆婆纳、辣辣菜……还有桃、李、梨、杏的花儿，这么多好看的花看不过来，谁把油菜花当回事呢。

　　不仅不把油菜花当好看的花，甚至还有点讨厌它。为什么讨厌它呢？因为要去油菜地里扯猪草，油菜花黄黄的花粉会掉在头发上、衣服上，用手一拍，手心也染得黄黄的。哎呀，谁喜欢它呢？但是油菜地里总得下去，那里长着猪们爱吃的鹅儿草、锯锯草还有野莴苣呢。

　　走在田边小路上，油菜花的枝又容易伸到人的身上来，像有意似的，在裤子上划一划，又是几道黄色的杠杠。有时候就不客气啦，伸手就把花枝折了，甚至把一整株都拔起来，又扔回地里去。乡下的孩子，对于植物其实是没有多少温柔心肠的。桃花、李花，即便当时觉得好看摘了，也是随看随扔。不像后来，离开了它们，心里却变得温柔，看到被折断的花会很难过，总觉得它们会疼痛，那流出的汁液，也觉得是绿色的血液。觉得无端摘花都是过错，甚至对于插花，也因为要对其各种削剪造型而深为不喜。

　　油菜花凋谢后，它狭长的荚壳日渐成熟饱满，一根根威武挺立，里面的油菜籽逐渐从绿色变成红褐色、黑色。我们几乎已经忘掉了它的花，只等着它完全成熟之后收割。

收割油菜须得连续的晴朗天气，阴雨天菜籽很容易掉地里生芽。桩留得高一点，割下来的油菜秆斜放在上面，过三四天，油菜的荚壳就可以脱粒了。

荚壳很是薄脆，所以打油菜虽然要及时赶工，活儿却是并不难的。连枷也可，棍棒也可，轻轻敲打数下就可以了。小孩子往往帮大人把一把一把的油菜秆抱到晒席或水泥地上。晒干的油菜秆很轻，一点也不费力，不过要是不小心，也是会弄断的。

油菜一收，田间似乎突然变空旷，我想那些小小麻雀啊，青鹳啊，它们大概是有点不习惯。田里的鹅秋草和野莴苣长得很茂盛，它们急急忙忙开出小小的白色花朵。油菜田很快被犁过，因为要种水稻了，油菜毕竟是"小季"，一种过渡性质的农作植物。

学校外面大片的油菜，平时也没注意它们的存在。夜里不上晚自习偷偷跑出去看电影，回来的时候，月光很好，油菜花影影绰绰，香味似有若无。我突然感觉到一种类乎忧伤的感情。后来老是走那条路，觉得特别美。

我初三补习的时候，跟一个女孩关系要好，约好了在油菜花田旁边去背书。可是两个小姑娘，在春天里，在油菜花的香气里，背书是一件多么煞风景的事啊，我们俩大约都意识到这一点，虽然没有说。我们都不背书了。

后来，太阳渐渐落下，上课铃声也响了，我们不能不回到教室。我才忽然发现我的书不见了，想来想去应该是忘在油菜地里了，于是，月光下两个小姑娘又分花拂叶去找，找来找去找不着，干脆又坐在田埂上摆龙门阵。讲了好一会儿话，她才笑着说是她把我的书藏起来了，于是嬉笑着拿起书回到教室，已经快下自习了。这种事也只有在那个年代才会发生，现在的学生都关在高高的围墙里，哪可能在外面读书，现在考试竞争那么激烈，要是把一个同学的书藏起来，大概彼此会反目吧。

我没有看过很成规模的油菜花。我看到的油菜花都是零零星星，和豌豆花胡豆花萝卜花一起，点缀在春天里。贵州的罗甸、绥阳，都号称有万亩油菜田，我没有亲见过。贵定有名的"金海雪山"我去时错过了季节，想来山上梨花雪白，山下油菜金黄，村子里公路盘绕，民居白墙黛瓦，也应该是极美的景致。从江加榜梯田的油菜花，在朋友拍的照片中看了，确实美不胜收。江西婺源的油菜花很有名气，也无缘一睹。想着能够自由出行的时候，总是要去看一看的。

我感叹余庆的油菜地规模不大，却不承想到来自北方的朋友，看到红渡梯田的油菜花时，充满了惊奇和喜悦。一缕缕金黄铺在那蜿蜒的窄窄的梯田里，田埂上时不时有一两株高大的桃树、李树。它们并没"春意闹"的感觉，村子是岑寂的，只偶尔有几只红冠挺胸的公鸡走来走去，来一声中气十足的啼鸣。

朋友说他今日看到了最美的景致。我想是因为来自喧嚣城市的他，在这近乎世外的环境里，也算偷得浮生半日闲吧。

余庆有丹橘

我本来甚爱吃橘子。早些年有头风病，有一次久不见愈，医生问我是不是吃了橘子，方知吃橘子可能对头风有"引诱"的作用。我因此比以前少食，但相比别的水果，吃橘子还是比较多。当然，比起明人张岱的痴迷来，也还是差得远。在他死后著名的《自为墓志铭》中更是为自己留下了四个字——"茶淫橘虐"。好茶爱橘到了癫狂的境界，也可算作文史界的一件趣事了。

我早就属意要写一篇关于橘子的文字了，早到什么时候呢，至少应该是 2017 年以前。

2014 年秋，原敖溪中学和白泥中学的高中部合二为一，整体搬迁到余庆县城草墩坳处。我便随势从敖溪到了余庆。朋友蓝绿在草墩坳的农家为我租了一小套房子。余庆的农民主要是菜农和果农，这两种身份往往也是同一的。我租住于农民家，有机缘对橘子有更多的了解。

我的房间在二楼，客厅外面有一个小阳台。推拉门一开，会看到满坝的菜蔬和果树。刚租下的九月，正是余庆县城最炎热的时候。房间没有空调，只有一台小小风扇。每每睡到半夜，后颈头发渥湿，只能爬起来洗澡。后又罹癌，回到敖溪休养数月。其时对于周边环境，很是一种疏离之状。

第二年，病体痊愈，睡眠也较过去安适。春天里总是闻到有一种很甜的花香飘进屋来，甚至睡着梦里都能闻到。推开卧室窗户一看，呀，原来外面是一片橘林！

我眼力不是太好，遂下楼细看。橘花质地和颜色很像栀子花，花瓣却较之小而狭长，亭亭玉立，比栀子花更见清雅风致。橘花的香味并不是清淡的，它们甜而浓。无怪乎我在二楼，且在闭窗的时候都能闻到。

橘花的花期很长。很多个独自的夜里，都隐隐约约闻到花香。彼时独居岑寂的我，对这长久相陪的花香是深为感激的。

从学校到住处有两条道，一条稍近，路边是茄子豇豆等菜蔬。我早先总走近道，是因为没有发现另一条。另一条稍远的小道，水泥路弯狭而平坦，两边遍植橘树，橘枝交互参差。我下晚自习特别喜欢走这条路，闲闲而行，花香扑鼻而来，便忘了白日烦忙。花香，像爱情一样，似乎都是在夜里更加浓烈。

我后来从那户农家搬到学校公租房，离开时又是橘花盛开的时候。我一只手里拉着一大个箱子独行，见果园子伸出的橘枝，突然觉得它们有欲留之意，心生几分惆怅。租住农家确实不是长久之计，迟早是要离开的。

租住草墩坳的那一段时日，我对橘花的香味记得那么深，至于屋后的橘子甜不甜呢，却记得不是很清楚了，或许是没有吃过。

搬到他山中学公租房那年初秋，也是"橙黄橘绿"之时，我不意到了县城南边一个叫"烂泥岩"的地方，发现了很大的橘林。那时橘子个头已然饱满，但颜色还是青碧。试摘了一个吃，只一瓣，已酸得掉牙。

又过一段，应该霜降已过，和朋友去大岭，又见大片橘林，已是橘红一片，蔚为壮观。忍不住摘了几只，甜酸适宜，清香满口。这时对面走来一对挑了一筐橘子的夫妇，大约是本地果农。我暗想着摘了人家橘子，怕对方责怪，两人说说笑笑径自远去，对我视若无睹。

前日又至橘园，见荒草漠漠，甚觉人事依稀。忆及道旁一株荼蘼，彼时正开得烂漫，现在在地上卧了一堆干枯刺枝。春天很快来了，地下老根会发出新枝来吗？

橘子虽然是南方常见水果，那时潘家山却没有一家人种植。年关将至，先父曾特意到县城买红橘过年。那时交通不便，橘子从县城运到柏林潘家山，车载人背，一路颠簸，到家时已坏掉不少。可惜那时吃便吃罢了，却不曾体会这些艰辛。

他山的春天

他山不是山，是我所在中学的名字。

虽然现在说到学校教育，总有点一言难尽，只能顾左右而言他。但我对他山中学的植物们，那是爱得情真意切巴心巴肝的。尤其在春天的时候。

本来现在的寒假就缩水到没几天，要是我告诉你我想开学，那显然是骗人的。我都教了二十多年书了，二十多年做同样的工作，你还会为上班而激动吗？

但是我在外环路走过的时候，一看到里面的紫叶李开了花，心就激动了起来。校园的紫叶李，开花是最早的。

紫叶李枝条细长，枝叶紫红，在一片绿叶之中，姿态挺拔而颜色独特。我原本不是很喜欢紫红色的叶子。但紫叶李一开花，真是美好。它的花瓣边缘是白色，上面有浅红的经络。花蕊深红，远观则整个花朵呈浅粉色，又因花早开，单瓣的花朵在春寒料峭中轻灵娇怯，真真我见犹怜。

把目光从紫叶李的身上移开，我惊喜发现，旁边一两株樱桃又在开花了。雪白的樱桃花有一种沁人心肺的甜香。不知为什么，好像很少见人写它。这株樱桃花的枝，似欲从铁栅栏里探出来，看了想拉它一把。伸手，两相将就，还是够不着。这个时候，就想进校园与之更加亲近了。当然啦，学校一放假，除了有特别的事，保安也不会欢迎老师们有事没事进进出出，增加麻烦。那么，虽然开学不那么令人欣喜，但为了能走近那些花花草草，还是很想进去的嘛。

毕竟花期苦短，才刚几天，樱桃花和紫叶李便开得有点阑珊。树下面的酢浆草啊，铁树啊，小杜鹃啊，还有剪得矮矮的红叶石楠，它们身上都盖上了一层薄薄的白毯子呢。有的地方盖不到，像它们一脚把薄被蹬开了。

不着急，也不用感叹。花们在春天总是开得积极的。接下来的春天，更美着呢。

学校里种得最多的其实是海棠，木瓜海棠开得最早，西府海棠和丝绒海棠是竞相开放的。它们都是豁出去了似的开，西府海棠似乎要张扬一些，花色更明艳，晓天明霞一般，还有一种欲迎还拒的香味。

张爱玲说人生有三恨，一恨鲥鱼多刺，二恨海棠无香，三恨《红楼梦》未完。想来她大概是没有跟西府海棠近距离接触过。

丝绒海棠的花苞打得密密麻麻，可是它们总是娇羞地垂着头，把自己的心事藏起来，完全不张扬，果然是"爱惜芳心莫轻吐，且教桃李闹春风"。

木瓜海棠和丝绒海棠都是无香的。心事深沉，怕人询问。

海棠花开的同时，玉兰花也开着。我终于知道玉兰花为什么叫玉兰，摘一朵在手里，真的感觉温润如玉。学生宿舍前面好几株白玉兰，真真气质高雅，但有两三株显然是拼了命在开，可能土地太瘦，抑或因为新植，树干死去半边。我心疼得很，想用什么办法能使它活过来就好了。

记起原来校门口好像有两株红花檵木，今年本到了它开花的季节，只看到还有一株枯树，怅然得很。

若分给我几棵树让我照顾，我是非常情愿的。在学校"领养"花木，多有意思。当老师之前，我其实特别想做一个花工。

柳湖书院旁边的柳，不知是比别处的要懂事得晚呢，还是它们更懂得镇定，别处的叶儿都长得细长了，它们才冒出绿点子。这样子多了一种蒙童的可爱。

我曾觉得柳湖里太单调了。总想在湖里种点什么。一次在山庄吃完饭，我和同事发现主人家的凤眼莲长得特别油绿茂盛，且正盛开着紫色的美丽花。我们俩向主人请求要几株带回来，商量之后准备悄悄种在柳湖里。

我们看到凤眼莲漂漂浮浮在他山柳湖，还悄悄商量万一以后它们长得太多了，校长要找我们麻烦怎么办。我们想多了，三四年了，柳湖里仍见不着一株凤眼莲，想来它们是不愿移民吧。

春晨的花树下，看着人皆比平日良善喜庆。学校做政教工作的陈主任，平日凶凶的，也是可以在花树下看看，笑得嘴角起酒窝。

学生摘花确实不是好事。可是看到班上有一个姑娘，从后山掐了两枝紫色花朵来，喜滋滋地告诉我说它的名字叫小蔓长春花的时候，我实在不好意思板着脸批评她。一边感谢她让我又知道一种植物的名字，一边轻声告诉她不要再掐了。

其实自己心里也想，若是丽日和风，带着学生在后山亭子里上一节课，虽然比不上曾皙描绘的那幅游春图，同样也是赏心乐事啊。

老家的一个女人

天气渐热，我寻思着要买一个发卡来把头发扎起来。脑后随便扎一个马尾，似乎是年轻女性的专利，有青春作底，那脑壳后面随着步态甩来甩去的马尾，也是一种风韵。但这对于一个中年女性却是一种敷衍了，死巴巴的一绺头发，耷在脑后——发卡毕竟要稍微郑重那么一点。

牛仔裤的腰也有点松，合适的话可以买条皮带——咦，现在皮具店里，都很少卖皮带了。人们在某种沉重的压力之下，解放不了精神，便尽可能地解放自己的身体。他们喜欢穿宽松舒适的衣服，不扎皮带。女人们除了正式场合所需，也不大愿意穿高跟鞋了。

雕塑"拓荒牛"周边是县城的热闹繁华之地。"牛脑壳"下面有一家开了许多年的小饰品店，我要的这两样东西当然都应该是可以买到的。围巾啦，腰带啦，发卡啦，时装耳环啦，毛衣链啦，胸针啦，在我的记忆中，这家店什么都可以买，女顾客随时都是盈门的。

我在那一段路走过来走过去，店呢？虽然我知道店铺更换也是常有的，可是这家店应该是长在那里的，一直都是长在那里的，怎么可能不见了呢？终于发现原来的店面改卖女鞋了，也是门可罗雀。

我正要离开，旁边一家内衣店里走出一个高个子女人，叫我的名字。我并不欲买内衣裤，也似乎不认识她，却还是顺便进店了。她是店主。

"都是老家的啦嘛，竹园村的。不过你肯定不认得我了。"她说，很高兴的样子，并不因为我不认得她而稍有尴尬。我近年来，眼力糟得很，近视又散光，还有点老花，戴眼镜取上取下丢了多少次，索性不戴了，除开车外。走路又是直直地从不顾盼，所以恐怕是有很多次对面也看不到招呼的。

"噢，我视力不好……但我认得你，你应该姓陈？"我试探着问。距离近了，看清了她的脸。她的轮廓分明和有点阔的嘴唇，让我回忆起了一些人。她们陈家的人，基因比较明显。

"是的呀是的呀，你认得我兄弟不嘛？那歇还想去谈你！都晓得代某某家有个幺妹，长得漂亮呀。""谈"此处读"探"的音，指提亲的意思。

"哎呀……"我有点难为情起来，我从来一张圆乎乎的大饼脸，哪有漂亮嘛。何况怎么一开口就聊到这个了。

"我家真的是想去谈的，不过怕你看不上。"

我想起她那个兄弟来。据说是因为春节时村里一场篮球比赛，他表现很突出，被县邮电局的领导看中，介绍到县局上班去了。那时邮政和电信还没有分家，叫邮电局，当时是效益非常好的单位。

"你光说你们家要来谈，但我怎么从来不晓得？"我也开了句玩笑。

"哎呀，那个时候嘛，可能给你家老的提过，你家老的没告诉你。"她话题又一转，说，"你晓得不嘛，我孃和你哥是同学，你哥喜欢我孃得很嘞！"

她孃我是知道的，我哥的初中同学，一个有酒窝的大辫子的姑娘，同样方脸和阔唇，但是有酒窝，多了几分甜媚。后来我再没见着她孃，所以她永远是有酒窝和大辫子的十六七岁青春少女。至于少年的情事，谁喜欢谁，怕也只是旁人臆测的多。

真好笑，好多年不见的人，也不熟，一聊聊这个。

"哎，我嬢也是，命不好，婚姻不幸……要是当初能和你哥好就好了。"

"怎么？"

"都好多年的事了。打架嘛，我姑爷被杀死了。"

啊！这短短的两句话，听得我心惊。不过我觉得不宜问，也不欲再问。世上苦人多，不相通的苦，不宜说。

"你结婚在哪里呢？"她又换了话题。

"呃，以前结婚在敖溪……现在，现在还没找着呢。"我淡淡地说。

她好像为这不好接的话头有点局促起来，而且有种冒犯了我的歉意。

我把目光落在眼前的货架上：上面一排颜色罩杯厚薄各异的文胸，下面则是一排莫代尔棉的女式短裤。短裤款式单一，但看起来质量不错，特价，均码，十五元一条。"我拿两条短裤吧。"我说。觉得总要买点什么东西才好意思走。

我取下短裤，她拿包装袋的时候，我问："以前隔壁的饰品店呢？怎么卖鞋了？"

"开不下去了，关了。"

"开不下去了？我记得生意一直蛮好的呀。"我想起那个女店主，黔东南口音，戴着亮晶晶的大银耳环，说话软声细气。

"生意好？这两年哪家生意好？再说你想嘛，小东小西的，两三块钱一样。能卖几个钱？养不活人啊——你想买哪样？"

我告诉她我本来是要买皮带和发卡。

"发卡的话，西门街那家应该可以买。皮带……对了，我以前卖牛仔裤时那种搭配着卖的腰带，不一定是皮的哟，有的是布的。有人买时没有要，我就留着了。"她这么说，应该是改卖内衣的时间也不算长，否则不会还留着。

"你看要是用得着就用，你不嫌弃的话——我找一下哈。"

她进了内间，拿出了一条金丝绒面料的黑色腰带，上面有银色的金属扣，与我穿的黑色衬衣还蛮搭的，现在还不算热的天，金丝绒质地也可以用。我拿过来直接用上，长短宽窄刚刚好。她高兴起来："噫，还蛮好看嘛。"

她说加个微信，我加了。道了谢，出了门。微信上的提示一直都在"我通过了你的朋友验证请求，现在我们可以开始聊天了"这个界面。我想着应该说句谢谢的，却一直没有说。

后来我想着再到店里看看，也许能买上点什么东西，发现她的店也关了。县城中最好的地段，关店十之四五。

"看我的蓝果果！"

看到有篇报道，写某人公园散步时发现了一种神奇的蓝色果实。我一看笑了，这不是我们小时候吃的"猫珠子"吗？

"猫珠子"这个叫法，我不知道别地有没有。我们当地管这种植物叫"猫珠子"，大约是因为它圆圆的果实蓝得发亮，大家觉得很像猫的眼珠吧。

其实"猫珠子"的学名应该叫山麦冬，是一种多年生常绿草本植物。它纤细的叶子和花茎都有点像春兰。初夏的时候，它细长的花穗上开一串浅紫色的小花，也是亭亭玉立的姿态。日本园艺学家柳宗民说，山麦冬在日本有一个非常美的名字，叫"薮兰"。"薮"是草丛的意思。山麦冬是常见于林下草丛中的，但它并不是兰。

好啦，下面我们说一说它的蓝色果实吧。

大自然真的是非常神奇，它会让山麦冬结出完美的蓝色果实。这种蓝色，有人称为"钛蓝"，我以为是蓝色中的极品了。宝石般的颜色。

这美丽的蓝色，只是果实外面的一层肉质。轻轻剥开，果肉里面是白色的。果肉包裹着透明的硬壳，应该是为了保护里面的种子吧。我从小就知道这蓝色的果子是可以吃的。它们味道清甜，质地鲜嫩。

后来我又认识一种可爱的蓝色小果。它是杠板归的果实。我

西窗草语

原来把杠板归叫"扛板归",是因为这个名字是一个非常钟情植物的绍兴女人告诉我的。她说,要是记不住这名儿呢,你就想着是扛着一块板子回家,是不是很形象?嗯,记住了,记得很深刻,却不对。她还教我说"扛板归"的叶子可以吃。我试着把它三角形的小叶子放进嘴里,酸甜又清香。那时是暮春,杠板归只有嫩叶嫩茎,还没有结出蓝色果实。

后来我尝试着吃杠板归的果实,发现它是甜的。蓝色的果实挨挨挤挤长在一起,慢慢由浅绿变成粉红,再变为紫,最后变为美丽的蓝。变蓝了,就熟了,可以吃了,但也只是果子上面薄薄的一层肉可以吃。和山麦冬一样,里面也是透明的角质层。植物们很聪明,为了繁衍总是善于保护种子。虽然为了保护自己要低调,可是谁也禁不住要展示自己的美丽啊。秋天的阳光里,杠板归举着美丽的果实,说,快来看哪,我真蓝!

在老家的山上,也有杠板归,但不多,也没有人关心它叫什么名字。看到了,就顺便把它一刀撂了。因为它是攀缘植物,会影响别的植物们生长,而且它的藤上和叶的背面都生有倒刺,不小心会伤着手。

虽然大自然中大多数的果子是红色、橙色、黄色这样的暖色调的,但蓝色的果实依然是不少的,比如蛇葡萄。

我们那里把蛇葡萄叫"大母猪藤",这个名字好像不大雅。但是农村嘛,给植物取名哪有这样雅致的。不光是有大母猪藤,还有小母猪藤呢。这两种植物都爱招一种肥墩墩的虫子,头又大又圆,后面还有一根天线似的翘尾巴,很有点像小猪。我们都叫它"猪儿虫",老是招致"猪儿"的植物,当然是"母猪"啦。这大概是它得名的原因吧。我猜的,可能是错的哈。

蛇葡萄是木质藤本植物,秋天九十月的时候,也会长出蓝色的果实。和杠板归一样,先是浅绿的果实,后来变为紫红色,再后来就变成蓝色了。而且,很巧的,不管是山麦冬、杠板归还是

231

蛇葡萄，它们的蓝色果壳里都有一层透明的角质层，包裹着里面的种子。这一层蓝色肉皮可以吃吗？我不敢随便回答，我也没有试过，建议你也不要随便去试。有毒的蓝色果子，比如山菅兰，据说全株都有毒。你要是见着那些好看的蓝果，一定不要被它的颜色诱惑去尝它，看看就好啦。想一想你小时候看过的那些童话中，巫婆们煮的有毒的汤，往往都是蓝色的噢。

我家的"战争"

我在家里排行第六，前面有三个姐姐，两个哥哥。后来我知道有一个哥哥和姐姐都夭折了。这样算来我应该是老八。

大姐比我大了二十一岁。我出生的时候，她已经出嫁两年。她第一个儿子也比我这个小姨大了一岁。大姐的大儿子长到十二岁的时候，夏天在湖里游泳淹死了。大姐从此拒绝谈论那潭湖水。

大姐虽然是姐姐，但因为年龄差距太大，加之没有朝夕共处过，我对她有一种对长辈般尊敬而疏远的感觉。兄弟姐妹要亲密，还得从小一起打闹着长大的。

我勉强记得二姐未出嫁时的样子。她个子又挺拔又高挑，有着圆圆黑黑的大眼睛。皮肤不是很白，但细腻紧致，在姐妹中她是长得最好看的。二姐性情温顺柔和。她不和父母顶嘴，对弟弟妹妹也总是细声细气地说话。她出嫁的时候，我应该还没上小学。我们和她，没有发生过"战争"。

三姐比二姐小三岁。她的性格迥异于二姐。她泼辣勤快，动作麻利。她总是快言快语，一张刀子样的嘴，类于今天所谓"毒舌"。她干的活儿最多，却被父母骂得最多。

要说三姐和我，也不叫发生战争，我比她小十一岁，全无还嘴和还手之力，不堪一击。但是姐妹间龃龉是时常会发生的。

比方，三姐在冬天的时候，总是大晚上地坐在昏黄的灯泡下做布鞋。其实也不是给她自己做，是给父母做，给弟弟妹妹做，给未来的夫婿做，一双又一双的。屋子里通常没有生火，她久坐着纳鞋底、缝鞋面。到了上床睡觉时，一双冰冷的脚就往热和的地儿钻。哪里热和呢，我的肚皮啊，还有我的胳肢窝啊。她往往会把我从梦中冰得醒了坐起来。有一次，她脚趾伸到我下巴上蹭上蹭下，我突然起意，狠狠地咬了她冷冰冰的大脚趾。她痛得叫了起来，骂我。我哭，索性借着劲儿抓扯她。最终把父母都惊醒了，披衣靸鞋过来给我们"解决矛盾"。不过是两人都被骂几句。然后一面说"还不兴早点睡"，一面自去睡了。

三姐脚下就是大哥。大哥小时在火炕边玩耍扑在火里把左手掌烧伤，耽误了医治，拳头蜷了起来再伸不直。他总爱往袖子里笼了左手，沉默寡言。除了和二哥，他不会跟三姐和我发生战争。而在三姐和二哥之间，总是硝烟不断，战事连连。

二哥从小多病，父母有点惯着他。他聪明机智，伶牙俐齿，常常得理不饶人，不得理也不饶人。男孩子调皮，总会做一些匪夷所思的事情出来。他听不得三姐话多，做姐姐的又非要立威似的教训他。

男孩子似乎更爱亲近水，但潘家山没有小河小溪，离乌江又远。二哥和他的同伴一起放牛，放牛久了就有点无聊，渴望着要做点什么。水牛夏天怕热，主人只能给他们挖个坑，放点水，不时放它们在坑里泡一泡滚一滚，起来后黄泥附在身上是不大卫生的，但可以防热，也一定程度上可以隔绝一下牛蚊的叮咬。二哥和他的同伴也把头浸在水坑里，比谁浸的时间长。他们屏住呼吸，把两个黑黑的脑袋拱在全是稀泥的牛滚凼里。当他们比完之后，鼻子眼耳朵眼里的泥巴怎么也弄不干净，于是拴上牛，跑到乌江去洗澡。

从田家沟到乌江老堰河一段要走好一会儿，全是弯弯绕绕的泥土路。而且老堰河一段水流湍急，是特别凶险的地方。他们在水里游得累了，又渴又饿，从水里爬起来噼里啪啦砍人家土里的苞谷秆。砍一根，用嘴撕开皮咂一下，不甜，又砍下一根。这样不一会儿，人家一块土里的苞谷秆都被放倒了。

二哥当然知道这些事是逾矩的。但逾矩之事，若是不拿来与人分享，便也少了很多乐趣，所以回来之后，二哥会忍不住告诉三姐。三姐认为这种事情不应该仅仅是分享，而是要进行必要的教育，便着着实实把二哥说了一顿。二哥颇觉无趣，就要找一个什么由头和三姐吵。吵到三姐最终把事情告诉了父母。他虽是被惯着，也还是挨了打，背上落了我妈无数的鞋底板子。

我妈拿着鞋底子啪啪啪抽打二哥瘦瘦的光背的时候，三姐看不下去，去抢我妈手里的鞋底，导致的结果是她自己的手臂上、背上也结结实实挨了好几下。我妈打完之后，三姐看着二哥身上那被打的一道道红印子，忍不住哭起来。但过不了一天，姐弟俩又开始争吵。永远无休无止。

大哥二哥两个不是很爱吵闹，但不知打了多少回架，为各种事情，比如因为家里的一条小狗。

二哥非常喜欢狗。他把它抱起来，放进他宽大的上衣里，把衣服扎在裤腰里，告诉大家他怀孕了，很快会生一只狗出来。大哥觉得这样的游戏无聊透顶，况且狗身上又不干净。兄弟俩就吵，吵不到两句就打。一般是大哥先动手，干净利落，速战速决，但二哥特别能撒野泼辣，胡搅蛮缠，结果也往往是两人打个平手不分胜负。待各自的头上挨了父母老拳，一场战争才算暂时熄火。

二哥和我也各种吵闹。他会说我为了逃避干活儿假装咳嗽，嘲笑我咳得像一架破风簸那样难听。"吭，吭，吭"，他故意学着我。我羞恼起来，追着打他。追到草楼上，差点儿从楼上掉进牛圈里。于是两人又被一顿骂。

当然有时候的战争是大家都愿意找的。比如吃饭时大家都不说话，气氛沉闷了，就要闹点动静。你夹一下我的筷子，我敲一下你的碗。谁最终被父母止住或呵斥，是要看运气的。一旦其中的一个被父母"关注"了，其余的人便故做老实样子，其实心里幸灾乐祸。

人长大，长老，就是一转眼的事情。后来兄弟姐妹相聚一次，说起过去那些战事，都是哈哈大笑。大姐二姐没有参与，显得很是遗憾。

偶尔说起曾经在一起生活的时光。我说到三姐几乎每天给我梳头。我那又长又乱的头发让她费了不少心。又说她总帮我洗衣服，衣服上的草渍油渍刷子都刷不干净。三姐听到会显得很害羞，赶忙转移话题，好像这些温情的话是不宜说的，大家要打着闹着嘻哈着才正常的一样。

我和二哥说到上小学时，一个冬天他帮我提火盆的情形。地上太滑，他摔了一跤，火盆摔得老远，那些红红黑黑的炭头滚得到处都是，他趴在地上弄得一身泥，还在对我说赶紧把盆里的火救起来，怕我上课没得火烤脚被冻僵。他说我那球鞋底那么薄，鞋尖上还被长得太快的大脚趾戳了一个洞……二哥大专毕业工作之后，有一次来学校看我，把身上所有的钱全掏给我，连车费都没给自己留，他说他可以想法搭便车回县城。我不知道为什么中年的时候要把这些告诉他，就是想说说。他听着不过笑笑，全不在意，转头就兴致勃勃地和大哥说到打麻将的事情上了。

对于三姐，有一件事我一直没告诉她。有一次我放学回家，正遇她从潘家山回自己柑子坪的家。我看到她时，她正坐在路边的一块石头上哭。她抬头看到了我，止住了，问了我学校的许多事，又嘱我要好好读书。我假装没看到她哭，跟她说了一会儿，便各自往两个方向走了。

我离开她之后一个人时也哭了一会儿。那时虽小，也觉得一个才结婚不久的女人，一个人坐在娘家的路边哭，一定是心里非常难过。我为她的难过而难过。

后来我发觉，小时打得最凶的，感情最好。二哥生病，大哥细心照顾，熬得眼睛都红了。大哥的儿子住院，二哥忙前忙后，心焦得睡不着觉。每到周末的时候，二哥就会对二嫂说，走，我们去看看三姐在做哪样。在三姐家，他逗猫，逗狗，逗小孩子，到河里游泳或钓鱼。他似乎回到了年少，完全不是坐在办公室里时那一副呆板脸相。

御湖苑

走进御湖苑小区宽阔的通道，便觉得空气分外凉。夏天的时候，人总要舒服地长呼一口气，面部表情也舒畅了许多。秋冬时候，冷风一吹，人一下子缩了颈，还觉得心子冷浸浸。

御湖苑几栋楼，主体才完工四年多，不久前各家各户忙忙碌碌地装修。三四年前，大家还是昂扬的劲头，乒乒乓乓兴兴轰轰，感觉日子会兴隆下去似的。

像御湖苑这样的小区，说起来是没有特色的。它是任何小城里的任何一个小区，你想感叹一下都没有由头和名目。但说它完全没有特色，也似乎显得没心没肺：再雷同的外壳，当你走进去，都有不同的故事。比如刚进御湖苑时迎面而来的凉意，比如御湖苑的外墙是土黄色的，对比之下，天空就显得更蓝更远。比如我家住四楼，面朝东面，没有高楼遮挡，清早拉开窗帘，多数时候都能看到美丽的朝霞和晚云，且山间常挂着些若有若无的轻雾。

我在阳台上种了一些多肉。它们看起来是不凋零的花，但还是随着季节有细微变化。黑兔耳不是黑色，它在春天和夏天都是墨绿色，只叶尖上一点红，十月过后，它越来越红，直到把自己红透，一幅欲滴的娇羞模样。黑法师也不黑，一到冬天原本深紫色的它们就长得绿油油。冬美人倒是守贞烈女似的，寒来暑往都保持一种端庄的灰蓝。

还有以前朋友送的令箭荷花，搬家时弄了来，换盆之后，迅速侵占空间，繁盛到惊人，大红花朵过于鲜艳热烈到让人不喜。后来莫名其妙一夕暴卒，倒好像是为了遂我的心。

到山里弄的土，里面有一根很小的白色草根，我没有管它。后来它就在盆里长成了一棵鸢尾，然后它们子又生孙孙又生子地繁衍，春天时它们的茎旁逸斜出，开出蓝白的花朵。我在夜里拍过它们很多张美丽剪影。

我的阳台，植物是热闹的，人是清静的。闲暇而天气适宜的时候，我在那里喝两口茶，随意四处看看。楼下长得黄瘦的桂花树，去年，大半年不下雨，树梢就有些干枯的枝条了。桂花这种树，长在花坛里也是可怜，它们需要更多的营养，花坛里的那点土，只是够活命罢了。

桂花树下还有个深蓝色的垃圾桶。垃圾收得勤，倒没有怎样脏，但是有时旁边堆得放不下去的也是有的，有点影响观瞻。

我放一个巨大的纸箱子（它是一只装椅子的纸箱）到垃圾桶旁，还没放下，一楼的窗口里便有一个男人探出脑袋问："纸箱你不要了是吧？"我说不要了。我在说话的时候没注意到另一个男人径直走过来，张臂抱了纸箱便走。和我说话的男人气呼呼吼道："我都跟她说过了，她说过给我的！"另一个男人说："捡垃圾要跟哪个打招呼？哪个捡到就是哪个的！"我赶紧转身上楼，也没到阳台上看看他们最后怎样解决了。深深的悲哀涌上来。

保洁员每次看到我都打招呼："妹，上课去了呀。""妹，下课回来了呀。""妹，你出去做哪样呀？"我有点害怕这种搭讪，就笑一笑，笑得太单调了，就说："你忙哈。"更单调。

她做事很认真，御湖苑的卫生确实没得说，很好。她的工资少，还总被拖欠，又每天三次地打卡，有时正拖地呢，打卡时间到了，于是飞跑而去。她见着人了难免要抱怨："老娘那几个钱，还迟迟得不到手！"有次她说有人在电梯里丢烟头，就骂得更难听了，我都不大好意思重述。后来我就尽可能躲她了。其实倒也可以和她一起骂骂人的。

晚上，走进楼道，不管是哪一楼，都会听到麻将的声音，哗，哗，哗，这是在洗牌了。人的声音倒是不大，偶尔会有说话吵一点的，听得清楚："八筒，碰！嘿，我说了碰！"

一楼三号那家，暗红的防盗门换成了好看的炭灰色，柔润的光泽显示着它的质感和价格。刚搬来的那天，我看到了一架黑色钢琴，它的亮度和质感也显示了自己的价格。其后的很多天里，我都听到有人在弹琴，总是《献给爱丽丝》，弹得不流畅。有一天，他家的阳台窗打开，我看到弹奏者是一个穿白T恤的男人，很年轻，也许是个高中生或大学生。

大约不到一年，这家屋里再也没有琴声传出，一次也没有了。再后来，我偶尔会听到他们家里传出麻将的声音，哗，哗，哗。我有些怅然，想那钢琴还在不在呢。

在阳台上还可以看到一些香茅草、一些三萘、一盆薄荷、几株长在停车位上的瘦瘦的紫苏。新的小区，入住率不高，竟有点荒芜寂寥。

我对门的那一家，两个孩子一个上中学一个上小学。他们和我一样，每天都是很早出门。冬天时天还是黑着，我们有时候一起走一段，走在马路上冷冷的路灯光里。我问："怕不怕呀，现在还有点黑？"小姑娘说："不怕。"有一天我发现小姑娘长得比我还高了。她礼貌地和我打招呼，可我忘了她的姓名了。以前有问过，而且特别告诉自己要记得，记不住，有点惭愧。

楼上是两位老人带着孩子，不知道是外孙还是孙子。小孩子在屋里弄出声音，大约是在拍球。我上楼对两位老人说，叫他们让孩子小声点，老头大声说："我说了呀，我说楼下住的是个老师，他还是不听！"我们在电梯里遇见过，只知是在一栋楼，开门才知道是这家主人。他不知从哪里知道我是做老师的。人们吓唬孩子，喜欢用医生警察和老师。被打针，被抓走，被弄进学校，孩子们大概有差不多的恐惧心理，楼上的那个孩子，显然已经过了这个年龄了。楼下住的是什么人，都不会喜欢头上有人叮叮咚咚。

你不熟悉的邻居，不一定不熟悉你。你的年龄、职业和婚姻状况，他们可能一清二楚。

深夜，有时会传来孩子的哭声，母亲嗯嗯哦哦哄着，有时有吵架的声音、女人声嘶力竭的哭声，之后往往有东西哐当摔在地上。不知道是哪一家。有一家人养了一只鸡，每天凌晨，遥遥地叫着，不知道会不会惊醒和我一样浅睡的人。

御湖苑的小孩，上幼儿园就在门口。园名冠以"北师大"三个字，据说收费不菲。回家的时候，会听到孩子们稚嫩的歌声，有时心里会忽然很柔软。夏天，大班小朋友毕业了，闹喳喳在院里坐了一圈。老师问："你们马上要读一年级了，开不开心呀？"小孩子们齐声回答："开心！"他们哪里知道，将来会有那么多的作业等着他们呐。

六月六

六月六这一天不能下雨。我妈要在这天晒衣物呢。

其实整个六月，最不缺少的就是太阳啊，非得一定在六月六这天搞得像个盛大节日似的，那么郑重！问她原因，她说："老班子传下来的。"

吃完早饭，太阳正热辣辣地晒得欢，我妈就急忙翻箱倒柜——其实这样说是不对的，这样说好像我妈特别没收拾似的。不对，她是有条不紊地开箱开柜。有一个生漆漆的杉木大箱子，还有一个漆清漆的柏木柜子，平时是锁上的，今天才打开。

为什么平时是锁上的呢？因为那是二姐和三姐的"书子"。我妈平时是一个非常严肃的保管者，不准二姐和三姐随意处置。其实她们俩本也不会去动，甚至都有点避开那个箱子和柜子。

什么是"书子"呢，我可能得和大家说一下了。

那时男方请了媒，到女方家说亲，女方从答应婚事到最后成婚，这中间有些相对繁复的程序，双方要有商量，还有一些仪式。这些事宜都要通过比较规范的书信来表达交流，以示诚挚和郑重。这些特殊的书信就叫作"书子"。比如"礼书""攀书""聘书"等。"书子"当然不通过邮局寄来，而是由媒人带着男方亲自送到女方家来，随着"书子"送来的，还得有带给女子的礼物。在那时，这些礼物往往是女子的衣服布料。为了省去麻烦，就把这些衣料也称为"书子"或"书子布"。

　　女方家也是有"书子"回过去的，比如"允书"，就是表示同意，但女方给男方的只有书信，一般不回礼物。

　　就这样，一封书子两封书子下来，我家两个姐姐，就累积了好几套布料了。这些布料平时也不会给姐姐们用。她们要做新衣，还是父母给了钱去扯布料。这样做也是未雨绸缪的意思，怕万一哪一天姻缘生变，扯起皮来，还不起人家原物。

　　但是那时的布料涤卡啦，卡其啦，灯芯绒啦，阴丹布啦，平绒布啦，存放的时候易招虫，六月六这天拿出来的时候，往往会闻到一股强烈的樟脑气味。

　　晒那些布料得有技巧，要把布料翻转晒背面。晒正面容易晒"晦"了色，白白糟蹋了衣料。"晦"，就是颜色褪了显旧了。

　　我妈那些布料晾在院坝中的铁丝上，晾得重了，粗粗的铁丝都向下弯着，感觉要断了似的。那铁丝两端是分别绑在两棵笔松上的。笔松的身子弯成弓形，我每次都担心它们承受不住了翻根。可它们都没有，一直稳稳当当长着，可见我妈对它们的承重能力是极清楚的。

　　晾衣绳上晾满了，柜子里还没拿完呢，我妈有的是办法，把两个背篼翻过来，上面压块石头，再在上面搭一根长竹竿，继续把那些衣料挂上去。

　　那些各色各样布料沐浴着炽热的阳光，我总觉得这一天我家好富裕似的。奇怪的是两个姐姐并不来看，似乎一点都不觉得那是她们的东西。也许她们是害羞吧。

　　把二姐三姐的书子布摆放完之后，我妈就去取挂在卧室楼板上用一层层旧报纸包得方方正正的棉絮。那些棉絮，是给姐姐们出嫁用的陪嫁。当时的农村，只要有女儿的人家，除非是特别富裕不需要先前早就准备的，或者是实在太穷准备不了的外，大多的人家，都会在姑娘长大之后，还没到婚龄之前，就请弹花匠絮好棉絮，慢慢地等着。

我妈在弄那些雪白的棉絮的时候，格外小心。因为是两个姐姐，所以我记得那时大概有七八床棉絮——天知道，要准备这么多！前面讲了，晾衣绳、竹竿都晾完了，于是我妈把捆成一筒的晒席摊开——一定是那种青篾做的，里面光滑不起毛。这样，才不易勾到棉絮的纱线。里面先用专用的小小高粱扫帚扫一遍，然后叫我去拿毛巾——我只能帮上这样的忙——再细心擦拭一遍，然后把棉絮展开，一大片洁白的云朵覆在晒席上。

这时候太阳大起来，蝉也叫得欢，偶尔有一阵风，飘来野地瓜的香味。我看到我妈的衣服背心那一块渐渐汗湿，越浸越宽。

她继续晒她可以晒到的东西。枕套、枕巾、新做的千层底布鞋，新的旧的棉衣，一股脑儿晒出来，琳琅满目。

东西摆放得差不多了，我妈坐在小矮凳上喝一碗苦丁茶，有点忧郁地看着一院子的宝贝。对面是青山，蝉声昂昂昂地响着，蓝色和红色的蜻蜓飞来飞去，橙子树上牵着些蜘蛛网，在阳光下亮晶晶。

女儿一天天长大，总要嫁出去的，养大一个离开一个。这在母亲，是有点悲喜交集。

我当然理解不了那么多。又一阵风来，野地瓜的甜香再次扑入鼻息。果然，"六月六，地瓜熟"，这天的野地瓜似乎更加可口些。我去后山地里摘野地瓜去啦，我妈守着她那一院子宝贝干啥呢，我就不知道了。也许她一边翻晒衣物棉絮一边纳着鞋底吧，反正她除了吃饭喝水从不让自己闲着。

姐姐们都出嫁了后，我妈似乎再也没有特意在六月六那天晒衣物。她似乎忘记了那一天有什么不同。偶尔想起来问她，她淡淡地说："要晒哪一天不可以晒嘛，还怕少了太阳？"我也渐渐忘了。飘香的野地瓜，对我也没有了多大的吸引力。直到我愕然想起"六月六，地瓜熟"的时候，发现野地瓜几乎找不到了。它们只不过是需要用"百草枯"除尽的杂草。

今年方才得知，六月初六这天，曾是中国的传统节日"天贶节"。

相传宋真宗偶得一梦，梦到天帝在六月初六赐给他经书，使其能够安治天下，因而把这天命名为"天贶节"，并在泰山脚下修庙庆祝。贶，即是恩赐之意。

我妈当然也不知道这些，她只是偶然地以她的方式纪念了这一天，或者，祝祭了这一天。

我要是丢了

大约在我上初中的时候，潘家山的一个小姑娘，还有另外两个小媳妇，莫名其妙地走丢了。

小姑娘是我小学的同学，圆脸大眼，白皙娇小。本来她成绩也不算差，但那些年，一所偏僻山乡的小学，自然没几个考上初中。班上大约五十个同学，考了两个在敖溪中学，七八个考上箐口中学，剩下的四十来个人，有的留了级再考，有的就回家干农活儿了。

我那个女同学是复读了一年考上箐口中学的，但才上初一，便莫名其妙走丢了。之前我回去看她，约在教室后面的柏树林里，她什么也不说，表情不自在，急着要走开的样子。我空洞地说着一些加油之类的话。

另一个走丢的是我堂姐。堂姐上到小学二年级时，我伯妈病逝，她便再也没上学。她彼时已婚，生了一个女娃还不到一岁。她婆婆说她走的头一天晚上，村里两个小媳妇在她家坐到很晚，说好第二天一起赶场，却再没有回来。她婆婆抱着小女娃天天等也天天骂，但我堂姐再没回来。

其时关于人贩子贩人的消息，已传到这个村子里，人心惶惶，于是各家嘱咐自己的姑娘媳妇，一定要小心，不要跟人跑了。

我在镇上上学，每周要走三十多里路回家，我家更是特别害怕我走丢。伯伯平时话不多，这个时候差不多说得有点恶狠狠，不过他不是怕我丢了回不来，而是若跑了日后回来，他会打断我的腿。

我已出嫁的三个姐姐，相约着回娘家来，不过现在她们不像往日那样只看望爹妈，而是反复地教育我，好好读书，对不认识的人小心点，自己同学走哪里也千万别跟去。

我一方面对家人的唠叨有点烦，一方面也感叹自己从来没有这样受过重视。想着我对家里来说还是重要的啊，我要是不声不响跟人跑了，他们除了会生气，会觉得抬不起头，也会难过的吧。

我妈私下讲得就更多，我想她是忘不了一件事。

潘家山是寂寞的。潘家山的田家沟特别寂寞。若是我堂姐不在家，我便常常一个人看纺织娘、竹节虫，有的时候看看菜花蛇的花纹也特别有意思。我特别希望看到人，陌生而随和的人，想象着有一天一个有意思的人会来问我："喂，小姑娘，你知道老堰河怎么走么？"我一定会高高兴兴地指给他，怎么样从梁家塆的大田埂走过去，再走水井沟的小路，小路上要注意黄泡刺伸出来抓到衣服哦。假如他要我带路，我会高高兴兴地带了他去，虽然回来一个人走着也没啥意思，但总好过一个人在家里待着。

这件我想象了很久的事，果然就发生了。

一个高高的方脸男孩子，背着一个背篼，站在屋当门的田边，朝着屋里叫："细表妹，细表妹！"那个时候我正在牛圈旁边看一垅开得非常茂盛的韭莲。家里没有人，"细表妹"显然是叫我呢。我说："嗳！"

"细表妹，表叔他们不在家吗？"

"不在呢，妈吃酒去了，伯伯去煤厂了。"

"你可以帮我一个忙吗？"

"可以可以。"我当然可以，太开心了。

"陈家寨在哪里你晓得不？"

"晓得晓得，我还可以带你去呢！"我有点迫不及待。

"带我去啊，你走得不？"对方笑了。

"走得。我走路快着呢。"

我带着那个"表哥"，一路给他介绍着："这块田是我家的，你看，谷子快要打了。咦，你看这里有洋点灯，一个，两个，三个，哎呀，差点儿就抓到了。"

男孩子笑了，说我真是话多的小姑娘。

我带他走了好一段路，指着前面的瓦房告诉他陈家寨马上就到了。他说我不要带他了，赶紧回家，并问我怕不怕，要不要送我。

我虽然觉得一个人回来有点没意思，但也觉得不应该劳烦别人再往回一趟。于是一连说不用不用，路我熟悉得很，然后一个人回来，自然又在路边看些蜻蜓蝴蝶。

到了廖家那个坳上，却听到我妈在叫我的小名，声音都变得不正常了，显然是大声呼了很久，而且一定很焦急。我对我妈声音那么熟悉。

我站在坳上长应一声，我妈那边却带着哭腔骂起来："你这短阳寿的，不晓得翻起脚板跑哪里去了，还不给老娘滚回来。"

看样子事态严重，虽然我也觉得我不过走开那么一会儿，我又没做坏事，你自己不是不在家吗？但是我妈生气时，这些话是不宜说的，我有点灰心地回家，还有点担心她会不会打我。我妈没有打我。她还抱了抱我，啊，我都记不得我妈什么时候抱过我，我都七八岁了，有点难为情。

后来她非常严肃地告诫我，万不可再随便与人带路。她说，你胆子怎么那么大，人都不认识，你还跟人家去，卖了怎么办。

卖？卖到哪里呢？人怎么卖呢？又不是卖鸡，卖鸡蛋！不过我妈那样严肃，这些话也不宜说。

我要是走丢了，我妈会很难过很伤心的。我不要给人带路了，再说那么远，万一在路上遇到大蛇呢，大狗呢，自己回想起来也多少有点怕了。

所以，村里真有姑娘被拐卖的时候，我妈尤其担心我。不过那时我都十多岁了，而且正喜欢着上学呢，不会跟人跑的。

虽然没跟人跑，但还是着实让他们担心了一次，这一次包括平时不怎么在意我的父亲。

1992年的时候我中专毕业。先是，放假回来的时候学校没有发毕业证，让我们一个月之后回校领取。我们按约定的时间到学校，学校解释说因省教委的公章还没有盖，暂时领不了，让我们等一个星期。

这一个星期对于我来说有点麻烦。

我从潘家山到余庆要一天，再从余庆坐车到贵阳，也要大半天的时间，这样一来一去，中间隔两三天。跑一趟很是麻烦，花费也大。我一个同学便说可以去她家，玩一个星期再一起回学校领毕业证。

我同学家住贵阳青岩镇杨眉村。我便去了她家。虽是想着家里可能会记挂，但也没有太在意。我同学的爸爸妈妈都笑呵呵的很和蔼，傍晚时我们还可以下河洗澡，这在潘家山是不能的。潘家山没有河，想洗澡的时候只能烧了井水，倒在大木盆里洗，周围全是山蚊子嘤嘤嗡嗡地飞。

我在杨眉这个好玩的地方，有点乐不思蜀了。

等我拿了毕业证，回到潘家山，才发现情景似乎有异。

首先是我走到田家沟入口那块叫大方丘的田坎时，抬头一望，我父母、我哥哥、姐姐姐夫，还有我大伯一家人，居然全都挤在我家阶沿上站着。似乎他们正等着要出发去某个地方。

这阵仗我有点害怕，我也不敢说一声我回来了，只能默默地向前走。

直到我踏上阶沿，他们还站着。我和我大伯、堂兄打招呼。这个时候伯伯才想起我已经回来了，他有点讪讪地对一众人说："大哥、和平，你们回去吧，现在不用找了，真是劳累你们了。"

我大伯他们回去了后，我才知道，他们之所以都聚集在这里，原来是准备出门去找我。伯伯已经具体安排好了人手和路线。

我看我伯伯，发现他竟瘦了许多。

后来大哥告诉我，说我走的第三天，伯伯便着急起来，去村委会打电话，又不知往哪里打。第四天又去，第五天又去，村里面的人都觉得他神经过头了。

我一直觉得伯伯没那么重视我，我甚至颇有过几次怨言。但现在我明白了些什么了。这件事过后，我学会去哪里要告诉家里，少让他们担心了。

真的，要是我走丢了，他们会多难过啊。

父母已故。他们还会在意我走丢吧？毁伤了身体，他们还是会心疼吧？但是如果我丢了心，丢了当初的自己，他们会知道吗？

贾宝玉的通灵宝玉，镌着"莫失莫忘，仙寿恒昌"，我倒是不奢求长命百岁。但活着，总要守住自己，莫失莫忘。

朱橚与《救荒本草》

朋友因见我爱写一点花花草草，偶也涉及野菜，以为我于此有心，因送我一本书：《中国的野菜》。这本中国野菜图鉴以明代朱橚的《救荒本草》为底本，不过将原书中无从考辨或经考证有毒的野菜剔除，最终保留了319种野菜。

《救荒本草》的作者朱橚，本是明太祖朱元璋第五子，明成祖朱棣的胞弟。这样的身份应该是衣食无忧、养尊处优的，可是他却跋山涉水、翻山越岭地采集野草，还把它们都种在自己的王府中。他还亲自品尝各种野菜，把那些能吃的野菜画出来，写出来，编成《救荒本草》。

朱橚为何要编此书呢？可能主要是政治原因。既然不管是侄儿朱允炆还是哥哥朱棣做皇帝，都不可能放心自己，兴许搞学术真的是一条很不错的退路。当然，他要做一位流连风月的风流王爷大致也是不错的选择，不过据说他两次被流放到云南，看到了百姓衣食不足，灾荒年岁更是饿殍遍地。这些景象触动了锦衣玉食的他，想要实实在在为百姓做点事情。朱橚还没有泯灭恻隐之心，用最朴素的话说，他是个好人。

朱橚是怎样搞植物研究的呢？说是他招揽了一大批在植物学和医药学上有成就的硕儒，对各种植物进行研究，并在开封王府内专门开垦了一块田圃，挑选了400余种野生植物种植于园内，亲自观察花实，口尝滋味，并命画工描绘其形，亲自撰写文字与图相配，详细介绍它们的形态、习性及食用方式。

朱橚做植物研究这事，称得上利己利他。对于他自己来说，首先当然是可以避祸全身。他曾被朱允炆革去王位，贬为庶民，后又召回京城，似乎并未太过苛责。后来朱棣登基，更是恩遇有加，不光恢复了他的王位，给他的俸禄也比别的藩王多，且享有更多特权。不过篡权夺位的朱棣，当然比其他人更懂得削弱藩王势力的重要性，所以后来便渐渐加以各种限制了。朱橚怎能不知兄长之防范手段，于是他放弃政治，投身植物学、医学专研，无异为明智之举。

明朝自然灾害频频发生，百姓往往流离失所，衣食无着。朱橚这本专著，从一定程度来说可以为百姓在饥荒年间的食物寻找提供一些方法和途径，避免人们误食一些有毒的植物。

看看历史上皇帝和诸王相争的惨剧，像朱橚这样既能远祸全身，还能泽被后人的，用今天的话来说已经算得上"人生赢家"了。

朱橚的学术成就对后世产生了巨大的影响，后世搞这方面研究的人，都或多或少地从他的研究里有所借鉴或启发。《救荒本草》还产生了一定的国际影响，日本和欧美的植物学家和药理学家，也对此书有关注和研究。

朱橚当初在做这件事情的时候，不知有没有明确意识到此事对后世的影响以及他自己由此获得的"身后名"，不过我觉得，他应该也是感到充实甚至是快乐的。

一个王爷，不去想政治上那些破事了，但他有条件去弄学术研究，有研究经费，不愁研究专家，又不操心日常琐事，这真的是最好的做学问的条件了。

布封说大自然是艺术家永远的情人。我认为不光是艺术家，是所有人，都会在大自然，尤其是植物中获得宁静安适。中国文人早先总是忙着要学而优则仕，而经历宦海沉浮之后，却总是移情草木、寄情山水。这位大自然情人，则永远是心灵温暖的处所。

多　多

　　早就想为多多写点什么，但每次看到它伸着懒腰打着哈欠，漫不经心地用它清澈的蓝眼睛看着我，我就觉得我们之间更多的时光是用来互相陪伴，而不是去书写它永远也不懂的文字。它时常坐在我的键盘上不让我打字，让我怀疑它也是这样想的。

　　但我也知道一切都不可预料。多多，还有我自己，谁知道有一天会怎样呢。我还是要早点留下一些文字来纪念我们。它看不懂，可我明白。

　　2020 年 6 月，我搬离他山中学公租房，来到御湖苑的新家，之后赶紧到三姐家把之前寄养的橘猫接回来。橘猫之前也曾和我安于斗室，但因为在乡下生活了一年多，它已习惯了自由广阔的天地，对于小小的一百多平方米实在不能满足。终于有一天它逃出大门，弃我而去。

　　那时我不想再养猫了。猫是从未被人类真正驯化的生物，有着自己的精神追求和独立品性。自由超过一切，而我的豢养，对它只有禁锢。

　　余艳在她的朋友圈里发了她家养的两只猫的视频：一只黑白，一只黄白。两小只关在笼子里，睁大一对好奇的圆眼睛看着转得飞快的逗猫棒。我常给她点赞，也相当于自己"云养猫"，聊胜于无。

　　后来不久，她再发的朋友圈里，就只有那一只黑白奶牛猫了，且似乎没有之前活泼。我没有问她另一只怎么样了，只是偶尔还看看孤单的小奶牛猫。它清澈无辜的美丽眼睛让人心疼。再后来我又见她发了小猫被摔下楼的视频：瘸着腿的小猫在楼下哀哀地叫着。那叫声显然是在向人求助。

我在微信里问她。她说小猫在楼上好几天没人照管，大概是太饿了想找吃的，跳楼把腿摔断了。我很是心疼这小猫。她又说她其实一点都不喜欢猫猫，只是因儿子喜欢才买的，但儿子上大学没时间照管。她问我想不想要，我犹豫了，因为前面橘猫走失，我很责备自己没有给它好的条件和照顾。离别总是伤人的，我害怕再结缘。

过了几天我又问起猫猫的腿伤，她说有人家已经同意养了。又说因为猫腿有点瘸，那家人也不喜欢，只是没奈何养着。又说小东西也可怜见的，得找个真正喜欢它的人。

于是我决定了，要养这只猫。

我开了车去接猫，见余艳提着一只很大的蛇皮口袋站在余家巷路口等我。我知道蛇皮口袋里装着猫，伸手一提觉得好轻。之前她在电话里说，猫猫板得凶，她快要提不住了。我拿过口袋来，放在座椅下，里面竟然一动不动。

带了它回家。因为它之前是家养的，疫苗打过了，驱虫和清洁都做过了，我只需准备好吃的和猫砂就行。

我把小猫从蛇皮口袋里放出来。它真小呵，六七个月了，看起来还像只小耗子似的。原来朋友圈里的视频拍得很近，看不清真实大小，且近来受了伤，营养大概也没跟上，更是瘦了，毛色也很暗淡。

它一瘸一拐，又急欲躲藏，却不知道哪里可以找个遮挡的地方，最后缩在餐桌底下，一声不吭，小小的身子抖个不停。我奇怪于它在蛇皮口袋里时完全不动。

我给它水和猫粮。天气很热，想来它应该很渴了。它没有喝水，而是很贪婪地吃起猫粮来，一边吃一边嘴里发出咕噜咕噜的声音。它吃了好一会儿，我怕它撑着，想把它抱开。它两只前爪护住猫碗，但并不攻击我。我看到它肚子鼓突两头尖尖，心想它会撑死自己。我从它爪下夺过猫碗，拿开，放在柜子高处。它看了看够不着，又不敢跳上去，只能又缩回餐桌底下，紧张地看着我。

后来它是主动走过来亲近我的。它试着蹭我的拖鞋，并顺势躺在我脚边。我把手伸向它，它就开始轻轻地舔。它的身体一直控制不住发抖，粉嫩的爪子却像梅花一样绽开。据说"猫爪开花"通常表示它们处于放松舒适的状态，但眼前的猫咪显然不是。它的眼神和身体状态都说明它是紧张的。我不知道它克服了多大的恐惧。

它没有名字。我想着，它不是已经被两个家庭多余了吗，就叫多多或是余余吧，"多——多——"两个平声字，听起响亮昂扬一点。很多宠物都叫"多多"，寓意可能是财富多多、幸运多多之类吧。而我的多多，它是一只多余的猫。

多多渐渐对我解除防备——我通常容易和小动物建立起亲密关系。有人把这能力称为"气场干净"。其实简单地说，就是动物感觉到这个人对它没有恶意，于是放松警惕。就像即便年龄很小的孩子，他们甚至能很准确地判断人的善恶。多多时常对我示好。当我要将它抱起来的时候，它却总是一溜烟跑开，一会儿又探头探脑看我，似乎在窥视我。余艳曾说，这只猫脾气很好，也很愿意主动亲人，之前总在他们面前"搔首弄姿"，但他们从来没抱过它。想来它是不习惯太亲密的肢体接触。没关系的，多多，来日方长呢，慢慢你就会习惯了。

冬天来了，我坐在电火炉边看书，多多很安静地伏在桌子上，有时翻开雪白的肚皮，四仰八叉躺着。飘窗上的水仙幽幽地香着。

它很快胖了一些，毛色也油亮多了，腿也不大瘸了。果然爱是能长出血肉的。它还是会偷窥我，我一看它赶紧又跑掉。它跑得很轻快。

正当我们越来越亲密融洽的时候，我犯了一个巨大的错误。

为了养花，我家阳台没有封，而是做了推拉门。多多有时候跟我到阳台上，晒晒太阳，看看外面的行人车辆，但只要我进屋，它就会跟着进屋。我本来不喜欢压抑的防盗窗或防护网，又看到多多在阳台上并不乱蹿乱跳，便有点侥幸。

我早上醒来呼唤多多，见没有回应，赶紧去寻，一看开着的阳台门，惊悔于我的疏忽。我穿着睡衣飞跑下楼，四处唤它。昨天晚上下了雨，它正睡在湿漉漉的水泥地上，一辆红色摩托车挡住了它。我叫一声它回应一声，但声音已经很虚弱。

我把它抱回家，它似乎尽了最大努力钻进自己的窝里，蜷缩在里面，看着我，眼里完全没有光。

多多总是和我一个人生活，特别怕人。每次送桶装水的师傅来，它都会躲在窗帘底下缩成一团。人走后我把它哄出来安抚很久才能平静。如果我现在送它到宠物医院去，它由于应激反应会不会招致更大的伤害？何况余庆唯一一家宠物店，平时也不过是给猫狗绝育什么的，设备非常简陋。

多多没有流血，没有外伤，只是极虚弱。我不能判断它的伤情严重程度，只觉得它一脸哀怨都是在指责我。我跑到宠物医院简单说明了情况，那个圆脸的宠物医生说，要么去遵义的宠物医院给它做 CT，确定它有没有内伤，要么就观察几天。猫的自愈能力是很强的，她说。

那时余庆到遵义的高速路还未通车，走国道得三四个小时。平时车开得少，我一个人不敢开那么远的路，一时半会儿也不好找人陪着。我只能听了医生的建议，原地不动，观察，等待。

它什么也不吃，我买了一个婴儿喂药器来，掰开它的嘴滴水。它不吞咽，水从嘴边流下来了。我把营养膏抹在指头上，揩进它嘴里，它偶尔会舔食一下。我感觉有了一点希望。

经过漫长的时间，它一点点地好起来，却再不愿从猫窝里出来。猫窝以外的世界对于它来说都是可怕的。我把一件旧睡衣垫在它的窝里，它虚弱地在上面踩奶，嘴里发出幸福的咕噜声。我想是我衣服的气味给了它安抚吧。我几次三番强拽它出猫窝，总算开始了正常生活。

经过这次惊吓，我当然想到要把阳台封上。但是我历来讨厌笼子一样的房间，讨厌阳光被遮挡，花草不自由。我没有能力拥有一个院子，只有一个阳台。如果四围全是铁网，对我是极压抑的。我终究很自私地又一次舍弃了装防护网。我用高的花盆挡住了栏杆的缝隙处，而且记住但凡自己不在阳台，便一定锁上门。多多也因为渡了一劫，很少再对阳台之外的世界生好奇之心。只有见我坐在阳台的时候，它会走过去，安静地卧在我的脚边。

多多自此和我很亲近。我是它唯一的主人、唯一的朋友和亲人。也许它还认为是我救了它吧，却不知道正是我害了它。有了这次经历，它对外面世界的探索欲望似乎更少。偶尔好奇走出门外两步，只要听到楼梯间有人声，它马上弓起脊背，畏缩地退回屋里，还一副警觉的样子。它的世界，从此只有这一百多平方米了。

也许由于身上有动物们才能闻到的某种让它们亲近的味道，我在外面，被猫猫狗狗"碰瓷"是难免的。几番几次，就难免产生了携其回家的念头了。

有一只在校园流浪的小橘猫很亲我。我下晚自习回家，它从学校门口一直跟着我走，一直跟到小区。进电梯的时候它停住了，抬头看我。大概电梯这东西对它来说毕竟陌生。我把它抱进电梯，但却并没有做好收养它的准备，也许只是给它一顿饱饭罢了。给它猫粮，它简直吃得穷凶极恶，一边吃一边不忘发出呜呜的警告声。都说动物们有护食的本能，但多多这么长时间来已经衣食无忧，早忘了以前的艰辛。它好奇又淡定地看着这个外来的食物争夺者，一点恶意也没有。

说不好是动了贪念还是善念，当小橘猫吃完之后，我就特别想留下它了。留下它首先是要洗澡的。在我给它洗澡的时候，一向温柔的多多在洗手间门外边刨门边大叫。我没有理它，继续洗。洗完后找到驱虫药，我给小橘猫后颈喷了药，又给它剪指甲。这个时候，多多似乎忍无可忍，它看着我，龇着牙，嘴里发出"哈，哈"的声音，背也弓了起来，愤怒和嫉妒让它面目狰狞。我并没有放小橘猫下来的意思，多多见嘴上警告没有用，意欲扑上来打小橘猫。但它本没什么战斗经验和能力，并不知道如何解决这新来的入侵者。它只能看着我，眼神由先前的质疑和愤怒变成无助地哀求。对于一个庞大的两脚的唯一伴侣，大概它没有更好的办法以获得独宠。

我左右为难，想把小橘猫暂时关在厕所里，估计多多是要挠门大叫的，小橘猫也只是暂时没有出声而已。要是两猫吵一晚，我明天还怎么上班？我只好用了一个自我安慰的方法：把水、猫粮，还有一个纸箱放在门口，如果小橘猫不走，我明天带它去医院做检查，然后想办法让它们渐渐能相处，如果它走了就算了。那我就只是请它吃顿饱饭，且成全它的自由。

小橘猫没有再出现。我也想着我的虚伪：电梯人进人出，电梯门开合时还有音乐，小橘猫得有多大的勇气和对我的信心才敢在此留下？我这完全是自欺欺人。

我的自责当然不会持续多久。人们已经够忙够累够冷漠，难道还会去长久关心一只流浪猫的处境和心情么？何况我还可以以多多这个原住民容不下为由呢。小橘猫走后，多多对我更黏了，也许它很庆幸自己独享了这份宠爱吧。它更加乖巧地、小心翼翼地靠近我，蹭我，好像人们更加珍惜失而复得的感情。我打消了再养一只猫的念头了。

穿　衣

跟女儿视频，她见我又穿着一件大大的棉 T 恤，开玩笑说："你怎么能穿这么随便呢？难道已经没有哪个人让你想精心打扮自己了吗？这样可不好哦！"

由此想起一个笑话来：警察很容易就抓住了一个被通缉的女逃犯，原因是这个女人从时装店旁经过时竟脚步匆匆，目不斜视。又有一个笑话说一个女人接到法院的传票，朋友问她紧不紧张？这女人说："当然紧张啊，我都不知道穿什么衣服去。"

作为女人，我基本相信这两个笑话是有生活真实基础的。女人们不管是去见什么样的人，参加什么样的活动，第一时间都会想着自己要穿什么衣服去才合适。哪怕那个人不是她心仪的、尊重的，甚至可以是她讨厌的；活动不一定是重要的，甚至她认为根本无所谓。

在很多行业，都会心照不宣地安排异性服务。但是卖衣服不一样，卖女装女鞋的店员，总是女人最恰当，大概因她们才最懂女人。

女人去买衣服，女店员总是笑意盈盈地夸起她的好看来。不是大而无当的夸赞，是刚好说到她心里。女人终于想试一试，女店员温柔细腻，帮着拉拉链、系腰带、扣扣子，帮着捋一捋搭在眉上的一缕头发，顺便夸一下女人的妆容，问一下口红的色号。一时之间，女人有种错觉，只有女店员能看到她无人欣赏的美

259

丽，惺惺相惜啊，倾盖如故啊。

女人对着穿衣镜左顾右盼，眸子熠熠生辉。店员抓住时机，说姐姐（一般不叫小姐或女士，那有一种遥远生疏的客气，而叫姐姐或是妹妹视情况而定，都是往小了叫）穿这么好看我给您包起来啊。女人如梦方醒假装无所谓地问多少钱，店员也不回答具体数字，只说姐您穿这么合适我给你打个最低折扣 7.8 折，别人最低最低就 8 折了，这也是您跟我们店有缘分了。女人方翻看吊牌，自忖 7.8 折委实也不菲，于是一边说这衣服我有差不多的，一边作欲回试衣间脱衣之状。

女店员依旧笑容可掬，说姐姐您看，衣服是差不多，但也是不一样的，您看这材质，这肩线，这袖笼，这腰身的收省，哪一处不是精心，男人喜欢女人不也是那一点点不一样么，我们女人何苦不肯对自己好一点？

女人一想，这衣服跟前天买的那一件比起来，确乎颜色的饱和度是不同的，领口的弧度是有一点区别的，下摆的大小也多少有点不一样！就为这一点点不一样，也得买。想想家里男人越来越少停留在自己身上的眼光，或者外面男人们长久地停留在自己身上的眼光，决定，买！

女人买了衣服回家，穿过一次，便总能找出各种不满意处来：嗯，这绿色显黑，这腰线的位置不对，不能显示最好的曲线，这刚到小腿的长度显矮又显腿肚壮，又或是这袖子的设计显得肩膀宽，如是等等，不过是要买下一条裙子的理由。

女人的衣柜里永远都差一件衣服。年岁越大，她们越是挑挑拣拣，对着一堆衣服找不到穿的。深色怕显老，浅色怕显胖，裙子太长觉得拖沓，裙子太短害怕轻佻。这个时候她们慨叹，还是年轻好啊，穿什么都好看，又或者慨叹，谁还没有好看过啊，还不是老了。

在衣服的问题上，说是女人最懂女人也不尽然。一流的女装设计师，往往是男人。不过这也可以理解为男人们更擅长女装的审美，而女人更善于向女人推销。

林语堂有名言：女人有穿衣的公然愿望和脱衣的秘密心愿。他也是深谙女性心理的。今日各大女明星们，领口可低到肚脐，却又总用手小心翼翼挡住胸前。她们既希望一些人看见，又不想被另一些人看见。

为了衣服，许多女人是可以殚精竭虑的。她们把毕生智慧的很大部分都用于此了，名牌、材质、颜色、款式、搭配的问题，是世间最大的学问。没有像样的衣服，女人会羞愧难当——她们当然不会这样追求美德或学问。

王熙凤出来见黛玉，珠光宝气打扮得恍若神妃仙子。张爱玲《花凋》中的川嫦，病得奄奄一息，不久于人世，还不忘试一试她喜欢的皮鞋。福楼拜笔下的艾玛，为了取悦情人而购买昂贵的衣饰，最后债台高筑，终致自杀。中外女人，在服饰的追求上总还是相似的。

女人习惯于以自己的外在取悦他人，长时间的自我植入，这种以色相示人的习惯逐渐形成观点，然后深入骨髓。好在现代女性很多经济和人格都比较独立，也有了相当的审美能力，穿衣也是力求让自己愉悦自在了。

我的狗

这些年家里养了一只猫。回家时打开房门，这只有着圆圆眼睛的毛茸茸小兽，总是跑出来迎人。这时我心里一暖，很多的不快便也消失了，甚至于觉得生活是很幸福的。

悦儿也喜欢猫。大约在她的童年时期，因为家里养过一只白猫，带给她许多温暖的记忆。然而她也时时感叹说："你要是再养一只狗就好了，猫狗双全的生活多好啊！"

我何尝不想拥有一条狗呢，一条满眼都是温柔善意的狗，但是条件不允许——住在商品房里的狗，总是等着加班的主人的狗，没有同类伴侣的狗，它们会幸福吗？我想起那些年里几只死去的狗来。

家里养第一条狗的时候，我大约还没有上小学，那只狗的模样记得不是很真切了。它似乎是一条黄狗，或者黑中带一点黄。我无法准确描述它了。它留给我的记忆，是一些细节性的东西，和它的外貌关系不是很大。

我二哥当时正在上高中，他非常喜欢狗。也许对于所有能拥有狗的少年，它都会成为他的玩伴和朋友。

二哥的爱狗，有时会有点"醒"。"醒"这个字在潘家山有"不懂事""违背常情""神头神脑"那个意思。二哥人虽聪明，但他对狗，有时候是真的"醒"。

冬天的时候，一家人坐着烤火。狗也伏在脚边，有时默默地听主人们讲话，有时候沉默地看着那火坑里的栎树蔸燃起的明亮火光。

狗最喜欢伏在二哥的脚上。有时二哥把脚抬起来，按在它的头上，它发出幸福的低低的呜呜声。

二哥洗脚时洗了袜子，要放在火边烤干，他自己懒得拿着袜子烤，就对着狗说："把爪爪抬起，帮我烤袜子。"狗于是伸出一只爪子来，抬着，二哥把袜子放上去，哈哈地笑。二哥也不会真的欺负它，烤了一小会儿，便取了来自己烤。为什么要烤袜子呢？因为没有多余的换呀。

狗不会舔人的手脚，因为它曾为此挨过打。它那时可能忘了它吃过屎。它怯怯地走向我父亲，见他带着善意的笑容，于是它谦卑地舔了他的手。然后它遭到了厉声的呵斥，紧接着头上便挨了沉重的一火钳。

即便是对它最好的二哥，也不允许它舔他。它表达热情的方式，只能是使劲摇尾巴，嘴里发出呜呜的叫声来。乡下的哪一条狗，能摆脱吃屎的宿命呢？它们平时只是吃得半饱……

所以烤火的时候，我二哥这样对它，是它甚感幸福的时刻吧。其实二哥不敢待它再好一些，是因为爸妈在场。他们不在的时候，二哥和狗会亲热许多，虽然它仍然不能用舌头舔他的手和脚。

二哥那时是肋骨毕现的清瘦少年，穿的褂子总是大出许多来。这让他和狗可以做一个游戏。

他把狗放进衣服里，然后把衣服的下摆扎进裤腰，狗在它的腰里拱来拱去，最终因为狗身量重，会把衣服拉扯开，"咚"一声掉在地上。二哥常常这样向他人展示自己"怀孕"了，在笑骂中获得愉悦。

狗这样掉下来，其实稍微也带了点被戏弄的意思。可能狗想到二哥带着它去过各种地方。它不会计较这种无伤大雅的玩笑。

二哥还在推磨时，把狗放在磨柄上。磨柄旋转，它在上面有些着急，不知如何能下来。

今天想起这些细节来，左不过是二哥对狗的小小戏弄。然而这些戏弄里，有亲昵无恶意。狗也是心甘情愿的，毕竟在它的狗生里，这样的温暖也不多。

后来这条狗终于有了一个同伴。那时二哥上警校去了，狗正寂寞着。

我堂哥家从别处弄来了一条狗。这条狗看起来高大英俊。我觉得我家的狗爱上了它，虽然他们都是公狗。我觉得那是一条狗对另一条狗的敬佩和信任等美好的感情。然而这条狗却害了它。

它因为有了一个狗中翘楚的同类，难免开心到忘形，它们终日纵情奔跑游戏，由此带来了巨大的破坏力。

院坝里的竹晒席上晒了稻子或者苞谷。它平时也规规矩矩不越晒席半步的，可是我堂哥家的狗在呼唤它，它就完全顾不上了。它飞奔而去，把谷子弄得满院坝都是。它们俩在田坎上奔跑，那些南瓜藤或红苕藤被弄得皮皮翻翻。它们看到有人客来，总是同仇敌忾，一个帮一个助势，聒噪的汪汪声不绝于耳。

总之，我爸妈最后做的决定是：这只狗是留不得了。

然而我爸妈心里又有另一个信条，他们认为吃自己养的狗毕竟是极不人道的事情。卖呢，也不可以。"这世卖狗，二世讨口。"所以他们商量的结果，是把这只狗送了人，至于人家弄去是养呢还是吃呢，这不是他们关心的事，交给人家了，就让人家处理吧。

我记不得这条狗被弄走的时候是怎样的（幸好记不得。也许那时我已经上学了）。

这之后，有人客来时"打响声"的事，有堂哥家的狗负责。虽然那条黄狗因为我家的狗的离去而有点工作懈怠，但我父母还是决定暂不养狗。

但我堂嫂见她家的狗几次为来我家的人客"打响声"，就教育那只狗说："你呀，总吃自家饭操别家心，人家喂你饭了？待你好了？你叫哪样叫嘛！"狗当然听不懂，但是人听得明白。于是我爸妈又去弄了一条小白狗来养着。他们都忘了前车之鉴：我家不要那条狗，正是因为有了堂哥家那条狗带着它闯祸，现在弄一条来，它还不是要学样的么？

这条小白狗性格温顺。长了半年，个头也没见长多大。父母对它也是不咸不淡地养着。二哥那时还在贵阳读书，兴趣已经从小动物向女孩转移。他假期回家时也摸摸它的头，但不再像以前对一条狗那样有兴趣。

但是这条狗跟我的关系却很好。

三姐那时出嫁了，二哥也很少回来。小白狗成了我的玩伴。我虽然不像我哥带着狗漫山地跑。但在吃东西的时候只要它抬起眼睛，都会分给它一点。其实这条狗已经差不多不吃屎了。尽管狗不吃屎了，我妈还是时常教育我不能让它舔到手脚，不能跟它太亲近，说它到底是畜牲。

小白狗和堂哥家的那条狗没有我们想象的交情。当那条狗追来追去对路人吠叫的时候，小白狗有点吃瓜群众看热闹的意思。只有人到我家门口，走上那个台阶的时候，它才叫几声以示尽职。

本来白狗可以和我们好好生活几年的，但偏遇上流行狂犬病。

不知道狂犬症最初是怎么开始的了。反正我们知道的时候各处都在打狗，各种传闻，甚是吓人。又说哪家哪家被疯狗咬了之后便像狗一样咬人。一时人心惶惶，见狗必欲除之而心安。

其时我父亲又老了几岁，年轻时的狠劲不再。他不想把白狗弄死，但又怕它染上疯病。几回几次地举起棒子来，白狗却单纯地看着他。他手中的棒子便打不下去。

这样拖延两三日。我发现白狗不见了一天。父亲说糟了，出问题了。第二天吃晚饭时，白狗从对面的路上回来，神情态度显然是不一样的。平时它的尾巴总是翘起来，而这次尾巴是夹起的，整个一副委顿的样子。它慢吞吞地进了家门，我妈去舀了一勺饭倒在它的碗里，它吃了几口，蔫蔫的。我们都知道情况不对，不知道怎么办才好。

白狗停止吃东西。它抬起头看了我们一眼，眼神有点飘忽。然后它慢慢地朝屋后走，它走得很慢，我在后面远远地跟着。它围着屋子，转了三圈。"长五间"的木房子，连成一串，它慢慢绕了三圈。它走下院坝的石阶，继续往下走，走向屋对面它回来时的那条小路。我们没有人唤一声"白二"。它也没有回头。

第二天，陈家寨的人说他们打死了一条夹着尾巴的白狗。它其实并没有全疯，但看上去是有问题了。有人认出它是我家的。

这条白狗到下一条黄狗，其实时间隔得很短，大约父母年老，对畜牲也慢慢有了不一样的认识，他们说再养一条狗。这条狗叫"黄二"。

我们潘家山的人，给狗取名字都很简单。黄的叫"黄二"，白的叫"白二"，花的叫"花二"，灰的叫"灰二"。

黄二来家的时候，我小侄女小宇出生了。黄二成了小姑娘的玩伴。潘家山人少，太寂寞了。对于一个小孩子来讲，有一条狗多好啊。

小宇和黄二的关系，就像我和白二有过的那样亲密。而我，既曾经钟情过一条狗，一时之间是难以移情的，所以我对它就淡淡的了。

小宇和我小时候一样，话特别多。她一天到晚想跟人说话。见到门口有人过路，一定要问她妈妈怎么称呼人家。她跟黄二，当然也有摆不完的龙门阵。下雪了，黄二趴在雪地上。小宇还要跟着到雪地上，对着它的耳朵说话。狗耳朵大概是怕痒，总想要逃开那嘴，但它也并不是真离开，带一点宽容的忍耐。有时候它看她一眼，大概在说："你还没讲完吗？"

小宇对她的狗爱若珍宝，不要说打它了，就是她爷爷奶奶骂两句狗，她也要哭的。祖父母疼爱孙女，狗也沾了光，它不再像以前那些狗一样挨骂了，日子过得舒舒坦坦。

收庄稼的季节，田里的大老鼠很多，白天黑夜地糟蹋庄稼。大伯家有一只猫，但这只猫懒，对于捉老鼠这事根本不尽责——当然了，就算尽责，对那么多的老鼠，肯定也是心有余而力不足的。黄二便去帮些忙。尽管有黄二帮忙，那些苞谷还是被啃咬得乱七八糟，于是我哥便在田里放些鼠药。他当时的想法是猫和狗是不会吃死老鼠的。他忘了，在老鼠被药到毒性发作四处乱窜的时候，猫狗们是不能判断的，这老鼠的挣扎乱叫只会刺激它们的捕杀欲望。

黄二逮了一只这样的老鼠，因为对方"板"得特别凶，黄二把它吃掉了。

黄二躺在苞谷地里哀嚎，手脚抽搐，口吐白沫。它在疼痛的间隙里，抬起头睁大一双哀求的眼睛看我们，看哭着的小宇，我们却束手无策，回避它的眼神。它的叫声越来越弱，变成了一种压抑的呜呜声。我看着它黄色的尿液一阵阵流出来，汪了一地。后来，它呜呜的声音也渐渐没有了。雨下起来。我对大哭的小宇说："小宇，我们回家吧。"小宇一边大哭一边大叫："妈妈，孃孃，狗还在淋雨啊，狗还在淋雨啊。"小宇那时明显长高，衣服短了好一段，抬手擦泪的时候，肚皮便露了一截。

那一次，我第一次感受一个小孩子对于死亡的无奈，对于失去心爱之物的痛苦。我深受震动。此时写下这些字时，依然忍不住泪下。

刺 客

　　中国古代最有名的六大刺客：曹沫、专诸、要离、豫让、聂政、荆轲。司马迁《刺客列传》中没有记述要离，且记曹沫之事最简，荆轲刺秦之事最曲。

　　曹沫是春秋鲁国的刺客，在六大刺客中，他是年代最早的。曹沫是鲁国大将，他以勇力事鲁庄公，在与齐国打仗时却多次败北。但鲁庄公偏爱有力气的人，即便曹沫屡战屡败，致使鲁国到了割地求和的程度，却依然让他做大将，并不惩罚。

　　后来的事实证明，鲁庄公偏爱曹沫应该是对的。齐桓公与鲁庄公在柯地见面并订下盟约的时候，曹沫执匕首挟持齐桓公。齐桓公归还了所有侵占鲁国的土地，曹沫打败仗丢失的土地，当然也归还了。

　　专诸的名气应该早就很大。伍子胥从楚国逃到吴国时，就知道他有本事，于是把他推荐给了公子光，以刺杀吴王僚。

　　自古会非好会，宴非好宴，历史上很多的阴谋争斗和杀戮，都是在宴会上得以进行的。公子光在家中宴请吴王僚，酒酣耳热，时机已到，公子光佯装足疾，来到地下室，让专诸把匕首放在烤熟的鱼腹中。专诸端着烤鱼来到吴王僚面前，剖开鱼腹，拿出匕首，当即刺死了吴王僚。公子光自立为王，是为吴王阖闾。

　　作为刺客，曹沫和专诸是"成功者"。但这两人，好像也只是君王们争地和夺权的工具罢了。我们从简短的叙述中，也难以窥见他们的心理。

专诸后两年，还有一个非常有名的刺客，不知太史公因何不记。这个刺客就是要离。要离的故事记载在后汉赵晔所著的《吴越春秋》里。

吴王僚被专诸刺杀后，他的儿子庆忌逃亡到相邻的卫国。吴王阖闾担心庆忌联合诸侯来讨伐自己，伍子胥就把要离推荐给了他。要离是一个身体羸弱的"细人"，吴王阖闾一见，当然极失望。要离为了证明自己，居然请求吴王阖闾"戮臣妻子，断臣右手"。要离用"非人"的手段，取媚于吴王，也取信于庆忌。

要离逃亡到卫国，如其所愿，得到了庆忌的信任。他跟着庆忌伐吴，渡江至中流，因为力微坐在上风处的要离，顺着风势用单臂刺杀庆忌。庆忌中创，万念俱灰。但此时庆忌不是让左右杀掉要离，反而认为要离是勇士，自己也是勇士，一日之内不能死两个勇士。他放了要离，成全了后者对吴王的忠诚。

这个高水平对手的绝望和宽恕，唤起了要离巨大的羞耻之心，逼迫他直视自己的良知，做出完全不同初衷的选择。他痛心地说："我杀了妻子和孩子以侍奉国君，是不仁，为新国君杀了旧国君的儿子，是不义。有此恶行还活在世上，还有何面目见天下之士！"于是自断手足，伏剑而死。要离用自杀升华了自己的灵魂，他不再仅仅是一个取媚国君的工具。

今人引用"士为知己者死，女为悦己者容"，却多不知这句话来自刺客豫让。

晋国人豫让，曾经事奉过范氏和中行氏，都不被重用，后事智伯，智伯"甚尊宠之"。"甚尊宠之"，又尊敬又宠爱，正是这种态度让豫让以死相报吧。

智伯出兵讨伐赵襄子，却被后者联合韩、魏一举消灭。智伯既亡，豫让逃到山中，认为只有报答了智伯，魂魄才能不惭愧。

豫让第一次行刺赵襄子就失败了。有意思的是，赵襄子这个被刺对象，深为豫让的义气感动，认为他是天下难得的贤士而放了他。但是豫让没过多久再次行刺。为了行刺，他进行了难以想象的自残：他全身涂满油漆，让身体溃烂，长满恶疮，又吞下火炭让自己声音变得沙哑，使自己的样貌不可辨认，在街上讨饭。豫让的朋友劝他，如果以他的才华而事奉赵襄子，赵襄子一定会非常宠幸他的，等得到了宠幸，再去干想干的事就容易多了，没有必要残身苦形，而且这样报仇也很困难。豫让当然没有听取意见，他认为人臣不能"怀二心以事其君"，而且自己之所以这样做，正是为了让那些"怀二心以事其君"者感到惭愧。

豫让的刺杀水平果真不高明。他第二次刺杀赵襄子，埋伏在赵襄子必经的一座桥下。赵襄子刚到桥上，马就受惊了，他立即知道，这一定又是豫让。赵襄子说："你曾经服侍过的范氏和中行氏，智伯将他们全部消灭，你没有为他们报仇，反而委身成智伯的臣子。如今智伯已经死了，你为何偏偏还要为他报仇呢？"豫让说："范氏和中行氏像对待普通人那样对待我，我就像对待普通人那样对待他们，智伯像对待国士一样待我，我就像国士一样报答他。"

赵襄子虽然为豫让的侠义"喟然叹息而泣"，但这次却不可能再放了他。而豫让，也是甘愿受死的。在受死之前，他却请求赵襄子把衣服拿出来，他拔剑跃起击之。这一行为在我们今天看来或许是可笑的。但豫让大概觉得完成了一种仪式，可以无愧于智伯了，于是伏剑自杀。

这以后四十年，聂政的事迹出现在轵邑。

聂政因躲避仇家，带着姐姐和母亲逃到齐国，以屠宰为业。如果不是遇到严仲子，他大概是可以这样过一辈子的吧。

严仲子是韩国大臣，侍候韩哀侯，与韩相侠累相互忌恨。他怕侠累杀他，便周游列国，来到齐国。齐国有人说聂政是一个勇士，严仲子便与其交友，多次来往之后，严仲子又带着厚礼为聂政母亲祝寿。在母亲过世后，聂政便去找严仲子为其效力。

和曹沫、专诸一样，聂政也算得上一个"成功"的刺客。他仗剑至韩，在侠累府上直接将其杀死。聂政死得很惨烈，他自毁容貌，挖出双眼，又自己剖腹，肠子都流了出来。

前面说了，聂政有一个姐姐，她叫聂荣。聂政被曝尸于市并悬赏千金，姐姐聂荣认尸之后因为过度悲伤而死在旁边。

至此才明白聂政为何要自毁容貌：他不想死后尸体被认出，是怕连累姐姐。姐姐何尝不知，却以死来成全弟弟的声名。不知道严仲子此时在哪里，作何感想。聂政做刺客，报的是知遇之恩，真正的知己却是姐姐，不是严仲子。

郭沫若写过一个叫《棠棣之花》的历史剧本，就是歌颂聂政和她姐姐的。这个故事格外有名，大概是烈士之后，还有烈女，染上了鲜艳的颜色。

聂政之后二百二十余年，出现了中国史上最引人注目的刺客荆轲。

荆轲刺秦的故事可谓家喻户晓，妇孺皆知，没有必要赘述。说一说荆轲的好友高渐离。

荆轲流浪到燕国，与狗屠高渐离交好。荆轲嗜酒，高渐离善击筑，二人酒酣以往，歌于市中，相乐相泣，旁若无人。

荆轲出发前往秦国，在易水之畔，高渐离击筑，荆轲和歌。"风萧萧兮易水寒，壮士一去兮不复还"的千古悲歌，深深地打动每一个送行者，也打动后世的每一个读者。

荆轲刺秦王失败之后，高渐离为躲避秦王的追杀，改名换姓，受雇于人做杂役。主人家堂上有客人击筑，高渐离忍不住，每每说出哪儿哪儿不好——当然，也许是他并不想久隐贫贱了，他得有所作为。高渐离恢复了一个优秀击筑手的名声，而且名声传到了的秦王耳朵里。秦王明知高渐离是荆轲的好友，是一个漏网的危险分子，但这个音乐发烧友，还是把高渐离召到了身边。

不过，秦王终不放心，他弄瞎了高渐离的眼睛。

高渐离每次击筑都受到称赞，他慢慢有机会靠近秦王。他将铅块藏在筑里，在靠近秦王的时候，突然举起筑击打秦王，没有击中——当然很难击中，毕竟他满目黑暗，就算击中了，又能有多大的杀伤力？秦王杀了高渐离，且以后再也不靠近诸侯国的人了。

司马迁对刺客的评价是"立意较然，不欺其志，名垂后世"。我们今天不好去讨论刺杀行为的正义性，但刺客们勇敢亡命，将生死置之度外的侠义形象，在历史上是一道另类的光芒。

前文说《刺客列传》所载五位刺客是不确切的，实在应该加上高渐离，而且他的形象似乎更加光辉。只有到了高渐离替荆轲复仇的时候，刺杀这一行为终于和国君、和权势者没有了任何关系，只对无权无势的真正知己效忠。

一个狼狈的晚上

其实那个晚上已经过了很多很多年了。我刻意忘记它，还真是忘记了。只是这些天我在记忆里翻捡一些人和事的时候，它忽然又跑到我脑子里来了。索性说一说吧，虽然实在丢脸。

1992年，经过两年补习的煎熬，我终于考上了一所很不怎么样的中专：贵阳市纺织服装中专——我还是我们初三（5）班这个补习班96个同学中唯一考上中专的。另外一个男生，考到了遵义市航天技术学校。

那时的通知书是不兴送到考生家去的，一般是邮局寄到学校。但我上的这个中专，在余庆招收的考生是教育局定向委培的，说是只有一个名额，通知书要自己去教育局领取。

我从潘家山步行两个小时到箐口，再从箐口坐两个半小时的班车到余庆县城。在招生办拿通知书的时候我才知道，马上要去遵义市教育局面试。办公室同志又说怎么现在才去领通知书，怕面试赶不上了。殊不知县教育局的电话打到柏林村委会，托人带话，几经周转，等我知道的时候已经过了三天了。

在此之前，我最远便到过余庆县城，遵义还没去过。父亲虽然屡次说到他的名言"人不出门身不贵，火不烧山地不肥"，但他最远也就到过省城贵阳。

只得想办法通知我哥，让他陪我一起去。他那时在龙家派出所任所长，听到消息来得还是挺快。我们在敖溪会合后坐班车往

273

遵义赶，到了遵义当然已经早过了下班时间。

喧闹让我这个从没进过城的女孩眩晕。哥哥似乎去买了一点什么礼物，便带我去了一个阿姨家。

应该是一个很小的院子，两层楼的。门口种了一点什么花木——哪里有心思管这些。屋内传来好听的琴声。这声音是没有听到过的，不知是什么乐器发出的，反正以前没有听过。

哥哥在门口整了整衣服——他还穿着警服呐——然后轻轻地用手指叩门。里面的琴声停了。我有点奇怪里面弹琴的人何以听得见这轻微的叩门声。

门开了，一个白白净净的阿姨探出头来。见到我们，她似乎怔了一下，旋即热情地笑着招呼："哎哟原来是小代，好久没见到你了！快进来快进来！"她从哥哥手上接过东西。

我哥显然也有点拘谨。他让我叫"孃孃"，并说："孃孃，这是我妹妹，我陪她去市教育局面试。现在下班了，只有明天去了。"

阿姨笑着说："哟，考上了？可以的嘛，可以脱离农村了哈！"她招呼着我们坐，又说她刚好炖了排骨，正愁没人帮忙呢，我们来得正好。

她起身忙碌的时候我注意到，她是那种长得很娇小的女人。体形上也不大看得出老态。

其实我并非完全不知道她是谁。我们在班车上的时候，哥哥告诉我，他说他要去看看亚琼的妈妈——亚琼是哥哥原来的女朋友。我只见过照片，照片上是一个圆脸高鼻的美丽姑娘，有很大的眼睛和很长的睫毛。我之所以明显记得她高鼻，是因为那照片是侧面的。在照片的背后，写得有两个句子："你的眉目之间，锁着我的爱恋，你的唇齿之间，留着我的视线。"这是费翔的歌《读你》的歌词。那字是哥哥写的。哥哥现在结婚快一年了。嫂子当然不是亚琼。

哥哥告诉过我亚琼的妈妈很喜欢他。他在车上还告诉我，她原是新疆歌舞团的演员，现在退休了，在遵义开了一家酱醋厂。

嬢嬢——也就是亚琼妈妈，很快把饭菜摆上桌了。天好像黑了。

吃饭时，嬢嬢随口问些我的情况，我总是不自在，答不好，心里很是懊恼。幸好她也不多说，哥哥问起亚琼。嬢嬢说，目前正上艺术学校呢，学声乐。她又问哥哥，有没有可能和亚琼再和好。哥哥从口袋里掏出一张小照，那是他和嫂子的合照。嬢嬢看着照片，说这姑娘长得蛮清秀的嘛，又说哥哥和亚琼分开实在是可惜。

嬢嬢在和哥哥聊天的时候总不忘招呼我吃，又亲自给我盛排骨汤。其实我从来不怎么喝汤，却不晓得如何拒绝。这可能让她误以为我喜欢喝。

吃到中途的时候，嬢嬢的丈夫回来了，他们又说了一会儿话，还喝了点酒。不过没再说亚琼。

吃好饭，嬢嬢收拾好了碗筷，又和哥哥聊起音乐。哥哥以前在公安局刑侦队的时候，一手吉他是很出名的。箫笛也差不多一学就会。他那时是县里乐队的红人。

哥哥说起嬢嬢的古筝弹得好。我才知道那个有很多根琴弦的乐器叫古筝。她说哪里哪里，但是显然很高兴。于是又弹了一会儿。我默默地坐着，有点困，又想着明天的面试。

他们又说了一会儿话，说让我们早点休息，明天还要办事。我在洗漱完之后似乎有点尿意，也并不明显。也不好意思开口问厕所在哪儿——她是用盆打水过来让洗的，不是直接在洗手间。我从余庆到遵义的途中没喝水，到了后也没上过厕所。

她把我安排住在二楼的房间。上楼的时候，我突然发现一条体形很大的狼狗伏在楼梯上，黑黑的一大坨实实在在吓了我一大跳。按说，刚才吃饭，这么长的时间，她应该要喂狗才是。谁知道有这么大只狼狗！

狼狗鼻子里哼了两声，女主人摸了摸它的头，也便安静了。嬢嬢把我安排好之后，也下了楼。楼上似乎只是我一个人住。他们都在楼下。

上床好久睡不着，尿意更加明显。我起来试着寻厕所，发现除了我住的这一间屋子，旁边还有一间锁着的，旁边是一个平台。借着外面一点点光，我看到边上放了一些细高的花盆。

尿越来越涨。不行，我得下楼解决问题。但那只狼狗只要稍微发现我有下楼的企图，便龇牙低吼，凶恶而不张扬。它似乎也并不想惊醒楼下的女主人。

这样几次三番，完全没办法下楼，我也不敢在深夜里叫"嬢嬢"，说到底她只是我哥前女友的妈，是我哪门子的"嬢嬢"，何况看这架势，要叫醒她，那得吵醒周边多少邻居。

我不能在床上躺着，就起来在平台上焦急踱步。遵义的七月末，深夜里其实已经有点凉。但我出汗，我自己闻到了腋下清晰的汗酸味。又想起这位"嬢嬢"在我进屋时，早看到我的寒酸：衬衣上留着洗不掉的草渍，脸被太阳晒得黢黑，手上有左一道右一道的口子，包括不少被镰刀割的还有被马儿秆叶子坚硬的锯齿割的……天怎么还不亮啊。

膀胱被涨得要破了，我又试着往楼梯口走。狼狗又龇牙咧嘴，低吼示威，我实在不敢妄动……那花盆显然太细太高，不可能撒在里面，我要是男人就好了……管他呢，兴许天亮了水泥平台就干了，看不出来了，实在顾不了了。我脱下裤子，尽可能地不让撒尿的声音太响了。

重回床上躺下，我哭起来，羞耻又委屈。我觉得我明天的面试也肯定会黄，一定会的！

一夜没睡。天亮了好久，亚琼的妈妈终于上楼了。她摸着狼狗的头和它轻声说话。见我木杵杵地站在门口，又笑问我睡得好不好。

我不敢抬头。甚至记不得我有没有回答她的话。只想赶紧跑掉，很明显，水泥地上那一大块湿地，并没有如我所愿地干掉。

还是要下楼洗脸。一句话不说，洗完脸赶紧走，只想逃，永远都不要再见她，什么琴声、箫声，永远不要听到了！

哥哥道完别后出来，责备我说怎么可以这样没礼貌，在人家家里吃了住了就跑，谢谢也不晓得说。我一句话也不答。恨他，完全可以带我去住旅店，为什么不！

我们赶到市教育局，等了一会儿，招生办的同志来上班了。哥哥说我们是来面试的。他们看了通知书，说面试是昨天嘛，你们怎么今天才来？

面试的事不了了之，后来就直接入了学。

上学后不久，我去贵阳喷水池逛乐器店。这是我人生第一次进乐器店。我仔细辨认它们的名字，不敢抚摸它们。再后来，我买了一把吉他，苦巴巴地学。我时不时想着，要怎么才能把遵义的那个晚上、那块水泥平台上的尿水忘了。

又是许多年过去了。电视台流行点歌，我在电视上看到有人为亚琼点歌，祝她新婚快乐。我恍然一惊，莫非是那个亚琼么？那个夜晚又从记忆中显现了。我打电话给我哥哥，证实了新娘就是那个亚琼。她嫁到美国去了。

也不知她妈妈好不好，也去美国了吗。

杂 草

汉语中跟"杂"字有关的有很多不好的词，比如杂乱、庞杂、芜杂、混杂等等，还有骂人时说的"杂种"。"杂"给人一种零乱的、掺和的、不正规的印象。

"草"字给人的印象也不好。草包、草率、草莽、潦草、草台班子、如弃草芥，在这些词语中都似乎暗示了草的地位和身份。

"杂草"这个词，听起来就是边缘化的、低微的、不受人待见的。

杂草为什么叫杂草，大概是因为它们长在不合适的地盘，或者长得不那么是时候，影响了人类的生活或者妨碍了人类的计划。人类自我中心自以为是才这样叫的。什么是杂，什么是纯呢，说起来大家都是生物。人类判定什么东西好与不好，总是看对自己有没有用。

潘家山处处都是杂草，我们并不认为它们是无用的"杂"物。

像现在，春天，杂草们正是长得欢快的时候，荠菜们已经开了穗状的小白花，手一掐，薹还是嫩的。人们不再把它们拿来下火锅、做油炝菜，或是剁了和着肉末香葱包饺子，却还是在地里把它们一蔸一蔸地撬起来做猪饲料。猪们是喜欢吃荠菜的，只是没有人吃得那么精细而已，不要油盐和佐料。

紫云英开紫红色小花，一簇簇直立着，乡里乡气，懵里懵懂不解风情。和风之下的田野里，它们泼辣自由地舒展自己的美丽。野豌豆狭长的叶形是很好看的，蓝紫色的花也漂亮。它的细长豆荚参开，里面的种子自去寻找出路，剩下一个个干瘦的壳。小孩子们撮起嘴，用力吹起来，发出呜呜呜的声音，听起来也是一种质朴的野趣。

婆婆纳和紫花地丁都是开蓝紫色的小花，许多人老分不清这两种植物，其实前者的叶和花都是小小胖胖的，有点憨憨的样子，后者的叶和花都尖细，看起来妩媚一些。

咦，好像我说的是花不是草啊。其实它们也是杂草，只是正好这段时间开花而已。好吧，那我说说草。

鸢尾草也是一种常见杂草。它们的花朵很美，浅蓝、浅紫，或者纯白，柔嫩的花瓣中央，是有一道亮黄色的缝，很明媚的风情。我们叫它们什么草呢？叫"豆豉草"。以之发酵的豆豉，拉丝多而韧，口感酥而纯，不发苦发涩，比用曲药制作的好多啦。

潘家山的杂草很多，马唐啦，牛筋草啦，虎尾草啦，狗尾草啦。这些草都是牛们的美食。后来乡村都用了微耕机，没有牛了，这些草是长得更茂盛了，一种寂寞的、空荡荡的茂盛。它们的穗子在熟悉的风里晃来晃去，像醉酒的人找不到方向。

有的杂草看似没有什么用，但是谁知道呢？就像我自己，在他人看来也是无甚用处的。曼陀罗开大朵的白花，长长的花冠简直可用气宇轩昂来形容；颠茄叶脉有直立的尖刺，凛然不可侵犯，而红色的果实却鲜艳漂亮；龙葵、商陆有着黑珍珠一样的果实，荨麻整个植株都不能触摸，否则便如蜂蜇火烫，缩手呼痛……这些都是人不喜欢的杂草。孩子们从小被警告，这些植物有毒，一定要远离。但某些动物依然可以吃它们的果实。在某种条件下，它们可能是某种特别的中药。比如毒名远扬的颠茄，就能制作治疗胃溃疡的颠茄片。果然是"此之甘露，彼之砒霜"。

有的杂草默默地帮助了人，却很少被人提及。我曾经反复咳嗽，服药无数，后经他人指点，挖了几株五匹风，洗净煮水服用，竟自此治好顽疾。至于用苦艾治流鼻血、用茅草止血、用阳雀花治感冒这些小方子，乡人都是知道的，但他们也未必就此高看杂草们一眼。

说到底人类喜欢不喜欢都没有什么关系，大自然不喜欢空白和寂寞，而杂草是世界简单又美丽的装饰品。

杂草们总是有强大的繁殖能力，它们的种子往往长得特别多。鬼针草和豨莶草不光是种子多，而且它们会附在你的毛衣上、裤腿上、鞋带上，一不小心，你就带着它们去了很远的地方。杂草们的聪明和执着，是很让人佩服的。

农家小院子没有水泥硬化，过一段时间就需要锄去杂草。鱼腥草、小飞蓬、铁丝网草、车前草，你一不小心，它们甚至会攀上阶沿，堂而皇之占领室内。它们确实很进取，但是人们会嫌它们太过粗鲁和野蛮的侵略。说不定它们也会这么想：你们才是侵略者呢。

某一些杂草可能会被当作珍贵的品种种植，比如兰草，说起来也是杂草之一。曾经被珍惜的花草，有一天，也许会被遗忘和抛弃，自顾自地在很不相宜的地方长成了杂草。像白茅这种古时可以作庙堂祭祀之用的圣草，如今农人们却必欲除之而后快。我看到空空的庭院中疯长乱开又凋零枯死的玫瑰，觉得萧瑟至极。

很多年前我认识一个安静的女人，她总是在诗歌中安静地描写各种草类。后来我知道她移情于物的原因：草和人一样也是悲欢离合总关情的。

一个人的春天和春节

恍惚之际，前日立了春，今日又到小年，是扫尘和祭灶的日子。虽然，现在差不多无尘可扫，所谓灶神，也似乎被淡忘。

今晨去菜市场买菜，见人头攒动，口唇上浅蓝色的口罩，使人拥挤又疏离。我想起一年已过，想起去岁时一个人的春节和春天。

2020 年的 1 月 19 日，农历腊月二十五，姑娘从敖溪到余庆来，我们俩一起去买菜。那时，余庆老农贸市场在城南，与我当时的住处他山中学公租房颇有一段路程。

我们走在大街上，听着各家门面里竞相发出的甜腻柔媚的歌声：好一朵迎春花呀 / 人人都爱它 / 好一朵迎春花呀 / 迎来大地放光华……她准备和她爷爷奶奶一起去越南旅行，早购好了从深圳到越南的机票。她 1 月 21 日从贵阳去深圳，和他们会合。

彼时已经可以脱下羽绒服，换上春装大衣了。她穿了一件白色的呢大衣。

一天平平而过。下午吃完了饭，我们一起在观光园散步。路两边的红梅开了许多，和树下的她红白相衬甚是美丽。

姑娘 1 月 21 日早上出门，坐了一辆网约车去贵阳。我有点担心，但也只是惯常的那种担心。更多的是怅然：我将一个人迎接春节的喜庆团圆。母亲于腊月初二新亡。人是脆弱的，容易伤感。

除夕日，想着虽是一个人，还是要略备一备，以示和平日稍异。我一直淡漠于仪式。但我想我是太淡漠了，于是连许多内容也不在乎。

公租房小得仅能容膝。在那转身也困难的所谓厨房，煎炒显然极不合适——就算不这样拥挤，一个人能吃得了几样呢？心里又黯然起来。只买了卤牛肉、卤猪肚。卤猪肚已经涨到了150元一斤的天价了。

按照习俗，女人出嫁之后，不在家里祭奠自己祖先，包括亡父亡母。二十余年来，除夕之夜，望着窗外漫天礼花，或是忙前忙后准备年夜饭与祭品，祭的也是夫家的先人。所以，除夕，热闹归热闹，但也总有一种"热闹是他们的，我什么也没有"的落寞之感。

什么都不兴吧，只独坐，小桌上菜只搛了几筷子，真真的泥滋味，土气息。小小的屋子里，只有一台手提电脑，800块钱买的二手货。打开，里面放着各种红红火火兴兴轰轰。

过去年年春晚，在鞭炮声中其实很少听得真切，也是那个意思意思，添一点祥和之气。觉着特别吵，关掉，默坐。窗外，同样绚丽的礼花，热闹的鞭炮。QQ上，微信上，时有信息，有真诚的问候，也有寂寞无聊的灵魂。不管是感谢，还是尊重和理解，但一概不予回应。这个世界上，除了悲欢不相通，孤独也不能相融，各人是各人的一团灰烬。

不是我要熬着等到零点的到来，而是只有在这个点之后，这小城的喧嚣才能渐渐复归于静。早一点洗漱。把自己清洗干净，也是一种仪式。

还有零落的炮声，在一点一点地消逝。一团团硕大的雪落在屋外肥大的枇杷叶上，窸窣有声。

第二日醒来，雪还在漫不经心地飘，东一片西一片。路面湿淋淋的，但天气不冷，没有多少积雪。开车回老家潘家山。路上几无车辆行人。路上又想起母亲在世时的种种，难免悲从中来。怕视线模糊，虽是一个人，我也不敢肆意流泪。好几次在路边停车带上停下来，等掉完眼泪再走。抬眼，路边略微堆着雪的树枝轻摇。这是熟悉的路，一个人走了许多次的路，我顿生一种地老天荒的感觉。

偏僻的潘家山，形同世外之境，难得有外人进来。

我当然想回屋看一看。母亲去世后一月，我在梦里，依稀梦见一次她睡过的床。那床我也多次睡过。冬日，干净柔软的，微带着母亲气息的枕头……然而忍住了要进屋的冲动。只是在母亲坟上燃点纸烛。

父母亲合葬之墓，黄黄的土堆格外大。下葬之日的花圈，依然簇新。地上厚厚一层红色鞭炮纸屑，那么醒目。

一个人跪在坟前，山风飒飒。默默地上香，一张张撕着纸钱。以为会在坟前痛哭，其实没有泪。白烛跳动着黄色的火苗。良久，觉得膝头冰冷，起来看到两边各自洇了一块黄泥。默默地往回走。

在屋外告诉大嫂一声，说我走了。她从屋内提了一个口袋急急地出来，打开来是一块腊肉和几十个土鸡蛋。说前段因害怕非洲猪瘟，两头肥猪早贱卖了，这点腊肉是在寨子里买了熏的一点。我也不作推辞。

上车又呆坐半晌方才启动。突然想起大嫂初嫁时，尚未二十，饱满鲜活的女人，白脸上总飞着两朵红云，现在哪里还能窥见一点当日容颜！果真是人世忽忽！

公租房离菜市场颇有距离，以前偶尔空手走去，想着也是锻炼，似乎没有太觉着累。现在不能开车不能打车，一个人走路，街道似乎陡然增长了。天气又乍寒。

路上见着一个孕妇，手里提了两大包似乎极重的食材。心想，这大冷的天，何以让一个孕妇出来，提那么重的东西。一路想，不免多看几眼妇人，发现她也看我。我想上前搭把手，问一问她家住哪里，至少我可以帮她提到小区门口。四目对视，我发现孕妇的一双眼里，竟有警惕之意。突然醒悟过来，在这特别的时刻，我见他人皆有病，料他人见我应如是。

待自己提了一口袋果蔬回来，感觉真是长路漫漫，两只手酸麻不已，两个掌心是深深的勒痕。

又发现存粮并不多，忆及朋友储备粮油之嘱。虽一家一口吃不了多少，总还是要囤一些，心里才踏实。去一个小副食店买米，最小的包装是二十斤。买了一袋，抱也不是扛也不是，发现这些年来不使重力，早已一身虚肉了。连拖带拽把这二十斤米弄上楼去，在门口喘了半日。

书是看不进去，总是隔一会儿要看手机，让自己的眼睛找点事做。

我打开电脑，想记下点什么。光标在屏幕上闪闪烁烁，敲几行字，又删除了。

重看老电影。《闻香识女人》里瞎眼上校说："When the shit hits the fan, some guys run, and some guys stay."《绿皮书》里，一向彬彬有礼的钢琴家唐利，歇斯底里地吼叫："我不够黑，也不够白，那我到底是谁？"——我不够好，我也不够坏，那我到底是谁？

一期期地看《锵锵三人行》和《圆桌派》。以前东看一点西看一点，觉得几个人也算是不装，表达自由。梁文道很善于倾听，窦文涛善于装没文化，其实有什么不通晓不透彻？许子东、张家辉，也各有各的意思。我放大音量，起身去做简单的饭菜，小小的客厅里那几个文化人一直在聊天，社会经济，或者男女性情。独处有独处的妙处。在书里，或者在屏幕上，我觉得我可以和许多有识之士或有趣之人神交。虽然局促于斗室，但似乎影响也并不存在。反正自从忧离以来——甚至更早以来，我与我久周旋，早已习惯一个人。

学校通知我们去各自小区做志愿者。事实上我是真想做点什么，但如是去根本不熟悉的地方工作，会不会反而添乱？我请示学校领导去哪里，得到的回答是就是公租房，若有外来者则对其劝返。

学校公租房的住户，要么是新进来的老师，有个别是陪读的父母。这一过春节，人人都回家过年，四个单元 128 户，不过就我一个人……但不能在房间待着，这是工作。于是我就站在楼梯口，马路上空空荡荡，下面红绿灯路口是两个值守的警察。烧了一小盆炭火，时站时坐，不停搓手。看到警察一张娃娃脸，觉得自己真是老。

这样在门口站了两天，我只做了一件事。公租房对面农舍一家三口，拿了羽毛球拍出来正欲开打。我对他们说："你们还是回到自己家里吧，不要在这里打了。"他们看了看我，也不晓得我是谁，收了球拍在袋里，一言不发地回去了。

这工作干了两天，第三天早上收到通知说，不用志愿者了。

正月初七早上，姑娘从越南回国，滞留深圳。七口人待在小叔家不到一百平方米的家里。她有天发信息说，她在阳台上看缸子里的乌龟，一看看两个小时。

公租房在近外环路，与郊区的菜园毗邻。路上几无行人，我既无人管束，下午吃完饭便出来活动。想着不止在马路上走走，便走进菜园。阡陌交通，绿意盎然，但是看得我感慨。见豌豆嫩苗莹绿可爱，便想直接在此处买了去。问了几声"有人吗"，也无人答。又忍不住手，下土掐了一小把，觉得此举有偷窃之嫌，况且早就听人说过，菜农瓜农果农对于行窃者，愤恨至极，一旦抓获，不进派出所不能脱身。这样想着，手上便停了下来。再问"有人吗"，还是无人回答。

只能握了一小把豌豆颠。天已渐黑。见小路一侧走出来一个瘦瘦的男人，赶紧上前问道："豌豆颠是你家的吗？我给你钱！"

男人看了我一眼，大概从我长相上看来也不是什么小偷，又见手里那点豌豆颠，也实在是少，简直就是不盈一握。

他瞥了我一眼说："不是我家的。但你们不要在土头乱掐，那豌豆颠是一个老年人种的，都 80 岁了。"想到一个 80 岁的老人种了，我白掐了来，心里有点惭愧。

第二日又走那条小径，希望遇着老人能给他钱，至少给人道一声谢。一连两天都没碰上人。又走，见园子里蒜苗长得老高了，一大块白菜无人采收，菜帮子已经在开始坏了。

一妇人用背篼背了几棵莴苣、一把小葱和有几苑白菜，正欲从地里出来，我问她："我可以买点菜吗？"她放下背篼说："你看得起哪苑要哪苑，买哪样买哟，反正卖不出去，都是烂掉。"

又对我说，你不要进土里来，省得弄脏鞋子，我帮你割。边说边从背篼里拿出一把镰刀，在土里拣一棵长得最好的白菜，哗哗地剐了黄叶给我。

我问给多少钱。她叹口气说："还收什么钱？你看种这一大块，本来是自己养着餐馆的，餐馆开不了，赔了，菜也坏掉了。"我默然。

刚好身上带有现金，给她也不要。我想着这样支付是不是不太妥，说扫微信付款，对方也连连拒绝，说多大个事。觉得在别人困难时候，我不光是没帮上什么，反倒占了便宜，心里颇不是滋味。

姑娘三月底才得以从深圳回黔，已经是桃花李花阑珊的时候了。

灰　菜

　　灰菜学名藜，别名野灰菜、灰蓼头草等，藜科藜属一年生草本植物，喜生于田野、荒地、草原、河边湿地及路边、住宅旁和杂草丛中，是一种适应性很强的植物。我们把生物这种随处能生长的特性称为"滥贱"。灰菜因极为"滥贱"，几乎不值一提，但它作为"藜"这样的一种古老的植物，总还是有一些故事可说的。

　　春秋战国时期，圣人孔子在周游列国时，辗转来到陈、蔡两国之间。陈、蔡的使者听说楚昭王已派遣了使者，将前来迎接孔子。孔子被委以重任，楚国自此强盛，与之相邻的陈、蔡难免受到威胁。为此，陈、蔡两国大夫聚而谋之。但孔子毕竟声名显赫，谁都不肯担了杀天下大贤人的恶名，于是两国便派兵将孔子及其弟子一行人，围困在郊野，不动手杀戮，而等着孔子粮绝饿死。

　　干粮耗尽，连半粒粟米也见不到，孔子便带领着弟子们，就地采撷野菜为食，将名为"藜"和"藿"的野菜煮制成汤羹。子路和子贡都开始抱怨了，孔子却欣欣然喝下野菜汤，说道："昔年尧帝就住在简陋的茅草屋中，吃粗粮，喝的也是这藜藿制成的野菜汤羹，那时不是人人羡慕的盛世吗？"说罢，孔子慷慨讲经诵歌，身虽窘困，而弦音不绝。

　　孔子所言的故事，《韩非子·五蠹》之中记载曰："尧之王天下也，茅茨不翦，采橼不斫，粝粢之食，藜藿之羹。"孔子甘之如饴的藜藿汤羹，也被此后的士大夫们看作清贫困顿却守正持节的象征。东晋田园诗人陶渊明隐居时，衣不遮体，食不果腹，而悠然自得，乃有诗句云："敝襟不掩肘，藜羹常乏斟。"

"藜藿之羹"的"藜"，即指灰菜。"藿"据说是豆类作物的叶子，也有人说"藿"即藿麻。这两样食物，即便不是太难以入口，在无油无盐的情况下，也绝不可能美味，且营养也非常有限，只能让人暂时不致饿死罢了。

相比于藜藿的低贱，精美的肉类和粮食则被称为膏粱，古人将"藜藿"与"膏粱"作为一对反义词，分别指代贫贱与富贵。

春日灰菜嫩叶可食，待到秋日，原本鲜嫩的茎干可以长到将近一人高。相传这时选取干燥坚实的枝条，可以制成拐杖。明朝文人李东阳，曾作《咏藜》诗曰："藜新尚可蒸，藜老亦堪煮。明年幸强健，拄杖看秋雨。"由春日食叶，至秋日采枝茎为杖，藜之于人，也还是用处不少的。不过想来藜终是草类，即便能作拐杖，承重力也很有限，也许是审美功能大于实用功能吧，藜杖在手，有了些飘逸的风致，也是某种身份的象征。山野乡村大抵是不用的。

魏晋时"竹林七贤"之一的山涛，原本隐居山林不问俗务，却被司马师求贤若渴之心所打动——司马师将山涛比作姜子牙，委以高官重任，甚至在得知山涛老母年迈时，亲赐了一根"藜杖"。彼时藜杖被看作子女尽孝道时，应为父母所备的生活用品。司马师此举，意谓将山涛之母当作自己的生母一般侍奉，也难怪山涛为他死心塌地效命。今天看来，赐一根"藜杖"，也实在是简薄得可笑了。

藜茎既可做手杖伴人而行，还可以燃灯伴人读书。"燃藜"成了文人夜读的代名词。贾宝玉一见到"燃藜图"就心生不快，因为这幅图象征的是勤学苦读和追求功名利禄，与自己疏狂的心性相悖了。

明代药圣李时珍称，藜又名"红心灰藋"，因茎具紫红色，又名"胭脂菜""鹤顶草"。古时方士采石炼丹，将这"鹤顶草"捣烂煮干成粉，或烧为灰粉，可用于提炼硫黄、矾石等矿物，并用于炼制汞和砒霜。为何将藜俗称为"灰菜"或"灰灰菜"呢？夏纬瑛于《植物名释札记》中称，藜中多含碱，烧为灰土可用于洗涤衣物，故民间称之为"灰涤菜"，后简称为"灰菜"。明朝《野菜谱》中将藜称为"灰条"曰："灰条复灰条，采采何辞劳。野人当年饱藜藿，凶岁得此为佳肴。"可以看出，古时在饥荒之年以藜为食，平日少有人问津。不过，我个人认为，叫"灰菜"也可能是因为它们的叶上有一层薄薄粉末。这些略略发光的灰白色粉末，摸起来有点滑腻之感，有点像蛾子翅膀上的磷粉。

潘家山把藜称为"灰阳米"，我觉得这个名称更好听，也大概暗示了藜食也是可以吃的。这几年盛行的减肥粗粮藜麦，颜色形状大小看起来都与野生的藜食很相似。不过我确实没有尝过野生的藜食是什么味道，不好乱说。

春日的田地里到处是灰菜们的嫩苗，几成蔓延之势。它们是野草，是庄稼的入侵者，也是很好的家畜饲料。我们那时从未刻意采摘过它们来食用。镰刀顺手一割，它们和鬼针草、鹅肠草、钜钜草一同放在猪草背篓里。同任何别的野草一样，灰菜在我们的眼里不仅寻常，甚至算得上麻烦。这些年来，它们却重获人类青睐，比之"家菜"，其价更昂。

据说我国常被采食的野菜多达百余种。它们已然成为饭店、餐馆、农家乐等的上等佳肴，大约日日"膏粱"的人们，也要粗粝的"藜藿"来调节一下的。既是身体所需，也算是某种情怀吧。果然此一时彼一时，你方唱罢我登场。任何一种古老的植物，都曾和人发生过不少的故事。它们和人类共存于地球，故事还会继续。

天竺葵是勤花君

　　有人说要是昙花一年四季都会开放，人们大概不会对之如此珍视了。这话有些道理，毕竟乍见之欢总是多过久处不厌。不过勤花植物总还是比较多，也并非都会因为勤花而招致冷遇。

　　只要气温不是太低，三角梅一年四季都能开。三角梅玫红色与大红色居多，温暖的地方，树长得极高大，花开得极热闹喜庆。在广州、海南、云南、贵州各地，路边道旁，都有数不尽的三角梅，尽态极妍。

　　红掌白掌也是勤花植物。不管哪里的办公室，几乎总会摆放一两盆。白掌简洁清雅，颇有风致。红掌却是那样死板的红，配着深绿的叶，总觉得没有什么意趣。

　　蝴蝶兰真的美，太无瑕的美，美得像作了弊。据说蝴蝶兰是勤开花的，也是好养的，不过我没有养过。朋友买了一盆淡紫色的来养，买时美得惊艳，很快却形容憔悴以致香消玉殒了。

　　我喜欢养的勤花植物，是天竺葵。

　　我们当地很多人都把天竺葵叫成海棠，大约因为它跟秋海棠长得略有一些相似，便以讹传讹了。这个理由是我胡乱猜的——长得跟天竺葵相似的花，又不是没有别的。

　　我最先种的天竺葵，是一个同事的爱人分给我两枝扦插的。他们住在敖溪中学的家属楼，房子不大，阳台又不向阳，且对着长满高大银杏树的小山，这样就更挡住了本就有限的阳光。不过他们家的花木也长得葱茏，长得最好的是天竺葵，关不住的艳色从兜窗缝隙里伸了出来，惹得我觊觎。女主人剪了枝，笑盈盈地从二楼的阳台抛向我。我捡起来，说："谢谢啦，杨姐。"杨姐说："够不够？不够再给你剪两枝？这花滥贱，一插就活啦！"

果然很好活，花开得也很好。我是放在楼顶上养的，比杨姐养在阳台上的开得更旺。那时我并不知道天竺葵不耐寒，一个冬天之后，它们全都决绝地跟我告别了。

第二次种的天竺葵是从一个卖花圈的表叔家里折的枝。五十多岁的表叔瘦瘦的，微驼。他终年做着花圈，把各色纸花扎得栩栩如生。但花圈上的花再美，毕竟是纸花，而且是祭奠死者的。他大概更愿意面对活生生的花。劳作之余，他种花颇有规模。

他家的门面不大，但进深很长，天井里摆满了大小花盆，种满各色植物，其中最多的是天竺葵。他家的天竺葵不止有杨姐家的那种大红和玫红，还有粉色和橙色，摆得高低错落。天井并不亮堂，光照有限，花却开得特别旺盛。

我折了两枝，一枝粉色大花，一枝红色彩叶橙色花。那时我已搬了家，新屋的阳台朝南，似乎阳光太烈了。它们开了几次，后来便越来越瘦，直至干枯死去。

我觉得很对不起它们，却没有去了解怎么样才得养得更好。有了这两次经历，我主观地认为天竺葵难以侍弄，至此好多年不养。

去年四月，总是阴雨绵绵。一天见雨点稍停便出门办事，到乌江北路时雨却又下了起来，开始时淅淅沥沥，后渐大如豆，只能先寻个地方栖身躲雨。瞥到路边一间卖茶叶的小店，一边打招呼一边走进去，却见茶桌边坐了个美女。在这小县城，美丽又有气质的姑娘，实在是少，乍一见到难免要注意且惊诧。

姑娘热情地让我坐下，又给我泡了杯绿茶，并告知我说这是今年的新茶。新茶真真是新啊：四月初清明后采，这才四月末。

我不懂茶，只是因为主人热情，便信口赞几句，又顺便问及品种产地工艺等，姑娘都微笑着一一跟我介绍。大约是因为这多雨的四月，她有可能也感受到了一点寂寞，愿意和一个陌生人多说几句话。

茶喝得差不多了，雨也停了。道了谢出门，却见门边一株玫色天竺葵开得正艳。四月的花与叶，总是分外娇俏可爱的，何况在雨后，更觉有风致。

我正看着，姑娘却说你要喜欢就掐两枝去插吧。于是我又折了两根嫩枝——这是第三次了。

栽下的天竺葵长得很好，很快便急不可耐地开花，开成一个个硕大的花球，在阳台上微微地随风摇摆。

我这时萌生了一个想法：既然和天竺葵如此有缘，我何不多种些呢？于是开始在淘宝上买花苗。

网上买花苗，开盲盒似的。而且这盒还不能一下打开，你得耐心等待。因买的价位偏低，开始到手的苗，都是孱弱黄瘦的模样，慢慢将养两个月，总算丰润了些，开始打花苞。每天一早起来，头不梳脸不洗，赶紧跑到阳台去看绽开了没有。如是数十次牵挂，结果却让人失望。明明应该是紫色的"丁香"，怎么花苞里却微露了红色来？明明"公主"应该是粉红色，为何还开出大红色来？后来发现大都货不对版，找卖家联系，明明网上有交易信息，却非要当初快递包装的照片。几块钱的东西，也懒得再去联系了。红色的天竺葵怯怯的，无辜地开着。像一桩被强迫的婚事，掀了盖头才发现非自己所爱，少不得还是将就着。

还是不死心，继续买，一家不对再找一家。后来终于碰上了有良心的商家，买的都对版了，虽然苗还是弱得很，也还是养大了。欢欣之情，简直难以言喻。下班回家便奔了阳台去，如爱人小别重逢。

"童话故事"的花瓣较纤长一些，叶形是五角形的，深绿，且比普通的叶子油亮少毛，成为我最喜欢的一株。紫色的"夏日玫瑰"是垂吊型的，茎干纤瘦却有力，叶片肥厚有多肉质感。这两个品种都很漂亮，却最终没有抵过夏天的酷热。想着明年春天重买吧，美好的东西不用一下拥有那么多，可以慢慢来。

暑热渐消时却又按捺不住了，继续买了好几个品种。本来我只是想着先养着苗，等到了春天再看花，哪想它们会带给我更大的惊喜：时值冬季，"丹麦女王"最先开起花来，粉色的花朵娇羞却又硕大强健，而且花期很长，久开不败，果然"女王"啊！接着"飞溅"又开，花球饱满，红心粉边，花色明艳；"绿宝石"白中带绿，颜色清冷，独具一格；"黄天"雅致秀丽，楚楚动人……最爱开的玫红色花（后来知道它应该名叫"丝绒"吧），当然也还一簇簇开着，明媚，风情，又有点乡土。不是名品也没有关系啊，它们都是我枯寂生活的伴侣。

种花时日也不短了，今日不仅得如此众多佳丽，且寒冬也艳若阳春了。每天下班回家，简直是要飞奔着回来与它们相见。

现在也知道我第一、二次养天竺葵亡于冬夏的原因了：都是我的无知害了它们。天竺葵不耐热，度夏相当于度劫。但挽救方法其实并不难，只要给它们遮遮阴，不要在阳光下过多直射，大多数天竺葵只是黄瘦些罢了，完全可以活下来，甚至可以开花不断。至于冬天，只要光照合适，气温不下 5℃，它们也能盛开不败。若有霜雪凝冻，搬至室内即可无恙。

懂得比爱更重要。天竺葵性情几乎尽数知晓，我以后会养得更好的。

童年在我

我清晰地记得童年的一件往事：秋日午后，稻谷金黄，我爬上田坎边一棵高大的梨树上去摘梨。从树上下来的时候，因为两只手都被梨子占着，我只能用双腿圈住树干，身子贴在上面慢慢往下滑。一根刺枝挑破我薄薄的褂子，把我的肚皮剐了长长深深的一道痕。

多少年过去了，我一直觉得，那道剐痕还在我的肚子上。它的颜色从深褐变成浅褐，后来又变成黄白色，比周围的皮肤稍浅一点。我其实很多年没有观察过自己的肚子了，我以为那段童年的记忆一直定格在我日渐老去的身体上。

后来，我把这件事写到了散文《树上的姑娘》中。我女儿读到这段文字，疑惑地问我："我怎么没发现你肚子上有什么剐痕哪？"我才想起，这个情节似乎需要用事实证明一下，于是我在镜中细看肚子上的皮肤。它们除了因曾经怀孕而绽开的隐隐几条妊娠纹之外，实在是没有任何一点别的痕迹。

我无法证明自己记忆中曾经鲜明的一道痕。尽管那时的场景我觉得犹如昨日，当日的痛感甚至还停留在那里。

童年正如那道剐痕，不管是甜蜜还是疼痛，它早就消失了。但是关于它的记忆一直在我的生命里。它既通向过去的许多秘密，也通向未来的某些命运。

当我写一些记叙性文字的时候，我总是不知不觉要写故乡潘家山，尽管我知道提笔即乡愁的文章多如茫茫野草，而童年忆旧的文字多么容易让人感觉陈词滥调。我警惕着，但是一不小心还是会去写它。

在潘家山，我家不住在潘姓寨子里，而是单家独户住在更偏远的田家沟。我从小接触的人很少，却很早就认识许多草木和动物。我母亲会告诉我什么是夏枯草、鸭脚板、散血草、无娘藤、肥猪草、又又苗、野茼蒿、苦艾……这些名字都不是她刻意告诉我的。我跟着她劳作，屋后道旁随便见到一种植物，她就会自然地谈起，哪种可以做什么药用，哪种有毒。她嘱我一定要注意，打猪草的时候不要弄错了，比如断肠草，茎叶都是柔弱娇嫩的样子，春天开的浅紫色的花也好看，但它是有毒的，猪吃了会被"闹"。

潘家山的花花草草，它们的颜色、形状、质感、习性，无一不深深印在我脑子里。我书写它们的时候，根本无须思索，也无须润饰。

我认识许多鸟：画眉、八哥、秧鸡、喜鹊、斑鸠、黄瓜雀……豌豆苗长起来了，青鹳们扑扑地扇动油亮墨绿的翅膀飞过来，我还要凶凶地赶走它们。它们最喜欢吃嫩芽了，还抢在我们的前面，嫩芽才冒头它们就迫不及待。

春天的早晨，四声杜鹃叫着"薅草大婆"一声声催促薅草。初夏的夜里，阳雀喜欢一会儿叫两声"贵贵阳、贵贵阳"；啄木鸟长长的喙在高大的刺杉上"笃笃笃"地啄；身形巨大的岩鹰在蓝空中悠然滑翔而过；一条花色斑斓的大蛇慢慢地从院坝边的石罅里钻出来又钻进碧长的茅草中，发出轻微的簌簌声……自然的声色，如此让人沉迷。在这样的青绿山间，我俨然一头自然的小兽一样无拘无束地成长。

《诗经》中的很多诗篇，几乎都要先称植物动物之名义，然后开诚咏言，似乎不涉花木虫鸟就不能启口成诗。后世谓之为

"比"和"兴",是为诗为文的重要手法。我居然在尚未识字的懵懂童年,便与此道相暗合,不知不觉走进文学的清流或暗沼。

上学之后,父母对我的学习没有任何要求。这使得我读书完全是一种放松自如的状态。我是他们最小的孩子,我既没有显示天性上的过于聪颖,也没有过于顽劣出格的言行。我听话地接受父母安排给我的放牛打猪草割草等等农活。我是父母放心却容易忽略的孩子。他们并不知道我沉默的骄傲和倔强以及心底最深处的温柔。

我放的那头牛,也就是我的文字中几次出现的那头叫"小胖子"的水牸牛,它身体肥胖性格温柔。因为我一直养它,潜意识里觉得它不属于一家人的耕地工具而是我一个人的伙伴和朋友。它在夜里生小牛时疼得"嗯——昂——嗯——昂"的痛苦叫声,让我担心得睡不着觉。多年后我觉得,那种心情像一个母亲对女儿一样的担心。

我次日清晨在牛圈里的干草堆上,看到一头小牛犊,真是心生欣喜啊。它小小的牛蹄是浅浅的、干净的黄色,宽扁的鼻子湿漉漉的,咻咻的鼻息喷在手背上痒痒的。这一切使我的内心充满了温情。这种温情是我在和人的相处中很难唤起的一种情绪。

我与人其实是有点疏离的。这可能是从小接触人很少的缘故。我有一个孤单的童年。我童年唯一的玩伴是我的堂姐。我叫她"细姐姐"。

我在文章中写过细姐姐。除了写我们一起捡阳雀菌,还写她是如何帮我折叠卫生纸,把正方形的卫生纸对折成三角形,再把尖角往里折,形成一个长条形……我的母亲似乎对我的成长过于忽略,又或讳莫如深。在这方面,她对我几乎没有任何教育指引。细姐姐的母亲过世时她才八岁,也应该不会教她。她也许无师自通,也许只是在她的姐姐们那儿了解一点,但对于我,她就是老师。

　　这一段往事，我曾经写在书里，后来被编辑删除了。一个乡下的小女孩，经历从儿童到少女的蜕变过程及心理，现在依然还是书写的禁忌。

　　对细姐姐的回忆有温馨也有凄然。后来她在一个月夜不知所踪，二十多年过去了，我不知道她在哪里。这是我记忆中的一块伤痛，我一边想念一边刻意地抹杀。在夜深人静的时候，关于她的记忆跑出来找了我许多次。

　　我小时玩伴少，这可能形成了我有点独来独往的个性。那时我有一种感觉，跟我差不多大的姑娘，总是比我要"精狡"。"精狡"这个词，现在很少用了。它并不完全是指精明狡猾的意思，是指聪明，又是一种小里小气且让人看得明明白白的聪明。我是不"精狡"的。上学识了字，可以读书，感觉自有天地，我和她们更是少有往来。

　　读的书是我父亲的和哥哥们的。

　　我父亲爱看《隋唐演义》《三国演义》以及《增广贤文》《笑林广记》等杂书。他只有小学的学历，但记性好，《出师表》很容易就背得。而且他居然能背诵诸葛亮骂死王朗那一段。他用食指对着房屋对面的青山，嘴里"皓首匹夫，苍髯老贼"地骂着，似乎面前正是王朗。父亲让我感觉读书是一件很有意思的事情。加之玩伴少，哥姐也比我大许多，我自然而然更倾向于读书了。

　　父亲总喜欢在夏天的夜里，和他的三两位朋友"摆三国"，那时蛙声咯咯，竹影轻拂，我现在想来依然觉得很是感动。这种记忆应该有一种自我美化的成分。自以为深邃的中年目光看童年，也还是带了滤镜。

　　两位哥哥订的文学杂志，《收获》《十月》《当代》等，我几乎一本不落地读过，为此还颇遭了些呵斥。想象和憧憬书中的情景，是可以抵消许多不快的。我长时间地想象过《没有纽扣的红衬衫》中那个叫安然的少女，如果我是她，也一定会钟情于一件没有纽扣的红衬衫。《桃花灿烂》中的两位少男少女，陆栖和星子，让我对爱情既生了期待，也生了害怕。

我是一个缺乏想象力的人，很难构建小说天马行空的情节，也很难去"杂取种种人，而合成一个"来塑造丰富的人物形象。我只是默默地想想过去，也想想当下，略有所得，权且记下。若是有一天在某一个认识不认识的人的心里引起了共鸣，或者一点安慰，那我是很欣慰的。

我童年曾失手打碎过家里唯一看起来有点"档次"的东西，那是一套白瓷的茶具。我不知道一屋的暗淡中为什么有这么一套茶具。一个茶壶四只茶杯，洁净，有着温润又莹亮的光泽。它们摆在杂乱的杂物间，慢慢积了尘，光泽渐暗。我得把它们擦干净……我惊愕地看着一地大大小小的碎片，不相信它们碎了。因是整只托盘一并掉在地上的，即便最幸运的那只茶杯，也被摔断了柄。

后来也有很多美好的东西，以及童年本身，也这样在小心和不小心中失手而去，脱手而去。它们闪着细碎的微光，活在我的心里和偶尔写下的文字里。

借用阿德勒的一句话："幸运的人一生都被童年治愈，不幸的人一生都在治愈童年。"说起来，我是幸运的，我是被童年治愈的人。如果有什么需要被治愈的话。